*Coleção* Melhores Crônicas

# Ivan Angelo

*Direção* Edla van Steen

*Coleção* MELHORES CRÔNICAS

# Ivan Angelo

*Seleção e Prefácio*
Humberto Werneck

São Paulo
2007

© Ivan Angelo, 2005

*Diretor Editorial*
JEFFERSON L. ALVES

*Gerente de Produção*
FLÁVIO SAMUEL

*Assistente Editorial*
ANA CRISTINA TEIXEIRA

*Revisão*
ANA CRISTINA TEIXEIRA
JOÃO REYNALDO DE PAIVA

*Projeto de Capa*
VICTOR BURTON

*Editoração Eletrônica*
ANTONIO SILVIO LOPES

---

Dados Internacionais de Catalogação na Publicação (CIP)
(Câmara Brasileira do Livro, SP, Brasil)

Ivan Angelo / seleção e prefácio Humberto
Werneck. – São Paulo : Global, 2007. –
(Coleção melhores crônicas)

Bibliografia.
ISBN 978-85-260-1188-5

1. Crônicas brasileiras I. Werneck, Humberto. II. Série.

07-0838             CDD–869.93

Índices para catálogo sistemático:

1. Crônicas : Literatura brasileira   869.93

---

*Direitos Reservados*

**GLOBAL EDITORA E
DISTRIBUIDORA LTDA.**
Rua Pirapitingüi, 111 – Liberdade
CEP 01508-020 – São Paulo – SP
Tel.: (11) 3277-7999 – Fax: (11) 3277-8141
E-mail: global@globaleditora.com.br
www.globaleditora.com.br

Colabore com a produção científica e cultural.
Proibida a reprodução total ou parcial desta obra
sem a autorização do editor.

Nº DE CATÁLOGO: **2792**

Melhores Crônicas

# Ivan Angelo

# CRONISTA PURO-SANGUE

*P*ara muitos leitores, este livro será a descoberta de uma face menos aparente de um grande escritor.

Como ficcionista, Ivan Angelo está na praça já faz tempo, é conhecido e reconhecido há três décadas – pelo menos desde 1976, quando lançou *A festa*, um dos romances brasileiros mais importantes da segunda metade do século XX, traduzido na Europa e nos Estados Unidos. Ou até antes disso: o escritor mineiro era mais que uma boa promessa quando, aos 25 anos, publicou os sete contos que dividiram com duas novelas de Silviano Santiago as páginas de *Duas faces*, volume editado em Belo Horizonte em 1961. Escritas entre os vinte e os 23 anos de idade, aquelas sete histórias sinalizaram para a melhor crítica – a começar pela que lhes conferiu, em 1959, o então prestigioso Prêmio Cidade de Belo Horizonte – a chegada à cena, pela porta da província (mas não qualquer uma...), de um talento surpreendentemente maduro, nutrido na leitura não só dos clássicos como da mais interessante literatura de vanguarda de seu tempo.

O passo seguinte, mais ambicioso, seria *A festa*, que Ivan Angelo começou a escrever em 1963, mas que não tardou a interromper, desestimulado pelo clima repressivo que o golpe de 1964 fez baixar sobre o país. Só em 1973, ainda em plena ditadura militar, voltou a trabalhar no romance, alterando o plano inicial para fazer dele, além de obra de arte, um extraordinário documento sobre aquele sombrio capítulo da vida brasileira – sem confusão possível, é bom distinguir, com certa ficção escancaradamente política que por algum tempo andou provocando arrepios mais cívicos do que estéticos em leitores pouco exigentes.

A publicação de *A festa*, contemplado com o Prêmio Jabuti em 1976, veio fechar um longo parêntese em que, pelo menos para efeito externo, Ivan Angelo foi monogamicamente jornalista – primeiro em Belo Horizonte, depois em São Paulo, onde se fixou em 1965 para participar daquela que seria uma das experiências mais ricas e fecundas da moderna imprensa brasileira: o então revolucionário *Jornal da Tarde*, criador de escola tanto na feição gráfica como no apuro do texto. Convocado a desempenhar funções de comando, é pena que só de raro em raro ele tenha servido aos leitores, em matérias assinadas, a sua também refinada prosa jornalística.

Depois de *A festa* vieram as cinco novelas de *A casa de vidro*, escritas no espaço de um ano, publicadas no final de 1979 e traduzidas nos Estados Unidos. Veio também a experiência de escrever para a televisão, sob a forma de cinco roteiros para a série Plantão de Polícia, da Rede Globo, em 1981. Em *A face horrível*, de 1986, premiado pela Associação Paulista de Críticos de Arte (APCA), Ivan Angelo reuniu cinco histórias recentes e, retocadas, as sete de *Duas faces* – uma das quais, "Dénouement", foi retrabalhada a fundo, desdobrando-se num fascinante tríptico que se converteu, nas mãos de escritores, jornalistas e estudantes, em precioso material de aprendizado do bem escrever. A esta coletânea, reeditada em 2006, seguiram-se *O ladrão de sonhos e outros contos* (1995), *Amor?* (1995, Prêmio Jabuti de romance), *Pode me beijar se quiser* (1997, Prêmio APCA de romance juvenil), *História em ão e inha* (infantil, em versos, 1997), *O vestido luminoso da princesa* (infantil, 1998) e *O comprador de aventuras e outras crônicas* (2000).

Este último, numa edição da Ática que visava sobretudo o público estudantil, foi a primeira reunião em livro da produção menos conhecida de Ivan Angelo, a de cronista. Não se tratava, porém, de um estreante no gênero, com o qual, ao contrário, se familiarizou bem cedo, ainda em Belo Horizonte, escrevendo em jornais e na revista mensal *Alterosa*. Já em São Paulo, ele foi cronista bissexto até 1996, ano em que iniciou colaboração regular no jornal *O Tempo*, da capital mineira. É dessa fase a sua esplêndida série "Minha cidade centenária", escrita por ocasião dos cem anos de fundação de Belo Horizonte, em 1997; são textos cujo interesse vai muito além da efeméride e dos limites regionais, como deixa claro a leitura, nesta antologia, de "Amores montanheses".

O cronista Ivan Angelo ganhou audiência bem mais ampla em 1999, quando foi convidado para ocupar, a cada quinze dias, a última página da revista semanal *Veja SP*. Não tardou a cativar os leitores da publicação, que se contam às centenas de milhares – mas faltava fazer chegar a muitos mais, para além da região metropolitana de São Paulo, onde circula o semanário, a prosa sedutora e substanciosa desse cronista puro-sangue.

Sim, puro-sangue. É conhecida a dificuldade em que mesmo os especialistas se enredam quando se trata de definir o que é crônica. Rubem Braga, inigualável no gênero, costumava brincar quando lhe faziam a pergunta: "Se não é aguda", dizia, "é crônica". Há mesmo quem duvide de que seja propriamente um gênero, preferindo vê-la como um híbrido subproduto do jornalismo e da literatura. Pouco importa. Basta-nos constatar que a crônica, chegada ao Brasil nas caravelas da cultura européia do século XIX, aqui se aclimatou admiravelmente – quem lembra é o crítico Antonio Candido –, a ponto de ganhar uma feição inconfundivelmente brasileira. Um pouco – para baixar (ou levantar) a bola – como o futebol, que nos trópicos veio a ganhar molejo bem diverso da rígida cintura britânica de quem o inventou.

Ainda com o nome de folhetim, e antes que as contingências da imprensa a fizessem encolher consideravelmente, para reduzir-se por fim a um palmo de prosa, a crônica teve no Brasil cultores de primeira linha, entre eles Machado de Assis, José de Alencar e João do Rio, potáveis até hoje. Mas só com Rubem Braga, a partir dos anos 1930, foi adquirir as características que fizeram dela um, sem trocadilho, gênero de primeira necessidade na mesa do leitor da revista e do jornal – e também do livro, com especial força a partir de 1960, quando a criação da Editora do Autor (da qual Rubem Braga era um dos donos) permitiu perenizar textos que, escritos para o dia, para a semana, no máximo para o mês, em princípio têm curtíssimo prazo de validade.

Além de Braga e de Fernando Sabino – seu sócio naquela empreitada e numa subseqüente, a Sabiá, que foi pelo mesmo caminho –, praticamente todos os cronistas graúdos da época foram então publicados em livro: Paulo Mendes Campos, Carlos Drummond de Andrade, Stanislaw Ponte Preta, Vinicius de Moraes, José Carlos Oliveira... E também Manuel Bandeira e Cecília Meireles, incluídos nos dois volumes da coletânea *Quadrante*, depois rebatizada *Elenco de cronistas modernos*, predecessora de outra série de grande êxito, a coleção Para Gostar de Ler, que a Editora Ática lançaria nos anos 1970. O objetivo expresso no título dessa coleção era, de resto, o mesmo dos lançamentos avulsos da Editora do Autor e da Sabiá, e não há erro em afirmar que, tanto num caso como no outro, ele foi amplamente alcançado: gerações sucessivas se formaram, e ainda se formam, na prazerosa leitura de textos que, segundo alguns, nem sequer constituiriam um gênero literário...

Acrescido de nomes como Nelson Rodrigues, Rachel de Queiroz e Antônio Maria, que na mesma época escreviam em revistas e jornais do Rio de Janeiro, o time acima escalado protagonizou o momento de ouro da crônica brasileira. Mais recentemente, a palavra passou a agasalhar também uma variedade de escritos de cunho mais jornalístico do que literário – o editorial, o comentário muito em cima do fato. Sem prejuízo da importância que tenham e do interesse que suscitem, talvez se devesse abrigá-los sob outros rótulos, reservando-se o termo crônica para designar uma produção ditada mais pela subjetividade do que pela objetividade jornalística; textos marcados pelo lirismo e pelo humor, quando não por ambos, muitas vezes sob a forma de histórias inspiradas em aparentes miudezas do cotidiano, ou de virtuais poemas em prosa – e sobretudo destilados com a mão leve que naquele momento afortunado fez o encanto do gênero e assegurou sua permanência.

Sem desfazer dos demais, aqui se está falando de cronistas puro-sangue – e não é outra a constelação em que gira o mineiro Ivan Angelo, capaz de falar ao leitor em variados registros. Como no caso de um Carlos Drummond de Andrade, de um Paulo Mendes Campos, a viagem que vai da primeira à última página desse livro tornará difícil para o leitor a tarefa de decidir onde reside o principal talento do escritor – se na arte de narrar, sem uma palavra a mais nem a menos, uma história bem-humorada, como ele faz, por exemplo, em "A garota da capa", "Homem ou mulher?", "Segundas núpcias", "Sucesso à brasileira" ou "A cobradora", se na delicada composição de textos fundamente marcados pela poesia, de que "Assombrações", "Amantes", "Pasárgada" e "Receita de felicidade" são apenas quatro amostras entre muitas possíveis.

Cronista atento e sensível, há um Ivan Angelo cuja voz se faz mais grave (mas nunca grandiloqüente) para abordar mazelas que povoam o noticiário e que, de tanto se repetirem, acabam por anestesiar consciências – caso de "O país das balas perdidas", "Turismo sexual", "Encontro com a vítima" ou "Nós e nossa tragédia". Há também o Ivan Angelo memorialista, dotado de grande poder de evocação e jamais lacrimoso, presente em textos como "Meio covarde", "Meu tio jogador", "Meus trens", "Maravilhas na tela" e "Três derrotas", ao lado de outro que se detém, com precisão e graça, na observação de modismos, usos e costumes – aquele de "Beijos", "Corpos desenhados" ou a surpreendente "Um toque sem classe".

Já deliciosas no varejo do jornal e da revista, reunidas em livro as crônicas de Ivan Angelo ficam ainda melhores – umas trabalham pelas outras, todas ganham corpo, o conjunto compõe uma exata combinação de sabores. "O segredo da crônica é que ela atua como uma relação pessoal entre o narrador e o leitor", disse certa vez o próprio Ivan, "como se fosse escrita só para esse leitor". É com essa certeza que cada um de nós chegará à última linha deste livro.

*Humberto Werneck*

# CRÔNICAS

# A GAROTA DA CAPA

– *É* ela!
– Não pode ser! Não aqui no nosso prédio!

As duas senhoras faziam seu exercício matinal dando voltas em torno da grande piscina do condomínio, e cada vez que passavam pela moça escultural deitada ao sol numa espreguiçadeira branca da pérgula tentavam confirmar as suspeitas que agitavam havia quatro dias as conversas dos moradores. Eram todos de classe média, muitos deles aposentados, e o bairro, tradicional – características talvez inadequadas para a deslumbrante garota que estava sem roupa nenhuma na capa e nas páginas internas de uma revista masculina, bem ali, na banca de jornais da esquina.

O jornaleiro viu baixar rapidamente a pilha de revistas, compradas, para seu espanto, por velhinhas, senhores empertigados, mães com crianças no carrinho, senhoras de missa dominical, casais austeros, moças, além, claro, dos furtivos garotos. O sucesso foi tamanho que a banca teve de pedir nova remessa à editora. Que estava acontecendo?

As moradoras mais combativas queriam confirmar se a moça da piscina era mesmo a pelada da revista. E tomar alguma providência. Qual, ainda não sabiam. Ao primeiro telefonema, no segundo dia da celeuma, o síndico logo informou: mesmo que fosse ela, não havia nada a fazer, cada cidadão tinha o direito de morar onde quisesse. A moça residia ali havia dois meses, era bem educada, respeitosa, não fazia barulho fora de hora, não havia entra-e-sai no seu apartamento, vestia-se de modo ao mesmo tempo atraente e decente. Até ali, somente seus biquínis incomodavam o domingo dos freqüentadores mais pudicos, mas nada que a juventude dourada de Maresias ou da Barra da Tijuca não usasse.

Ela escolhera o condomínio por causa da piscina, azul e enorme, foi a informação que obtiveram na administradora. Não dava bola para ninguém, apenas tomava sol, molhava-se, tomava sol, nadava, tomava sol. Ninguém sabia ainda o que fazia, tinha um carro médio nacional, um namorado de meia-idade, morava só. No dia seguinte à publicação da revista, os adolescentes, animadíssimos, escalaram um plantão na piscina.

– Chegou! – avisava o plantão pelo interfone.

Imediatamente, como por mágica, a área enchia-se de garotos fazendo estripulias na água para chamar a atenção. Nunca haviam visto de perto e em cores tão deslumbrantes uma garota de capa de revista, ainda mais uma que não fizera segredo de nenhum dos seus encantos, os quais poderiam conferir na revista. No elevador, olhares inquisidores dos mais velhos, que nem buscavam disfarce, devassavam a moça. Afinal, era ela ou não era?

Achavam que o suposto original tinha sardas que não apareciam na revista, pele menos brilhante, olhos talvez mais luminosos, cabelos menos claros, mas igualmente sedosos, e não se percebia nela aquele jeito despudorado de se expor, nem se captava como na revista a prontidão para desfazer um lar. Quanto ao resto, era igualzinha.

Admitiam: era linda. Mas estavam dispostas – sim, as mulheres estavam, porque os homens, além de menos animados para essas coisas, são mais afeitos à contemplação de certas paisagens – a fazer tudo para dificultar a vida dela ali. Moças daquele tipo moravam em bairros mais modernos, badalados, em que não chamavam tanto a atenção. Depois daquelas fotos viriam outras, e outras, e programas... Que fazer?

— Ora, pergunta-se a ela — disse um, mais prático.

E foi o que fez, cheio de vírgulas. Ela riu do desconcerto dele.

— Não, não sou eu. É a minha irmã. Gêmea.

A notícia espalhou-se. Os moradores foram murchando, murchando, e nunca compreenderam por que ficaram decepcionados. Não tanto os garotos, que a sabendo gêmea, imaginavam as semelhanças.

*Veja SP*, 2 de maio de 2001

# AMANTES

Dois inimigos. É assim que Carlos Drummond de Andrade define os amantes, no poema "Destruição", onde diz também que amantes são meninos estragados pelo mimo de amar. São, mas não apenas isso.
    Os amantes são narcisos, amam-se no outro, procuram nos que amam a certeza de que são amáveis.
    Os amantes riem muito, e choram, são extremados na dúvida, na paixão, no ciúme – porque o amor é um descontrole.
    Os amantes interferem na paisagem, atrapalham quem fica atrás na poltrona do cinema, retardam o trânsito no sinal verde, chocam os pudicos, impedem a passagem – porque não podem adiar um beijo.
    Os amantes ouvem estrelas, pálidos de espanto.
    Os amantes são namorados, noivos, par, casal, cônjuges, senhor e senhora, marido e mulher, caso, companheiros, affaire.
    Os amantes escrevem seu amor nos muros, no último andar dos prédios, nos viadutos, nos jornais, nas faixas de rua – porque não conseguem guardar só para si aquele desconforto.
    Os amantes riem até sem motivo, que passa a ser um motivo.
    Os amantes que se casaram são ameaçados de dia pela

rotina, pelos parentes, por erros banais tipo bife salgado, pelos azares do trânsito, pela conta do telefone – mas de noite eles esquecem.

Os amantes inventam toques, aconchegos, maravilhas, em modesta porém valiosa contribuição à cultura universal.

Os amantes cochilam de dia.

Os amantes compreendem os assassinatos, a doçura, a entrega, a covardia, a renúncia, a loucura, as perversões, a sordidez, a tragédia, a comédia, o ridículo, o sublime, o ódio, o suicídio, o drama, o sacrifício, todos os excessos humanos – porque há um pouco de tudo isso no amor.

Os amantes espicaçam-se como abelhas.

Os amantes adúlteros carregam culpas que impedem sua felicidade, mas tentam, tentam, e no tentar mais se agarram, e mais se afundam, e se debatem como dois náufragos.

Os quase amantes sabem aonde querem chegar, e vão indo.

Os amantes são obra de puro acaso, como tudo, pois tudo é formado por átomos que se encontraram há bilhões de anos e se agruparam em um corpo, vivo ou mineral, doce ou ácido, feliz ou infeliz.

Os amantes são egoístas aos pares.

Os amantes tendem a relaxamentos: acordam tarde, comem mal, descuidam-se dos amigos, faltam ao trabalho, perdem a média na matemática.

Os amantes confiam um no outro – e desconfiam com a mesma cegueira.

Os amantes dividem tudo: um doce, um copo de água, um aluguel, um crime.

Os amantes que têm filhos cortam grandes fatias do coração para as crianças, mas o coração não diminui, acrescenta-se, cresce de novo como rabo de lagartixa, para acomodar a pessoa amada.

Os amantes procuram-se como viciados.

Os amantes correm muitos riscos: de ferir o outro, de

entender mal, de esperar demais ou de menos, de não suportar um não, de morrer de paixão. Por isso têm aquele ar aceso, para não errar.

Os amantes estão à beira de um abismo e olham o fundo, fascinados.

Os amantes esquecem a luz acesa, o fogão ligado, a torneira jorrando, o telefone fora do gancho... – nada é mais urgente.

Os amantes não chegaram prontos e acabados. Esculpiram-se, cada um tomou uma peça bruta e a moldou a seu gosto, desbastou imperfeições, poliu traços, gestos e humores. (Diz o poeta Paul Eluard: "Qual de nós dois inventou o outro?")

Os amantes são felizes às segundas, quartas e sextas-feiras, e infelizes às terças, quintas e sábados – e no domingo eles descansam, que ninguém é de ferro.

*Veja SP*, 4 de junho de 2003

# RECEITA DE FELICIDADE

*P*rimeiro, é necessário ter certa idade. É muito difícil ser feliz antes dos trinta. Não que seja impossível, mas a juventude tem urgências, compromissos com a aprendizagem, com a paixão, tem limites impostos, rebeldia, ideais, sonhos, competição, e embora tudo isso seja muito bom, não são os elementos da felicidade, porque são geradores de angústia. Felicidade vem depois da angústia, está mais ligada àquela sensação de alívio que a sucede: é uma duradoura, uma continuada sensação de alívio, de graças a Deus já passei por isso.

Basicamente, é preciso ter uma pessoa boa de abraçar, de conversar, de viajar, de proteger, de dividir, e com quem construir. Amores falham, é verdade, e nem sempre duram, mas no amor a eternidade é renovável.

É essencial evitar trabalho estressante, como os ligados a risco financeiro ou aqueles para os quais não somos capacitados. Recomenda-se cultivar alguma aptidão, pois a incompetência gera angústia, incerteza, noites sem dormir – o que não leva à felicidade. O problema é que a competência não surge de repente, é preciso que ela faça parte de um projeto pessoal desde o período de formação. A pessoa tem de *querer* ser competente. Mais complicado ainda: não somos nós quem decide que já somos competentes, este é um conceito que os outros desenvolvem sobre nós e que devemos procurar manter uma vez estabelecido que somos competentes, pois este conceito é fugidio.

Vícios não ajudam. Insinuam culpas, sugerem fraquezas. Jogo, álcool, fumo, droga... Quem fuma, por exemplo, não consegue ser inteiramente feliz, pois a compulsão nasce de uma carência, de uma falta súbita e dominadora. Carentes não são felizes. Dependência e felicidade não combinam.

Manter um sonho ajuda muito. Quem já fez tudo, ou tem tudo, tende ao tédio. Recomenda-se um daqueles sonhos que não angustiam, que apenas põem um sorriso no travesseiro. Embalados por nossa confiança, imaginamos que realizar tal sonho só depende de vontade, é só começar. Não tem nada que ver com frustração, é até o contrário. Podemos sonhar com uma coisa singela, como escrever um livro de memórias, aprender a tocar violão ou sair de moto por aí. Mesmo que a gente o adie, o sonho nos mantém animados.

Pode-se ter alguma coisa para lamentar não ter feito, uma sensação do tipo agora já passei da idade. Coisa que não nos atormente. Algo como: gostaria de ter feito um curso de dança de salão, ou aprendido a nadar nos quatro estilos. Cultivar essa cômoda incompetência é uma forma de dizer que estamos satisfeitos, de bem com a vida, de dizer que o que nos falta não nos faz falta.

Filhos, é melhor que sejam bem-educados. Dão mais gosto.

É importante morar onde a noção pessoal de intimidade e conforto seja diariamente satisfeita. Pequenos detalhes contribuem: um pufe para pôr os pés, uma parede com uma coisa boa para se contemplar, seja quadro ou janela com paisagem, um espaço onde não falte nem sobre. É o lugar para onde queremos ir, quando bate o desejo de recolhimento.

Dinheiro não traz felicidade? Pode ser, mas não atrapalha. Ruim é desgraçar-se para tê-lo.

O homem é um animal gregário, e o convívio pessoal pode ter repercussões positivas ou negativas na felicidade.

Deve-se fugir do baixo astral. O desperdício de energia em pugilato é altamente negativo. Rixas, embates, finca-pés, altas pressões, estopins curtos – xô! Paz e amor.

No delicado capítulo do sexo, recomenda-se capricho. Na atitude, passar um ar muito sutil de intensidade, oportunidade, ousadia, experiência, desprendimento, persistência, atenção, sentimento, envolvimento, sedução. É necessário seduzir a própria mulher (ou o marido), mesmo após dez anos de uso. Quanto à técnica, são proveitosos gestos afinados, toques sábios, atenção nos acontecimentos, jeito, ritmo, conhecimentos objetivos de anatomia, ainda que restritos às partes principais, e noções musicais de crescendo e diminuendo. Neste campo, está cada vez mais difícil enganar e é melhor preparar-se para um bom capricho.

Ah, antes que me esqueça: é bom evitar carro velho.

*O Tempo*, 24 de setembro de 2000

# CORPOS DESENHADOS

Como você encara uma tatuagem? A carga de preconceitos que herdamos é pesada. Tatuados foram representados nos últimos dois séculos como pessoas do mal, em romances de aventuras, na crônica policial, no cinema, em gibis, nas histórias de piratas, marinheiros e prostitutas das zonas boêmias dos portos, nas reportagens em presídios e em imagens de desgarrados e drogados.

A conotação com o mal persiste em imagens recentes da televisão. É clichê. Close nas tatuagens do facinoroso personagem Cigano, da novela *Senhora do destino*. Close nas tatuagens de escorpião nos braços dos assassinos da freira Dorothy Stang, no Pará. Close nos braços dos pitboys toda vez que eles aprontam alguma. Como quem diz: é tatuado, gente boa não pode ser.

Mas a coisa virou moda jovem e é preciso encará-la.

Um dicionário me informa que a palavra *tattoo*, do inglês moderno, veio do Taiti, da palavra "tatu", que significa marca, introduzida pelo explorador britânico James Cook, o célebre Capitão Cook, em 1769. A precisão da data me espanta. Foi também então que a técnica taitiana de gravar figuras na pele se disseminou pelos portos da Europa. Depois pelo mundo.

Vemos centenas de lojas *tattoo* no centro da cidade e nos bairros. As praias brasileiras, sejam populares ou da burguesia, oferecem preço e facilidade. Em Búzios, as agulhadas decorativas são aplicadas em uma kombi-estúdio na descolada rua das Pedras. Surfistas sem tatuagem não estão com nada, nem suas gatas. Uns chegam a decorar-se com estilizadas folhagens de *cannabis*. Pitboys desafiam olhares com agressivas tatuagens de dragões, escorpiões e golpes mortais. Garotas desenham pequeninas flores, a Fada Sininho, golfinhos, pássaros ou borboletas, na virilha, no cóccix, na nuca. É tempo de corpos desenhados.

As linguagens corporais dos jovens nem sempre são aceitas facilmente. Quem não ouviu falar do preconceito que vitimou os "cabeludos", a minissaia e a própria calça jeans? Hoje, nas áreas de trabalho do *establishment*, os tatuados têm problemas. Rapazes que à noite usam camisetas com corte adequado para exibir suas tatuagens, escondem-nas durante o dia sob camisas de mangas compridas.

Se é complicado, então por quê? Tatuagem é um recado, uma fala. Os chineses antigos achavam que era uma forma de se comunicar com as forças celestes. Quando um marinheiro tatuava no braço a frase "Amor só de mãe" queria dizer: não confio nas mulheres. Em culturas primitivas era um signo tribal – sentido que ecoa hoje em tribos urbanas. Desenhos na pele com figuras de animais, como o touro, o tigre e o escorpião, eram feitos para a pessoa apropriar-se das virtudes do animal. Quanto dessa mística se mantém?

Há meninas que gravam o nome do namorado. E se o amor acabar? Ah, dirão, não serão essas as piores marcas do amor finito. Em pretérito mais que perfeito uma triste moça noturna me mostrou na coxa a marca "Joãozinho". Marca de posse, como em escravo ou gado. Gravar o nome do amor é mais antigo do que 2.500 anos; está lá, na fala do esposo, no *Cântico dos cânticos*: "Grava-me como selo em teu coração, como selo em teu braço". É prova de pertença ainda em uso.

Grava-se alguém para chamar atenção? Pode ser, o significado do apelo seria: estou aqui. Para se afirmar? Talvez, significando: sou como sou. Se enfeitar? Provável: gosto de um toque exótico. Seduzir? Desafiar?

    Chega de enrolação. Estou pensando tudo isso porque minha filha se tatuou.

*Veja SP*, 23 de março de 2005

# BEIJOS

*B*eijo era coisa mágica. A bela beijava o sapo e ele virava um príncipe. O príncipe beijava a Branca de Neve e ela acordava do seu sono enfeitiçado. A mãe beijava o machucado dos filhos e a dor sumia. O mocinho beijava a mocinha e o filme acabava em final feliz.

Muitas gerações – não faz tanto tempo assim – incorporaram alguma coisa dessa noção de que o beijo tinha uma força poderosa, misteriosa, e lidavam com ele de um modo carregado de expectativas, principalmente com o primeiro. Uma sensação imersa na ambigüidade: aquilo podia ser uma coisa do bem e ao mesmo tempo podia ser pecado. Dado ou recebido, o beijo era precedido de dúvidas, suores frios, ansiedade, curiosidade e desejo. E o quase melhor de tudo: era secreto, escondido. Só a melhor amiga ficava sabendo. Irmãos, nem pensar. Pai, mãe – jamais.

Os jovens chegavam ao beijo após uma paciente escalada de resistências e manobras envolventes. "Já beijou?" – queriam saber as amigas dela, como quem diz: "capitulou?"; e perguntavam os amigos dele, espírito corporativo, com o sentido de: "venceu a batalha?". Como resultante desse clima, surgiu um atalho, verdadeiro ataque de guerrilha: o beijo roubado. Que não tem mais sentido.

As reações, parece, também eram diferentes. Uma antiga marchinha de carnaval dizia: *A lua se escondeu, / o guar-*

*da bobeou, / eu taquei um beijo nela / e ela quase desmaiou.* A emoção era tanta que as moças desfaleciam. Já não é o caso.

Por quê? Perdeu o segredo. Beija-se por toda parte, e em público. A meninada "fica" nas festas, e "ficar" é beijar à vontade, até desconhecidos; meninas e meninos disputam quem beija mais enquanto rola no som a animada canção dos Tribalistas: "Já sei namorar, já sei beijar de língua..."

Isso é bom ou é ruim? Não cabe a pergunta. É como se perguntassem se a evolução das espécies é boa ou não. Cada geração vive seu momento com tudo a que tem direito. Mas existe uma diferença visível entre a naturalidade, o desafio e o exibicionismo. Neste, o estímulo é o olhar dos outros. Cada um sabe qual é a sua. As telenovelas brasileiras banalizaram o ato, expondo suas minúcias em primeiríssimos planos, para milhões de olhares, uns atentos, outros constrangidos. Acho de mau gosto a ampliação, parece coisa daquela gente que pega lente de aumento para ver revistas eróticas.

Há milênios: beijava-se? O ancestral do beijo seria, como querem uns, a boca materna entregando o alimento na boca do filhote? Ou o sopro de vida dado pelo xamã? Ou a união dos espíritos, quando se acreditava que a boca era a porta por onde eles entravam e saíam dos corpos? Teria isso a ver com as lendas em que o beijo desfaz encantamentos, o beijo mágico das histórias de fadas e feiticeiras? Haveria o beijo amoroso, há milênios? Ah, quem jamais saberá...

No Dia dos Namorados fui passear na internet à procura de curiosidades sobre a data. Encontrei uma pesquisa de dois anos atrás, mostrando que o beijo é a carícia preferida pelos brasileiros. A informação derrubou meus temores. Nada, nem a facilidade atual, abala o prestígio mágico do beijo.

*Veja SP*, 18 de junho de 2003

# TREZE MANEIRAS DE COMER CHOCOLATE

### 1.

Você come todos os bombons de uma caixa rapidamente, com a ligeireza de um banho frio, como se quisesse livrar-se daquilo, oscilando entre o prazer e a culpa.

### 2.

Você pega uma barra grossa, daquelas de cobertura de bolo, separa cada um dos tijolinhos com uma faca serrilhada, coloca-os de pé como soldados de um exército inimigo, e vai abatendo-os um a um, impiedosamente, até só restar você no campo de batalha.

### 3.

Você escolhe desta vez uma caixa de bombons embrulhados, para sentir o prazer de desnudar um a um, salivando com o farfalhar do celofane e do papel laminado, olhando com volúpia a gema marrom que se entremostra, até que os dedos terminam o desnudamento e oferecem a gema à boca ávida.

### 4.

Você pega uma lata de leite condensado e três colheres de sopa de chocolate em pó e põe numa panela e leva ao fogo e vai mexendo sem parar até dar um ponto bem consistente e brilhante e come a mistura ainda morna às colheradas enquanto o filme rola no vídeo.

### 5.

Você compra duas daquelas barras de 180 gramas, uma branca e outra marrom, ao leite, separa os quadradinhos e come ora um branco ora um marrom em 24 minutos.

### 6.

Você compra, digamos, duzentos gramas de pequenas pastilhas de chocolate, ou de confetes, ou de drágeas de M&M, leva para o cinema e vai comendo uma a uma, de minuto em minuto, e tenta fazer com que a última pastilha coincida com a última cena do filme. Quase nunca dá certo, mas a graça é tentar outra vez.

### 7.

Você assalta a geladeira na madrugada e come a metade da mousse de chocolate que seria para a festa de aniversário da filhinha.

### 8.

Você é um viajante internacional com alguns compromissos importantes naqueles outonos de ventos horrorosos do Hemisfério Norte e não pode ficar parando a todo momento para tomar alguma coisa quente, e isso é a melhor desculpa para colocar duas barras de chocolate suíço meio amargo nos bolsos do sobretudo e ir quebrando pedaços e comendo de acordo com as demandas do seu estômago, e então as pessoas espantam-se de você manter-se sempre pronto para o que der e vier, mesmo naquelas condições adversas, até que uma bela poeta descobre seu truque, e vocês compartilham petiscos de energia que os encaminha para a intimidade e ela mais tarde se lembrará daquilo e escreverá um poema que poderia se chamar, digamos, "Man with chocolates in his pockets".

### 9.

Você abre um livro do poeta norte-americano Wallace Stevens, degustando um pedaço de chocolate ao leite, abre o livro no poema "Treze maneiras de ver um melro", delicia-se com os versos que dizem *Não sei o que mais aprecio/ A beleza das modulações/ Ou a beleza das ressonâncias/ O melro cantando/ Ou logo depois*, e sente com o bombom algo parecido, envolvendo seu paladar.

### 10.

Você compra para as crianças mais ovos de chocolate do que elas podem consumir, e mais variados em sabores e consistência, e elas, já fartas, empurram com as próprias mãozinhas grandes pedaços para dentro da sua boca lambuzada e gulosa.

## 11.

Você pede quatro bolas de sorvete de chocolate choc chips – aquele com pedaços de chocolate –, derrama quatro conchas de calda espessa de chocolate quente por cima e manda ver.

## 12.

Você conta quantas crianças estão na festinha de aniversário, fica perto da mesa de doces na hora do parabéns pra você, e tenta comer mais brigadeiros do que todas elas juntas. Às vezes dá certo.

## 13.

Você pega sua amada nua, acaricia-a por todo o corpo com uma barra ou duas de chocolate marrom ao leite, de preferência suíço bem fondant, que irá se derretendo aos poucos em contato com a pele, a essa altura numa temperatura de 36,5 graus, e você consumirá nesse prazeroso trabalho quanto tempo for necessário, sem importar-se com o estado dos lençóis, e depois degustará a iguaria, podendo deter-se demoradamente em alguns pontos mais do que em outros, independente de haver neles mais ou menos chocolate.

*Five*, setembro/outubro de 2002

# GORDA LEVE

Adoro minha amiga gorda. Rápida de cabeça, boa de risada, memória afiada para casos, observadora, enturmada e dona de uma consciência política específica. De maneira bem humorada, e só no nível do discurso, como se dizia nos botequins dos anos 70, é defensora de políticas urbanas para os obesos. Ela diz gordinhos, delicadamente.

Desde os tempos de faculdade, era vítima do que veio a se chamar efeito sanfona. De uma semana para outra, conforme a vida e os amores, podia ouvir dos colegas comentários agradáveis ou desagradáveis sobre seu corpo. Um colega de uma classe dois anos acima da dela, talvez paquera secreta, era seu Grilo Falante, como aquele da história de Pinóquio.

Se rompia a barreira do peso, fugia dele, escondia-se, ia à cantina ou à biblioteca em horários improváveis, escapava depressa para casa, nada de barzinho, para não ouvir aquela desagradável e proposital saudação: "Nossa! Como você engordou!" Quando o sacrifício da dieta que estivesse na moda deixava-a mais enxuta, procurava-o, dava sopa nos corredores e na cantina, até o procurava, só para ouvir aquela música divina: "Nossa! Como você emagreceu!" Mas ele se formou e sumiu, e ela perdeu seu espelho mais crítico. Então se largou.

Ela diz que percebe nas pessoas, principalmente desconhecidas, uma maneira furtiva de olhar os gordos: elas olham, atentam num detalhe e tiram os olhos; depois fixam outro ponto e desviam. Não ficam encarando, para não ofender, mas o ar delas é de censura.

– Não é bem uma crítica – diz, e então ri ferina, mas escandalizada, e completa: – É uma cobrança! Como se estivéssemos gordos porque comemos a parte deles!

Acontecem lances. Nas vésperas do último Natal, entrou numa loja de biquínis junto com uma amiga também gorda e logo ouviram da vendedora: "Não temos o número de vocês". Talvez a balconista estivesse apressada, talvez tivesse vendido pouco e preferisse atender uma freguesa mais certa, talvez, talvez. A amiga não vacilou: "Gordo também dá presente, sabia?" Não compraram nem quiseram ouvir desculpas.

A minha gordinha diz que essas coisas acontecem porque as pessoas punem os gordos por alguma razão obscura. Outra amiga dela, também do "clube", e ainda por cima fumante, faz caminhadas diárias mal rompe a manhã, por recomendação médica, e ouviu esta de uma jovem: "É, caminhar não está te trazendo nenhum bem. Você caminha todos os dias e não emagreceu nada!" A mesma, fumando num ponto de ônibus, foi abordada por uma senhora: "Eles falam que fumar emagrece, mas deve ser mentira. Você fuma e é gorda desse jeito". A insensibilidade chegou a um ponto que muitas pessoas nem percebem que ferem, diz ela. E levanta bandeiras:

– Sabe por que os gordos não reivindicam facilidades urbanas? Culpa. Botaram culpa na gente, desde pequenos. Tipo "você é gordo porque quer". E nós assumimos. Penamos na escola nas mãos dos magros. Depois a gente cresce e continua igual. Já viu gordo tentando passar numa catraca de ônibus? Precisava ser tão estreitinha? Ou passar numa catraca de segurança de prédio? De cinema? Em porta giratória de banco? Já viu aquelas cadeirinhas de lanchonete fast-food? Como é que vendem uma comida calórica daquelas e oferecem cadeirinhas tão apertadas? E as poltronas dos cinemas? E as dos aviões? A vida já é tão complicada para nós, até namorar é complicado. Não podiam facilitar um pouco?

Minha amiga ri, ao falar de um novo tipo de assédio na cidade, o assédio às gordinhas. Quando saem em grupo, na hora do almoço, até apostam qual será premiada com a "cantada" do dia, para qual delas o homem passará furtivamente o cartão com os dizeres:

"Quer emagrecer, fale comigo".

*Veja SP*, 4 de fevereiro de 2004

# A NEGOCIAÇÃO

Como o jatão lotado de brasileiros demorasse demais para sair do ponto de embarque no aeroporto de Paris, o passageiro Leandro pensou: vem coisa aí. Ele e a namorada voltavam para São Paulo emburrados, falando meias palavras. Tudo porque ele havia desistido, no meio da batalha, de ficarem mais um dia em Paris: muita complicação, próximos vôos lotados, tentativas frustradas de procurar vaga em outro hotel... Ah, cansei! Resultado: voltavam amuados e a contragosto.

– Pedimos a sua atenção, senhores passageiros!

Uma mulher vestida com o uniforme da companhia aérea falava ao microfone. Em meio ao silêncio apreensivo que se fez dentro do avião, ela foi direto ao assunto:

– Estamos com um problema de *overbooking* lá fora no balcão e precisamos de pelo menos seis voluntários que desistam deste vôo e se disponham a viajar amanhã.

Passageiros entreolharam-se. Imediatamente surgiu em cena o paladino Leandro, capaz de falar por muitos, e já secretamente interessado, embora mantivesse o rosto indecifrável de um jogador de pôquer. Indagou cauteloso, mas firme:

– O que é que vocês oferecem em troca?

– Haverá compensações, naturalmente.

– Quanto?

A franqueza de Leandro provocou um frisson na namorada, que apertou seu bíceps.
— Existe uma tabela feita pelas companhias — informou a funcionária. — No caso de Paris é de 409 reais...
— É pouco — atalhou Leandro, já promovido a negociador oficial pelos secretos interessados, que o acompanhavam com encorajadora expectativa.
— ... no mínimo. Cabe a vocês fazerem uma proposta — completou a moça.
O paladino pensou rápido. A companhia deveria estar com um senhor pepino para resolver lá fora. Pessoas poderosas, consumidores indignados, processos... Não vacilou no lance:
— Seiscentos dólares — e sublinhou a palavra dólares. Os passageiros estavam entregues àquele moço ligeiramente loiro, jovem ainda, calmo e ousado. A namorada fazia questão de parecer namorada. A mulher da companhia nem titubeou, perguntou logo quem estava interessado, por seiscentos dólares. Todos olharam para o súbito herói — já podemos chamá-lo assim — que ergueu as mãos e foi enumerando nos dedos:
— E mais: hotel, quatro estrelas, tá?, garantia de embarque amanhã, transporte do aeroporto para o hotel e de lá para cá, quatro refeições, ou seja: jantar hoje, café da manhã, almoço e lanche antes de voltar para o aeroporto, e dois telefonemas por pessoa, para avisar aos familiares no Brasil.
No avião, pensava-se: como um moço aparentemente doce e quase loiro pode ser tão decidido, tirar tudo isso da cabeça assim de repente? "Deve ser advogado", murmurou alguém, perto. "É", confirmou a namorada. A funcionária telefonou para o chefe e depois de curta espera anunciou: "Ok".
— E as bagagens, que já foram embarcadas? — lembrou-se o herói, arrancando mais admiração da platéia, agora definitivamente entregue a ele.

A mulher admitiu: as malas só seriam desembarcadas em São Paulo, mas seguiriam com total recomendação, estariam em segurança no destino. Os passageiros agora olhavam-se como se estivesse tudo certo, prontos para uma decisão, mas aí ouviu-se de novo a voz do moço quase loiro:

– Se as bagagens ficam, como é que vamos trocar de roupa amanhã, pelo menos de roupas íntimas, camisa etc.?

Quase o aplaudiam, já. Um senhor agitou os dois punhos cerrados, como se o time dele tivesse marcado um gol. No limite, a funcionária ofereceu a cada possível voluntário mais oitocentos francos para a compra de roupas. O nosso Leandro cochichou com a namorada e anunciou:

– Bom, então, em solidariedade com o pessoal que está lá fora e precisa embarcar com tanta urgência, oferecemos os nossos dois lugares.

Apresentaram-se mais oito. Saíram sob aplausos.

*Veja SP*, 8 de novembro de 2000

# NOSTALGIAS

*A* gente às vezes tem saudades de coisas estranhas. Do jeito de um colega que a memória não registrou como amigo. De uma curva de caminho. De um quarto, uma fruta, um filme, uma festinha de aniversário, uma viagem, um objeto, um sim.
Até de algo que nunca vimos. Pode acontecer. A filha pubescente de um colega meu tem saudades dos anos 60. Nem sabe direito o que foram aqueles anos do século passado, mas o nebuloso mito de rebeldia e busca de caminhos faz daquele cruzamento de um tempo com um espaço o lugar em que ela gostaria de ter estado. Ouve sem parar a música dos Beatles. Sempre que vê uma roupa diferente, um carro, um prédio, pergunta: "Pai, isso é dos anos 60?" Procura fixar o design da época, para alimentar com a realidade as nostálgicas lembranças de uma esquina por onde nunca andou.
Um amigo tem saudades de um cachorro. Não exatamente do bicho, um cocker spaniel marrom e branco, mas de uma mania que deu nele. Cães têm razões que a própria razão desconhece. Esse, assim que ouvia a música-tema da telenovela *Pecado capital – Dinheiro na mão é vendaval/ é vendaval!* – corria, metia-se no sofá, estivesse quem estivesse sentado. Se não houvesse espaço, fazia-se caber, empurrando de um lado e do outro, depois quietava-se e ficava olhando para a tevê, até o fim do capítulo. Só saía após os

créditos e a música. Algumas vezes cochilava – e o meu amigo jura que isso só acontecia nos momentos mais arrastados da trama – mas acordava cada vez que entrava a música-tema. Quando terminou essa novela, o cão nunca mais correu para o sofá. Meu amigo gosta de novelas, e especialmente agora, no inverno, tem saudades daquele calorzinho bom que emanava do cão.

Minha mais remota saudade é de uma bandeirinha do Brasil. Minúscula, na ponta de um alfinete de lapela. Eu era menino, não tinha lapela, levava-a no peito da camisa. Linda, tremulando num movimento elegante, suave, vidrilhos marcavam o Cruzeiro do Sul no círculo azul. Ganhei-a numa vendinha, de um soldado que acabara de voltar da guerra na Itália. Fui lá para comprar alguma coisa para minha mãe e fiquei olhando a bandeirinha no peito dele, maravilhado. O soldado riu, tirou o alfinete e prendeu-o no meu peito. Deveria ter outras, jamais saberei. Amei aquela bandeirinha durante uma semana, invejado por outros meninos. Era a minha diferença, no grupo escolar, na rua; meu distintivo, meu orgulho. Admirava-a na frente do espelho: não havia ninguém mais lindo do que eu com minha bandeirinha. Até que um dia meninos de outra rua me cercaram e a roubaram.

A coisa mais estranha de que tenho saudade é do primeiro facho de luz de uma lanterna. Um primo bem mais velho comprou uma de três pilhas. Nas noites em que ele saía, apossava-me dela e esgrimia-a como espada luminosa, bem antes do vilão intergaláctico Darth Vader. A neblina era cortada em talhadas de luz. Gotas de chuva vagalumeavam na escuridão. Insetos vinham pertinho fazer festa. Via-se o esqueleto através dos dedos vermelhos.

E tenho, sobretudo, saudades de umas sardas... Mal me lembro da figura inteira. Menina, talvez magra, cabelos lisos. Eu, o quê?, uns doze, treze anos? Ela uns onze? Nunca tive coragem de falar com ela. Arminda, chamava-se; Minda!, gritavam... Linda!, ecoava em mim. Moradora lá de cima da rua, passou um ano ou mais pelo meu portão, e ficávamos mudos de expectativas, atrapalhados de ansiedades... Pequeninas sardas como caquinhas de mosquito pontilhavam suas faces, não mais do que nas maçãs, e os olhos claros tinham um brilho úmido. Mudou-se um dia, antes que eu tomasse coragem, e perdi-a para sempre. Não completamente: suas sardas vagueiam em meus devaneios.

*Veja SP,* 13 de junho de 2001

# MEIO COVARDE

Eu devia ter dezessete, dezoito anos no máximo, Teresa era uma vizinha nova e falada. Não eram necessários muitos motivos para uma moça ficar falada naqueles anos 50, mas Teresa conseguiu reunir quase todos: decote, vestido justo, batom vermelho, sardas, tempo demais na janela, marido noturno e bissexto, muito bolero no toca-discos e, motivo dos motivos, corpo em forma de violão, como se dizia. Entre minha casa e a dela havia um muro. Na época da antiga vizinha, velha, feia, engraçada, amiga que eu visitava sempre, costumava pular o muro para encurtar caminho. Ela não se importava e eu era quase uma criança. Agora, olhando disfarçadamente a nova vizinha, eu ficava pensando como seria bom pular o muro outra vez. Mas para essas coisas sou meio covarde.

O muro ficava na área do tanque de lavar roupa. Do lado de lá, ela cantava com uma voz sensual, inquietante. Meu pai não gostava, sabe-se lá por quê. Minha mãe também não, pode-se imaginar por quê. Talvez os motivos dele e dela convergissem para o mesmo ponto, que era o meu motivo para gostar tanto daquele canto. A voz ficava equilibrando-se em cima do muro: "Meu bem, esse teu corpo parece, do jeito que ele me aquece, um amendoim torradinho". Dava para ouvir minha mãe murmurar: "Sem-vergonha". O "torradinho" era quase um gemido rouco, talvez ela cantasse de olhos fechados. De vez em quando umas calcinhas de renda eram penduradas no varal. Minha mãe não suportava aquilo. Eu tinha vontade de espiar por cima do muro para ver o que ela estava fazendo, mas para essas coisas sou meio covarde.

    Não era casada – suspeita geral. Mulher casada procura as vizinhas, apresenta o marido, pede uma xícara de arroz emprestado. Os homens tinham pouco que fazer naquele quarteirão: meninos jogando bola; adolescentes trabalhando como office-boys ou como balconistas, de dia, e estudando à noite; maridos trabalhando de dia e relaxando à noite com uma cervejinha – todos desejando Teresa. Quando eu voltava do colégio, perto da meia-noite, via-a no alto do alpendre, esperando o marido, o amante: o homem. Eu olhava, ela fumava, eu passava, ela ficava. Com a repetição Teresa já me sorria, mas eu desconfiava do ar zombeteiro dela e nunca acreditei no sorriso. Tinha vontade de enfrentá-la e perguntar, bem atrevido: está rindo de mim ou para mim? Em casa, na frente do espelho, ensaiava o tom, mãos na cintura. Quando vinha no bonde, de volta do colégio, planejava: hoje eu falo. Mas nunca consegui. Sou meio covarde para essas coisas.

    Uma noite ela assoviou. Usava-se naqueles anos um assovio de galanteio, de homem para mulher: um silvo curto logo emendado num mais longo, fui-fuiiiiu, que podia ser até traduzido em palavras, e até era às vezes, quando a pessoa queria ser mais discreta, ou estava contando que assoviaram para ela, e nesse caso a garota falava: fulano fez um fui-fuiu pra mim. As mulheres às vezes assobiavam, para imitar o jeito cafajeste dos homens, e foi o que Teresa fez naquela noite. Tomei coragem, voltei, abri o portão dela, subi as escadas, parei na sua frente no alpendre. Ela vestia um penhoar azul e sorria da minha ousadia. Eu pretendia parecer desafiador, seguro, dono da situação, mas o sorriso dela não refletia nada disso. Teresa disse com malícia que o marido estava para chegar, não seria bom me encontrar ali. Concentrei-me no papel tantas vezes ensaiado, respondi que seria ótimo se ele chegasse, que assim eu poderia explicar que ela havia assoviado, que eu subi para tomar satisfações... Não creio que a representação tenha sido muito boa: ela continuava sorrindo... Recostou-se na amurada, usando a luz do alpendre como uma atriz num palco, e sua voz quente convidou: "Ele não vem hoje. Quer entrar um pouco?" Deveria ter sido mais prudente e recusado, mas para essas coisas não sou covarde.

Entrei, conversamos sobre o meu futuro e o passado dela. Vem cá ver minhas fotos, me disse, e eu a segui até o quarto pequeno onde havia uma grande cama, um guarda-roupa, uma mesinha com um abajur. Senta, ela disse. Apanhou no guarda-roupa uma caixa e mostrou-me fotografias de quando era mocinha, cartas apaixonadas de antigos namorados, retratos deles ou de outros com declarações de amor nas costas e uns versos dedicados a ela pelo namorado atual. "Ele não é meu marido não". Eram sonetos copiados de Camões, palavra por palavra. Amor é ferida que dói e não se sente. Busque amor novas artes, novo engenho. Alma minha gentil que te partiste. "Eu não gosto muito dele, mas gosto que ele me ame assim. Os meus namorados sempre me amaram muito". Tive ciúmes deles e vontade de contar a ela que os sonetos eram de Camões, mas para essas coisas sou meio covarde.

A roupa que Teresa vestia nem sempre estava onde deveria estar. Conversar em cima da cama, recostar, mudar o braço de apoio, apanhar fotos ou cartas para mostrar, ou mesmo buscar conforto são movimentos que podem impedir um penhoar azul de cumprir bem o seu papel. Quando chegou a hora de falarmos de nós, disse-lhe que aqueles seus olhares e sorrisos me pareciam zombaria e me deixavam encabulado. Que tinha vontade de perguntar a ela "o quê que há?", em tom de briga. Que tinha só dezessete (ou dezoito?) anos. Ela falou que me achava muito sério para a minha idade, muito bonitinho também, que quando ouvia o barulho do bonde depois das onze corria para o alpendre para me ver e que às vezes me olhava por cima do muro. Tive vontade de contar que sonhava muito com ela. Mas para essas coisas sou meio covarde.

Quase de manhã pulei o muro que dava para minha casa. Ela me disse que voltasse outras vezes. Era perigoso e eu deveria ter recusado. Mas para essas coisas não sou covarde.

*Correio de Minas*, 8 de abril de 1962

# CANIVETE NO BOLSO

Vejo numa vitrine do Centro grande variedade de canivetes. Quem os compra? Não conheço ninguém que use canivete. Perguntei aos meus amigos, novos e usados, e confirmei: não usam. É estranho. Alguém deve usar, senão não estariam à venda em tal variedade de tamanhos, materiais, desenhos e serventias. Faço uma hipótese: não é que não se usa; é que não se vê usar. Pode ter-se tornado artigo de utilização discreta, como a camisinha e a tintura de cabelo para homens.

Então reparo que nos melhores shoppings, nas vitrines de lojas de aparelhinhos e objetos bem bolados, em meio a engenhocas de aço escovado e acrílico de última tecnologia, lá estão eles. Tornaram-se artigos para presente. Quem os compra, quem os dá, quem os usa? Impossível pensar em um jovem da classe média alta com um deles no bolso.

Para que servia um canivete? Talvez fizesse parte da representação masculina. Da aparência? Sim, digamos que sim, como os bigodes. Os canivetes mais populares eram simples. No geral, um corpo onde se encaixavam duas lâminas de tamanhos diferentes, abrindo-se cada uma para um lado. Serviam para muita coisa, eram adequados a um modo de vida: descascar laranja, desencapar um fio, cortar um barbante, partir um pedaço de queijo ou de doce, picar fumo, talhar fruta, limpar unhas, apontar lápis, abrir páginas de livros que não vinham aparados, preparar isca em pescaria, gravar o nome da namorada em tronco de árvore, assustar briguentos, impor respeito...

Às vezes, numa briga, não dava tempo de o sujeito abrir o canivete, ele apanhava antes de conseguir transformar o objeto pacífico em arma. Meu tio achava melhor não andar com canivete: é mais feio apanhar com ele no bolso do que sem ele, dizia. Lembro-me do filme italiano *Os companheiros*, no qual um grevista dolorosamente cômico se atrapalha para abrir seu canivete e toma uma surra dos bate-paus patronais.

A fim de evitar isso, inventaram para os brigões aqueles de mola. Uma leve pressão no cabo e a lâmina saltava de ponta pronta, brilho terrível. Não era coisa para gente como nós, era utensílio de valentes. Efêmero brilho, pois o sambista Noel Rosa já cantava, setenta anos atrás: *No século do progresso/ o revólver teve ingresso/ pra acabar com a valentia*. Rubem Braga contou uma história bonita, que publicou no espaço da crônica dele, sobre dois irmãos que se separam porque um ameaçou o outro com o canivete.

Essa coisa de serem usados como armas foi um desvio; vê-se na variedade das vitrines que o natural deles é prestar serviço. Chamam a atenção os de mil e uma utilidades. Um daqueles suíços vermelhos foi objeto do meu desejo quando rapazinho. Talvez preenchesse fantasias infantis de leitor de histórias em quadrinhos, especialmente o Batman com seu cinto de utilidades.

Muitos anos depois, ganhei um. Chegou tarde, minhas fantasias haviam mudado, junto com as habilidades. Mesmo assim, a versatilidade dele encantou o antigo freqüentador das páginas de heróis fictícios: lente de aumento, régua de polegada e centímetro, alicate, buril, facas de dois tamanhos, saca-rolhas, abridor de latas e de garrafas, chave de fendas, chave Phillips, serrinha, canetinha esferográfica, lima, lixa de unha, tesoura e até palito. Ah, como eu teria amado esse canivete aos catorze anos!

Não é cômodo levar um desses no bolso. Pesam. O jeito é deixar em casa. Mas para que serviria em casa, onde todo mundo tem faca, tesoura, chave de fenda, palito de dentes? Mistérios do mundo do consumo.

O mercado tem sua lógica. Se estão vendendo, tem utilidade. Vou botar o meu no carro, para alguma emergência. Quem sabe aparece uma goiaba de beira de estrada, um parafuso de brinquedo infantil para desenroscar, uma bula de remédio para ler?

*Veja SP*, 7 de setembro de 2005

# FÁBULA DA VOZ

A voz de Maria Lúcia assustou de repente a família: quente, gutural, intensa, ressoando como numa catedral, soprada e ampliada e moldada como a de um órgão, vibrante mas sustentada, nos altos, nos graves.
O pai teve medo: isso não pode dar certo.
A voz de Maria Lúcia tirava o sono dos rapazes à noite e os adormecia à tarde.
Fazia cair mangas maduras, estalar cristais, amenizar as dores.
A voz de Maria Lúcia dizia poemas de Murilo Mendes: "O mundo começava nos seios de Jandira. Depois surgiram outras peças da criação"...
A voz de Maria Lúcia acordava os galos e antecipava auroras. (Zulmira, anunciadora oficial de auroras, ficava louca de ciúmes.)
Deixava atônitos os passarinhos: que loucura é essa?
Emudecia os atores quando ela declamava sua parte: "Meu filho Joel era marinheiro e sabia os nomes de todas as estrelas".
Fazia enrubescer o padre quando o salmo sagrado adquiria corpo, calor e sangue insuflados pelas impensáveis sugestões daquela voz: "O Senhor fez em mim maravilhas"...
A voz de Maria Lúcia intrometia-se entre os amantes, e era ela que eles ouviam dizer "sou tua!" – logo ela, que nunca se entregara.

A voz de Maria Lúcia carregava de ressonâncias insuspeitadas os poemas mais medíocres.

Ela dizia Federico García Lorca e os ouvintes choravam incontroláveis a morte do toureiro: *A las cinco de la tarde!/ Y el toro solo corazón arriba/ A las cinco de la tarde!/ Cuando el sudor de nieve fue llegando/ A las cinco de la tarde!/ Cuando la plaza se cubrió de iodo/ A las cinco de la tarde!/ La muerte puso huevos en la herida/ A las cinco de la tarde!*

A mãe de Maria Lúcia mostrava a voz da filha até nas fotografias, e ela censurava: "Mamãe, você me mata de vergonha!" – e ria, ria.

Maria Lúcia entrava no elevador e quando dizia "22" para o ascensorista as pessoas se voltavam incomodadas, sabendo-se já atingidas, e não se libertavam daquela voz no trabalho, no automóvel, no jantar, no cinema, no sono!

O recado de Maria Lúcia ao telefone paralisava o interlocutor, e ele tinha de perguntar tudo de novo.

Se haveria mágoa verdadeira quando Maria Lúcia dizia um poema de Florbela Espanca, tal o sentimento com que o dizia, nunca ninguém soube: *Ódio seria em mim saudade infinda,/ Mágoa de o ter perdido, amor ainda.*

A voz de Maria Lúcia perturbava astronautas, distraía comandantes dos grandes jatos.

Intrigados, foniatras e anatomistas queriam saber que desconhecidos eventos produziam o fenômeno. E ela ria...

A voz de Maria Lúcia não era prejudicada por gelados, festejos, noites maldormidas; antes acrescentava-se de novas vibrações, voltava a perturbar os que já se haviam acostumado, preocupava o pai ainda mais.

A voz de Maria Lúcia levava súbita inquietação aos caixas de bancos, às pessoas atrás dos guichês, aos porteiros, aos seguranças, às recepcionistas, aos açougueiros, aos vendedores, aos camelôs, aos repórteres...

Antes que pudessem gravar aquela voz encantada ela voltou ao normal. Uns dizem que foi um anjo; outros, que foi um apaixonado; outros, que um poeta itabirano lhe falou em sonhos: "Pára com isso, Maria Lúcia!" – e ela parou.

*O Tempo*, 16 de outubro de 1997

## O CEGO, RENOIR, VAN GOGH E O RESTO

**V**istos de costas, pareciam apenas dois amigos conversando diante do quadro *Rosa e azul*, de Renoir, comentando o quadro. Porém, quem prestasse atenção nos dois perceberia, e talvez estranhasse, que um deles, o de elegantes óculos de sol, parecia um pouco desinteressado, apesar de todo o empenho do outro, traduzido em gestos e eloqüência quase murmurada. O que dava ao de óculos a aparência de desatento era a cabeça, um pouco baixa demais para quem estivesse olhando o quadro, cabeça que também não estava de frente, mas um pouco virada para a direita com relação à pintura, como se ele enfocasse outra coisa, a assinatura de Van Gogh no pé do quadro vizinho, por exemplo.

O que falava segurava às vezes o antebraço do de óculos com uma intimidade solícita e confiante. Como se fossem amantes. Aproximei-me do quadro, fingindo olhar de perto a técnica do pintor, voltei-me e percebi: o de óculos escuros era cego.

Cego! O que fazia um cego no Masp? Ninguém parecia interessado neles; nem o guarda, treinado para olhar pessoas em vez de quadros. De perto, pude ouvir o que falava:

– ... os olhos dessa menina de rosa brilham como se estivessem marejados, como se ela estivesse a ponto de chorar, e a boca, de um rosa muito vivo, quase vermelho, ajuda a dar essa impressão, parece que se contrai. É muito mágico, não se pode ter certeza. Por cima do corpinho do vestido ela usa uma espécie de colete também de musselina rosa franzida, adornada por uma espécie de babado de alto a baixo.

– Você já falou "espécie de" três vezes.

– Tá bom, vou evitar. Essa... esse colete é preso na cintura por uma faixa bem larga de cetim cor-de-rosa, larga mesmo, de quase um palmo, usada como cinto. Ela tem o dedo polegar da mão direita enfiado nessa espécie de, perdão, nessa faixa de cetim, o que parece um truque do pintor para dar movimento ao braço e graça infantil à figura da menina.

Algo extraordinário acontecia ali, que eu só compreendia na superfície: um homem descrevendo para um amigo cego um quadro de Renoir. Por que tantos detalhes?

– A saia rodada franzidinha é do mesmo tecido cheio de luz. As meias são de uma tal transparência diáfana rosada que mal se destacam das perninhas sadias dela. Vão até a metade da perna, e os sapatos são pretos de alcinha com uma fivela, não, não é uma fivela, é um enfeite dourado, um na alça e outro no peito do pé, bem discretos. Ela dá a mão esquerda para uma outra menina de vestido igualzinho ao dela, só que em azul, bem brilhante, e ela tem os cabelos mais claros.

– Azul como quê? Fale mais desse azul – pediu o cego, como se precisasse completar alguma coisa dentro de si.

– É um azul claro, muito claro, um azul que tem movimento e transparência e muita luz, um azul tremulando, azul como o de uma piscina muito limpa eriçada pelo vento, uma piscina em que o sol se reflete e que tremula em mil pequenos reflexos... Lembra-se daquela piscina em Amalfi?

– Lembro... lembro... – e sacudia a cabeça, reforçando.

– É parecido. A menina de azul é um pouquinho mais alta e está quase sorrindo... o contrário da outra. Parecem irmãs, devem ser irmãs, mas ela tem os cabelos mais claros, louros mesmo, e mais compridos. A mão esquerda dela tem um movimento gracioso, como se ela segurasse com o indicador e o polegar um raio de luz do vestido brilhante...

Afastei-me, olhei-os de longe. Roupas coloridas, esportivas. Depois de poucos minutos, passaram para outro quadro, de Van Gogh. Pouco a pouco a compreensão do que faziam ali me inundou, e fechei os olhos para ver melhor. O guarda treinado para vigiar pessoas estava ao meu lado e contou, aos arrancos:

– Eles vêm muito aqui. Só conversam sobre um quadro ou dois de cada vez. É que o cego se cansa. Era fotógrafo, ficou assim de desastre. É cego mas é rico.

Disse rico como se fosse uma compensação justa. O mistério da alma humana não o inquietava, aquela necessidade de ver, dentro do não-ver. A construção de um quadro na mente de alguém por meio de palavras. Não o tocava a dedicação do narrador de quadros – seria amor? –, o seu esforço amoroso de fazer as palavras brilharem como tinta, concretas.

Saí, passei por eles, ocupados em pintar *O filho do carteiro*, de Van Gogh:

– ... um amarrotado boné de carteiro, azul marinho com debruns dourados na pala e na copa, e tem olhos azuis muito abertos, como que assustado...

*Correio Braziliense*, 16 de agosto de 1997

## LEMBRA-SE?

*F*alar ao telefone era uma coisa discreta. Em aparelho público de esquina ou de corredor de shopping, falava-se baixo. Quando ligava de um posto da companhia telefônica, a pessoa fechava-se numa cabina. Trocavam-se palavras necessárias, pois dava trabalho deslocar-se até um aparelho. Agora, na era do celular, todo mundo fala alto e até com espalhafato nas ruas, nos ônibus, nos corredores, nos restaurantes (também, pela banalidade, os assuntos não interessam a ninguém).

Não havia essa quantidade de cocô de cachorro nas calçadas dos bairros residenciais.

Dava-se corda nos relógios.

Era tranqüilo caminhar pelas ruas à noite.

O papel higiênico era vendido em pacotes de um rolo, embora as famílias fossem maiores.

Os culpados já não eram punidos.

As pessoas não eram obrigadas a suportar o mesmo narrador de futebol. Várias emissoras de televisão transmitiam os jogos que quisessem, podia-se escolher uma ou outra, pelo critério de narrador menos chato.

As virilhas não eram depiladas.

Os jornalistas destacavam-se pela objetividade, isenção, informação e texto bem-feito.

Não havia tantas louras.

Helicóptero não era transporte urbano.
Motocicleta era diversão dos fins de semana.
Os filmes faziam menos barulho.
Os vendedores de livros conheciam as obras, pelo menos sabiam do que se tratava.
Os bancos lucravam bilhões e não cobravam mensalidade para você deixar seu dinheiro com eles nem para lhe fornecer um simples talão de cheques.
Havia só trezentos picaretas no Congresso.
Polícia era polícia, bandido era bandido.
Jogadores de futebol habilidosos podiam dar dribles humilhantes, fazer embaixadas, passar a bola pelo meio das canelas dos adversários, dar chapéus seguidos, fazer malabarismo, sem que isso fosse interpretado pelo outro time como menosprezo antiesportivo e se tornasse motivo para agressões.
A Justiça era apenas cega.
Brasileiro, para ir morar fora, tinha de ser exilado.
O Natal era melhor. O Carnaval era melhor. O Sábado da Aleluia era melhor. O Sete de Setembro era pior.
A corujinha da TV mandava as crianças para a cama às 9 horas da noite.
Os jovens iam para os bares com livros debaixo do braço e parece que os liam, pois sobre eles discutiam e se dividiam.
Os artistas plásticos não desprezavam a parede. "Instalações" eram as sanitárias, elétricas, hidráulicas etc.
A buzina dos automóveis era um recurso para chamar a atenção de alguém e evitar acidentes.
Os jornais não sujavam tanto as mãos da gente.
As famílias podiam ir sem riscos aos estádios de futebol.
Não havia hipótese de silicone.
Os pobres eram magros.
Os apartamentos construídos para as famílias da classe média tinham espaço para os móveis.
As meninas de doze anos brincavam com Barbie.

A escola era pública, a rua era pública, a saúde era pública, a opinião era pública. Privada era outra coisa.
Manga com leite fazia mal.
Havia garoa.
O beijo era uma intimidade, não um espetáculo.
Parlamentares parlamentavam, ministros ministravam, presidentes presidiam, garotinhos empinavam pipas.
Pizza não era coisa feia.

*Veja SP*, 24 de maio de 2006

# DUAS HISTÓRIAS DE AMOR

## Amor gaúcho

Amanhece. Em agonia de morte, a mulher do velho magistrado, revolucionário de 1924, confessa-lhe que o havia traído com o primo dele no dia seguinte à noite de núpcias, sessenta anos atrás. Quer paz na consciência e perdão. Morre sem o perdão.
    Ele era, em 24, um jovem tenente em fúria guerreira. A fúria transformou-se em loucura de amor. Seguira o companheiro capitão Prestes na batalha das Missões e na escaramuça até o Paraná. Era um bicho na luta. Só não saiu guerreando na Coluna Prestes pelo Brasil afora porque mais forte do que a fúria cresceu uma paixão, nascida durante as refregas em São Luís. Trocou a revolução pela sua prenda, com quem se casou e viveu feliz, fiel e amoroso por sessenta anos. Até aquela manhã, duplamente dolorosa.
    O sangue do jovem tenente de 24 ferve nas veias do velho traído. Tudo deixara por ela: revolução, pai e mãe, carreira militar, o pampa. Viajara na sombra de Getúlio para o Rio de Janeiro, depois de volta para Porto Alegre, como juiz do Tribunal. Ela, perfeita e dedicada, sempre. O velho juiz se pergunta: por que com o primo e por que uma única vez?
    Não é o velho, é o jovem tenente acordado nele quem

cata no armário, e veste, bombacha, bota, guaiaca, punhal, poncho, chapéu e pistola. Cavalga nuvens até o Rio.
— Onde é a festa, vovô? — brinca alguém no aeroporto.
O punhal de dois palmos emudece a chalaça carioca, sobe de táxi até Santa Teresa, invade o silencioso quarto da sesta e se encaixa, qual bainha, na barriga do traidor.
— Por Norinha, cachorro!
— Primo! Faz tanto tempo! Já nem me lembro! — nas vascas.
— Foi hoje de manhã, cachorro.
E volta para Porto Alegre, a tempo de chorar e enterrar sua querida.

## Amor mineiro

Curió era sapateiro e gostava, pela ordem, de sua mulher, Idalina, de violão e de conhaque. Quando Idalina reclamava muito das ausências e do porre, Curió mudava a ordem das suas paixões: violão, conhaque e Idalina. Se a mulher chorava por isso, mudava a ordem de novo: conhaque, Idalina, violão.

De dia, batia sola; de noite imitava Djavan. Idalina reclamava de dia e esperava de noite. Inútil espera. Botava a culpa no violão: sem ele — achava — Curió não ia emendar trabalho com botequim, nem botequim com mulher. O apelido de Curió nascera da música, desde mocinho. Diabo de violão.

Um dia Curió deu-se conta: ela já não reclamava havia algum tempo. Reparou mais: ela andava cantarolando umas coisas de Nelson Gonçalves e de Chitãozinho e Chororó, no tanque. Descuidava da casa, das roupas dele, da comida. Batia sola se perguntando: que será que ela está aprontando?

Por acaso, numa conversa de botequim, descobriu tudo. Bebeu meia garrafa de conhaque, levou o resto, foi direto para casa, pensando em matar, poça de sangue, faquinha de sapateiro espetada no peito dela. Idalina não estava. Esperou, esperou.

Desconfiava: todos sabiam. A cada copo de conhaque, a vingança virava culpa no peito de Curió.

Quando ela voltou, tarde da noite, encontrou-o estirado no chão, veias abertas, violão e bilhete sobre o peito: "Me vingo dela tocando viola de papo pro ar".

*O Tempo*, 31 de agosto de 1998

# MINHA ÁRVORE

Começo com aquele antigo preceito chinês: "Para se sentir realizado, um homem precisa fazer três coisas: plantar uma árvore, escrever um livro e ter um filho". Claro, sábios chineses só aparentemente são simples. Árvore, livro e filho estão aí representando simbolicamente coisas imensas, como a natureza, o conhecimento e a espécie. A cada homem caberia preservá-las. Esqueçamos por um momento a profundidade dos símbolos, falemos do simples, dos três elementos do preceito.

Filhas, tenho duas; livros, publiquei alguns; árvores, plantei várias. E sinto-me frustrado porque uma delas, plantada num momento de nostalgia há mais de vinte anos, não cumpriu ainda seu destino. Não tenho a desprendida grandeza humanista do sábio chinês. Cultivei minhas árvores foi por puro sentimentalismo, saudade da infância ou carência egoísta.

Já contei aqui minhas atribulações atrás de jabuticabas e o plantio de um pé enxertado, que na primavera passada cumpriu sua obrigação pela primeira vez: deu três frutinhas. Neste ano, espero uma baciada. Nostalgia. Com paladar e olfato de menino plantei no sítio pés de lima da Pérsia, carambola, amora, jamelão, jambo, pitanga – incríveis pitangas gordas como ameixas! E cajazeiro, bananeira prata, pessegueiro, biribazeiro, cujo fruto, o biribá, andam chamando de atemóia nas feiras do Sudeste. Tem biribá no dicionário, mas não tem atemóia. Deve ser nome de relançamento.

Árvore de flor? Plantei avermelhado flamboyant e sanguinolenta espatódia, bicolor quaresmeira branca-violeta e leitosa pata-de-vaca, escandalosa acácia amarela cacheada e frívola extremosa rosada. Tudo para recuperar momentos, vistas de janelas, esquinas, colinas. Mas essas botei no campo, vivem na farra da natureza, entre abelhas e passarinhos, orvalhos e calores, umas preparando as cores que vão exibir na próxima florada, outras já juntando forças para sintetizar-se em sementes e criando carapaças para protegê-las, as mais generosas envolvendo-as em polpas, que adoçam lentamente ao sol.

O meu problema é com a minha árvore urbana, uma magnólia.

Magnólias têm grandes copas frondosas, de folhas largas, flores de um branco cremoso tendendo para o amarelado no centro e são muito, muito perfumadas, sobretudo à noite.

Havia, na Belo Horizonte da minha juventude, uma rua arborizada com magnólias, e na avenida que a cruzava morava uma namorada. Nas madrugadas frescas, o perfume passeava na brisa, tomava quarteirões em volta, intrometia-se nos hálitos, nos beijos, nos sonhos, e muitos anos depois enfiou-se nas lembranças em minha vida de neopaulistano. Quis então plantar um pé daquela árvore perturbadora na frente da minha casa, no Jardim Paulista. Secreta homenagem amorosa.

Deu trabalho. Fui buscar em Belo Horizonte uma igualzinha, muda viçosa e garantida. Sem espaço no terreno da casa, plantei-a na beira da calçada, protegi-a com grades, reguei-a de esperanças. Quando ficava a ler no jardim podia vê-la ali em frente, pequenina; ainda era tempo de muros baixos e de bons-dias entre vizinhos. Árvores de metrópoles são sistemáticas, custam a agradecer. Mas ela foi, afinal, rompeu com os anos. Saí da casa e do bairro antes que ela chegasse a três metros.

    Ainda passo lá de vez em quando, para conferir. Está forte, copada, enorme, mas não deu uma flor nesses vinte e quatro anos. Chego a pensar que há algo de pessoal nisso. Será implicância comigo?

    Melhor pensar que ela sente saudades de Minas.

*Veja SP*, 15 de maio de 2002

# PERDÃO

    Leitores nem sempre são passivos. Faz três anos exatos que nos medimos nesta página, olho no olho, às vezes com uma piscadela cúmplice, outras com um muxoxo reprovador. A título de balanço, dei uma repassada na pasta das crônicas; achei que elas se equilibravam nos acertos e nos desacertos. Fui por certo benevolente, pois o equilíbrio revelou-se enganoso: um leitor acaba de mostrar-me o desacerto de uma crônica que eu havia computado entre os acertos. Vou contar, mas concedam-me um antes, porém.
    Autores são leitores complicados. Quando estão ainda se preparando para ser escritores, sua leitura é ávida, aberta, antenada. Depois que ficam famosos, se tornam seletivos, ociosos, implicantes.
    Com relação à própria obra, dividem-se em dois. Assim que o livro é publicado, o duplo que eles se tornaram lê tudo aquilo de novo, e são duas as leituras que correm paralelas: uma, saboreando o texto; outra, policiando-o; a primeira ele a faz colocando-se no papel do leitor idealizado, aquele que acompanha sua obra e para quem preparou seu buquê de flores e frases perfumadas; a segunda, no papel do crítico e dos rivais, os quais imagina ansiosos por descobrir sob o seu tapete de palavras algum lixo, um cisco que seja.
    Quando sai a revista, o cronista relê o texto, pensando nos seus leitores: centenas de milhares de assinantes, com suas famílias e seus amigos, quatro pessoas por exemplar,

dezenas ou centenas nas salas de espera dos consultórios, nos salões de beleza e escritórios, mais o imponderável navegador da internet. Pensa neles e se pergunta: será que alguém curtiu essa passagem, será que contribuí de forma positiva para a semana dele ou dela? Lá e acolá nessa vasta geografia, discordantes invisíveis sacodem a cabeça.

Apareceu-me um desses. Materializou-se numa prosaica fila de cinema. Disse que não fui delicado nem justo com as árvores da cidade. Como assim?

– Outro dia você enalteceu numa crônica as árvores do campo e disse, abro aspas: Árvores de metrópoles são sistemáticas, custam a agradecer. Fecho aspas. Não é justo. Pense nas dificuldades que elas enfrentam.

A fila andou de repente e rápida, o crítico ficou para trás, mas suas palavras atrapalharam meu filme.

Ele tem razão. Falei das árvores das ruas como se fossem ranzinzas, ou fizessem corpo mole. Sobreviver numa cidade como São Paulo não é fácil para elas também.

A água que as alimenta só entra por um quadradinho ou círculo aberto no cimento, pouca. A terra não arfa, não respira, não absorve. O asfalto a abafa e esquenta. Adubos naturais não há, muito menos os artificiais. Os ares são poluídos, sufocam as folhas. Vândalos quebram galhos, riscam cicatrizes nos troncos; automóveis dão-lhes marradas, namorados gravam nelas corações flechados. Fios de eletricidade e de telefone dão ensejo a podas cruéis. Raízes esbarram em galerias, fundações, asfalto. Prefeitos as dizimam. Nem o orvalho aparece mais para refrescá-las durante a noite. Sons estridentes as estressam. E mesmo assim algumas se agigantam, como a figueira da Rua Haddock Lobo ou a da Praça do Parque Antártica, mamoeiros e goiabeiras brotam nas gretas dos cimentados, nas ruas florescem, escandalosamente, ipês, sibipirunas, acácias, quaresmeiras e jacarandás-mimosos.

Heróicas árvores citadinas, humildemente, e agradecido, eu vos peço perdão.

*Veja SP*, 26 de junho de 2002

# CASO DE POLÍCIA

Desde que viu pela primeira vez um filme policial, o rapaz quis ser um homem da lei. Sonhava viver aventuras, do lado do bem. Botar algemas nos pulsos de um criminoso e dizer, como nos livros: "Vai mofar na cadeia, espertinho, onde o filho chora e a mãe não ouve". Resolver um crime misterioso, descobrir o esconderijo do assassino e gritar no megafone: "Entregue-se, você está cercado! Saia com as mãos para cima!"

Estudou Direito com o objetivo de ser delegado de polícia. No início do curso até pensou em tornar-se um grande advogado criminal, daqueles que desmontam um por um os argumentos do nobre colega, mas a partir do segundo ano percebeu que seu negócio eram mesmo as algemas, como nos filmes: "Sorry, você está encrencada, baby". Assim que se formou, inscreveu-se no primeiro concurso público para delegado. Fez aulas de defesa pessoal e tiro. Estudou tanto que passou em primeiro lugar, longe do segundo, com direito à melhor vaga. Logo saiu a nomeação, para uma delegacia em bairro de classe média, Vila Mariana.

No dia de assumir o cargo, acordou cedo, fez a barba, tomou uma longa ducha, reforçou o desodorante para o caso de algum embate prolongado, passou um perfume de limão, bem masculino, vestiu a camisa mais chique, o melhor terno, caprichou na gravata, lustrou os sapatos e olhou-se no espelho, satisfeito. Encenou um sorriso cínico imitando Sean Connery, ajeitou o paletó e falou em inglês:

– Meu nome é Bond. James Bond.

Na delegacia, percorreu as dependências, conheceu a equipe, conferiu as armas, as viaturas, e sentou-se à mesa, à espera do primeiro caso. Não demorou: levaram até ele uma senhora idosa e enfezada.

– Doutor, estão atirando pedras no meu varal!

Adeus 007. O delegado-calouro caiu na besteira de dizer à queixosa que aquilo não era crime.

– Não é crime? Quer dizer que podem jogar pedras no meu varal?

– Não, não é isso.

– Então o que é? O senhor vai fazer o quê?

– Eu não posso prender ninguém por isso.

– Ah, é? Então a polícia vai permitir que continuem a jogar pedras no meu varal? A sujar minha roupa?

James Bond não tinha respostas. Procurou saber quem jogava as pedras, a velha senhora não sabia. Tinha inimizade com algum vizinho? Não, disse ela, e nem amizade:

– Não me dou com gentinha.

Suspeitava de alguém da casa ao lado. O delegado mandou "convidarem" o vizinho para uma conversa e pediu que trancassem a senhora numa sala, para não ouvir mais a palavra varal.

– Ai, meu Deus, só falta ser um velhinho, para completar! – murmurou o desanimado Bond.

Era um velhinho. Ele confessou, dando risadinhas travessas. Repreendeu-o, como faz um filho de pai biruta:

– O senhor não pode fazer uma coisa dessas, incomodar os outros. Por que isso, aborrecer as pessoas?

– É para passar o tempo. Vivo sozinho, e com isso eu me divirto um pouco, né?

O moço delegado cruzou as mãos atrás da cabeça, apoiou-a nelas, fechou os olhos e meditou sobre os próximos trinta anos. Pensou também na vida, na solidão e em arranjar uma namorada. Abriu os olhos e lá estava o velhinho.

– Pois eu vou contar uma coisa para o senhor. A sua vizinha, essa do varal, está interessadíssima no senhor, gamadona.

O velho subiu nas nuvens, encantado. Recusou-se a dar-lhe mais detalhes, mandou-o para casa. Chamou a senhora:

– Ele esteve aqui. Confessou tudo. É um senhor de idade. Bonitão, viu? Disse que fez tudo por amor, para chamar a sua atenção.

Percebeu que uma chama romântica brilhou nos olhos dela.

Caso encerrado.

*Veja SP*, 27 de setembro de 2000

# O PAÍS DAS BALAS PERDIDAS

*B*alas perdidas transformam-se em notícia por todo o país. Desde que isso começou, não faz muito tempo, nem pouco, mais de uma centena de pessoas foram atingidas na cidade do Rio de Janeiro. Em São Paulo, é difícil contar.

Sem nenhum bairrismo elas voam geral, irrompem num circo, num ônibus, numa janela de sala de estar, numa padaria, em muitas escolas, numa praça, num banco, numa rua, num quarto de dormir, e se alojam num corpo. Aí se livram da sua característica principal – a de perdidas – e se acham, são achadas.

Por que se diz: perdidas? Perdida é a bala que não se encontra nunca, são as que voam até perder a força e tombam, exaustas e sem glórias de *Jornal Nacional*, num mato qualquer.

A bala perdida: quem a perdeu? A linguagem tem sempre uma lógica. Quem perdeu a bala perdida? O atirador? Pior para quem a achou.

Uma pessoa, quando perdida, não tem rumo. Se diz: desorientada, vagueia. Uma bala não. A bala perdida segue reta e veloz como quem sabe aonde vai. Igualzinho às outras, suas irmãs, que levam endereço certo.

Perdida, então, quer dizer o quê? Desperdiçada? A linguagem nem sempre tem lógica. Quando acha um corpo a bala pode ainda se chamar perdida?

A que acha, não sendo aquele o corpo que buscava, será menos desperdiçada do que as outras, que esbarram em uma simples parede?

Ninguém procura as balas perdidas. Nem quem as perdeu, nem quem as encontrou, sem querer. São indesejadas, e quanto mais o sejam, mais ansiosas parecem por alojar-se.

Essas balas voadoras, libertas da sua casca, só são realmente perdidas se ninguém nunca mais as viu. Então são também inúteis, negação da sua essência mortal.

Uma bala, quando é útil, fere, mata. É criadora: cria órfãos, viúvas, pais inconsoláveis. Quem a dispara sabe disso. Quem a fabrica e vende sabe disso. Quem recolhe impostos sobre ela sabe muito bem. Porque ela não serve para mais nada, para isso foi feita.

Seria próprio chamar essas inúteis de balas desaparecidas? No país das balas perdidas, perdem-se também crianças, chamadas desaparecidas. Mas esta já é outra história.

Não, a essas balas não se poderia chamar de desaparecidas porque ninguém sabia delas antes de se libertarem de sua casca, quando, ainda pacíficas, guardavam para si sua capacidade voadora e mortal. Só depois que explodem é que voam, e então se perdem. Ou não.

O poeta João Cabral de Melo Neto deu um lindo nome a essas balas sem dono: ave-bala. No poema "Morte e vida Severina", o retirante pergunta aos que levam um defunto: *Quem contra ele soltou/ essa ave-bala?* E a resposta: *Ali é difícil dizer,/ irmão das almas,/ sempre há uma bala voando/ desocupada.*

Éramos um povo acostumado à arma branca, à peixeira, ao punhal, ao facão; herdamos a tradição ibérica de sangrar, cortar o pescoço, capar. Meninos já tinham seu canivete de ponta. Malandros riscavam o ar com navalhas. Mulheres da vida brandiam giletes. Numa arruaça, quem podia metia a mão numa cara, dava rasteiras. Em algum momento o "te meto a faca" virou "te meto uma bala", aquele "te meto a mão na cara" virou "te meto uma bala na cara". Começaram a voar as aves-balas.

*No século do progresso/ o revólver teve ingresso/ pra acabar com a valentia* – cantou Noel Rosa nos anos 30. Surgiu outro tipo de valente, o que fica atrás do revólver. Não é preciso arriscar-se, chegar perto para ferir. Diz João Cabral: *Mais garantido é de bala/ mais longe fere.*

O que aconteceu depois? Guerras "sujas", guerrilhas urbanas, terrorismo, heróis dúbios, a insistência da televisão, drogas proibidas. Ninguém pense que a influência estrangeira é a culpada. Não, não importamos a violência, ela é tão nossa quanto o petróleo. Só importamos a cultura da arma de fogo.

No país das balas perdidas, perdem-se também crianças, nem sempre desaparecidas. Muitas delas vão mais tarde brincar de soltar aves-balas, nem sempre perdidas.

*Veja SP*, 1º de dezembro de 1999

# DOCES PRAZERES

Quando é que adquirimos a culpa de comer doce? Por que é que ficamos com aquela sensação de falta, de pecadilho, de fraqueza de caráter quando não resistimos ao apelo de um pratinho de doce de leite, de uma lasca de goiabada, de um triângulo de torta?

Até uma certa idade, o doce é um prêmio. Mais tarde, sem que saibamos por que, insinua-se a censura, como se comer doce fosse a mesma coisa que fazer xixi na cama: até uma certa idade, pode; depois vira mau hábito.

Dependendo da relação que tiveram no passado com o fazer dos doces, muitos conservam, pela vida inteira, na memória, as emoções, os sabores, olores, cores e amores dessa infância de prazeres permitidos. E se a gente deixa a memória passear à toa, vem, nas lembranças, todo o conjunto de instrumentos, ingredientes, modos, pessoas e procedimentos ligados a esse sem-vergonha erotismo oral infantil.

Vêm, por exemplo, os instrumentos: panelas, tachos, gamelas, colheres de pau, conchas, garfos, espumadeiras, fôrmas, ralos, pedras de pia, peneiras, canudos de metal e de bambu, coadores, forminhas de papel... Não qualquer panela, mas aquela onde, na memória, ainda se desfaz uma rapadura em brilhante melado. Não qualquer tacho, mas aquele onde fumegam verdes figos. A gamela onde se amontoam goiabas vermelhas, já sem cascas. A colher de pau apressada no plocploc de dar o ponto num doce de leite. A concha entornando nos vidros a compota de mamão enroladinho. A espumadeira retirando a indesejável espuma gordurosa do mocotó. A fôrma de cabeça para baixo revelando aos poucos certo dourado pudim. A pedra de pia salpicada de açúcar cristal, pronta para receber a lava quente de doce de cidra. O tabuleiro saindo do forno cheio de banana chiando com manteiga, açúcar cristal e canela. O ralo produzindo flocos de branco coco. Forminhas de papel acomodando, como ninhos, amarelos beijinhos...

Vêm à memória os recipientes onde se guardavam as delícias: compoteiras bojudas, grávidas de pêssegos em calda; latas fechadas, escondendo talvez um suspiro, quem sabe um cajuzinho de amendoim; vidros de formas variadas, às vezes azulados, às vezes cor-de-rosa, disfarçando lá dentro a brancura das balas-delícia; caixinhas de madeira grampeadas, rótulo verde, a palavra Colombo escrita em espiraladas letras *art nouveau*, guardando vermelho tijolo de goiabada ou aquela marmelada do tempo em que havia marmelos.

Vêm os móveis e utensílios. O rústico e pesado armário de cozinha, onde se guardavam as rapaduras ou a areia grossa do açúcar cristal, junto a desinteressantes feijões, arrozes, canjicas e fubás crus. A mesa da cozinha, marcada de cicatrizes de tanto servir. O perigoso fogão onde bufavam panelas, tachos e a chaleira: não chegue perto, menino, vai se queimar! Já na copa a coisa ficava mais interessante: era lá que o guarda-comida protegia da cobiça dos humanos e das moscas o melado, as geléias, bolos, quecas, biscoitos.

Em seguida surge, gloriosa, a cristaleira. É impossível tirar da memória a despudorada cristaleira, com seu apelo transparente, mostrando intimidades: pratos e compoteiras e vidros de beijos-de-moça, beijinhos, boquinha-de-moça, amor-aos-pedaços, baba-de-moça, chuvisco-de-amor, suspiros, canudinhos, compotas, doces moles e secos, glaçados, pudins, queijadas, tortas.

E a mesa. Ah, a mesa do aniversário! Sobre ela se estendia honesta toalha de linho bordada e se distribuíam pratos e bandejas, onde canudinhos de doce de leite, pés-de-moleque, suspiros, losangos de doce de leite, quadradinhos de doce de cidra, cocadas, marias-moles e cajuzinhos eram arrumados em arredondados cones, tornando-se, eles mesmos, enfeites coloridos.

Comia-se a beleza.

*O Tempo*, 15 de janeiro de 1998

# APAIXONADA

Movida pela raiva e pelo ressentimento, ela pegou todas as cartas de amor do seu amor, relíquias de uma relação de confiança inabalável e de irreprimidas declarações escritas, pegou aquelas 39 cartas guardadas na primeira gaveta da cômoda, cartas que relia nos momentos de saudade do ausente, juntou com as fotos dedicadas por ele e jogou tudo no lixo.

A paixão é um sentimento de risco. Porque não admite erros. Qualquer falha da outra pessoa na área sensível da confiança joga o apaixonado na irracionalidade.

Depois de se desfazer das cartas do traidor, ela passou um tempo gozando a satisfação de saber que ali na porta da casa elas esperavam a passagem dos lixeiros, espremidas no saco preto de plástico junto com rejeitos da cozinha, cascas de frutas e flores murchas. Restos, tudo resto.

Ouvidos atentos ao que se passava lá fora; mesmo enquanto assistia à novela, ela aguardava os barulhos inconfundíveis do caminhão de lixo, aquela suspensão socada, as pás trituradoras girando e compactando os sacos. Só depois de completo o serviço consideraria banidas as mentiras, punido o infame.

O caminhão chegou, parou na sua porta. Ela sabia o que estava acontecendo em cada momento, ouvia os passos pesados dos homens de galochas, o som abafado do saco jogado na goela malcheirosa, as pás trabalhando, o carro se afastando em marcha reduzida e pesada, recolhendo outros sacos...

Nesse momento escutou um gemido. Tensa, procurou identificar de onde ele vinha, girando a cabeça aos arrancos como uma galinha, esperando ouvi-lo outra vez para ter certeza de que não fora ela.

Ouviu, e era ela quem gemia.

Correu, abrindo portas e portão, arrependida, iluminada, aquelas cartas eram a parte do seu amor que deveria guardar, não os podres que vieram depois, tinha de jogar no lixo é o que veio depois. Gritou, alcançou o caminhão, explicou o motivo da sua aflição, mas o motorista afirmou que era impossível regurgitar ali o lixo compactado.

Ela falou que iria com eles até o lugar onde iam descarregar. Ele preveniu: "É perigoso, dona. É lixão da periferia". Ela disse que iria só para marcar o lugar exato, que depois a deixassem em algum lugar, voltaria com Deus. O homem, perturbado por tanta obstinação e prevendo alguma vantagem, aceitou. Paixão é risco.

Fincou na escuridão do lugar um galho de mamona, a coisa mais imprestável que encontrou. O caminhão ia voltar para coletar mais lixo no bairro dela e o homem a deixou num bar com telefone em troca de uma nota de dez.

De manhã cedinho ela voltou ao lixão, fervorosa e confiante, de galochas, luvas de borracha, máscara e garfinho de jardinagem. Insana mas limpinha. O galho de mamona estava arrancado, não se podia ter certeza de que o lugar era aquele. Orou e começou a escarafunchar a imundície.

Por volta do meio-dia ainda estava lá. Sol forte, cheiro péssimo. Pessoas catavam, separavam coisas. Uma mulher reparou que ela não pegava nada, só procurava. Apenas concordou: "É". A mulher contou: "Já achei aliança. Radinho de pilha. Monte de fita pornô. Faca de cozinha. Dentadura. Celular. Aquele ali diz que tá procurando jogo da loto premiado, jogou fora por engano. Pra mim, tudo que vier é lucro. Cê tá procurando o quê? Anel?" Resolveu falar: "Cartas, um pacote de cartas de amor, amarrado com fita azul. Você viu?"

Voltou no segundo dia, obstinada. No terceiro, a televisão foi falar com a mulher branca, nova, bem-arrumada, que procurava cartas de amor no lixão.

No quarto dia, um homem apareceu e pôs-se a convencê-la de que deveria esquecer aquela história, começar outra. Todos as manhãs trazia-lhe café com leite e bolachas, conversava, insistia que fosse com ele. Um dia ele entregou-lhe o café com leite, disse que não ia voltar e foi indo. Ela cravou o garfo num saco, encontrou as cartas, olhou o homem que se afastava, deixou-as lá e foi atrás dele.

*Veja SP*, 16 de novembro de 2005

# GUERRILHA URBANA

Algumas atividades entortam as pessoas. Umas entortam o corpo, como as pernas arqueadas dos caubóis, a corcunda dos alfaiates, os braços desiguais dos tenistas, os ombros dos nadadores, a lordose das bailarinas de tchan-music. Outras atividades – como a de polícia, agente financeiro, jornalista – entortam a cabeça. Meu amigo era jornalista.
    Era. Meio que pirou. Isto já é o meio da história, vamos ao começo. Era copidesque, do tempo em que o copidesque era um poder nas redações: reescrevia, corrigia e titulava as matérias. Não tinha nenhum talento especial, a não ser a intimidade com a gramática. Nem era jornalista formado, havia parado no meio o curso de Direito, fascinado pela oportunidade de trabalhar na "cozinha da redação". Refogava concordâncias, descascava solecismos.
    Chama-se Antônio. Por ser baixo virou Toninho. E pela devoção à gramática Toninho Vernáculo ficou sendo. Seu talento especial valeu-lhe uma promoção, de copidesque para chefe da revisão. Passou anos e anos corrigindo originais. Novas tecnologias invadiram as redações no final da década de 80. Com os computadores, acabou-se a revisão. Ao leitor, as batatas.
    Toninho Vernáculo foi deixado num canto, espécie de dicionário vivo. Recorriam a ele quando tinham preguiça de consultar o manual. Irritava-se. Então, meio que pirou.

Achava que alguns tinham questões pessoais com a língua portuguesa, arranca-rabos com a sintaxe. Um não suportava a crase. Aquele tinha escaramuças com o infinitivo pessoal. Outro abominava a regência. Toninho não agüentou, aposentou-se.

Novos desafetos da língua passaram a provocá-lo pela televisão, em casa. O ator vinha andando para a câmara e atacava de pleonasmo: "há muitos anos atrás investi no boi gordo". A repórter de feira dizia que "o" alface encareceu. Lula confiava "de que" o partido sairia fortalecido. O jingle publicitário apelava: "vem" pra Caixa você também! Toninho brigou com a tevê:

– É venha! Venha você! Vem tu!

Uma ótica anunciava: faça "seu" óculos... Meu amigo largou a tevê, pegou o jornal: vendas "à" prazo. Sentia-se acuado, pessoalmente agredido. Um dia, lendo Monteiro Lobato, topou com o conto "O colocador de pronomes", em que um homem sai pela cidade corrigindo pronomes malcolocados. Iluminou-se. Era um recado.

Hoje, Toninho Vernáculo é um dos dois ou três santos da ortografia que andam por São Paulo corrigindo o português nas placas das padarias, cardápios dos restaurantes populares, anúncios classificados dos jornais. Telefona para os anunciantes:

– Olha, vendas a prazo não tem crase. Não se usa antes de palavra masculina.

Telefona para as regionais da Prefeitura, exigindo a retirada do acento agudo de placas de ruas e praças: Traipu, Itapicuru, Pacaembu, Barra do Tibagi, Turiassu ("é com 'c' cedilhado", implora)... Centenas de casos. Há dias encontrei-o comprando tinta e escada. Anunciantes de cerveja não quiseram mudar um outdoor, tinham rido dele. Redondo aqui, disseram, é um advérbio em "mente" abreviado, significa redondamente, de modo redondo. Retrucou: por que não de maneira redonda? Outros opinaram: é locução, como

"fala grosso", "machucou feio". Protestou: chuva cai fininha, sol nasce quadrado, lua nasce quadrada. Riram. Ficou bravo. Ia partir para a guerrilha armado de tinta e pincel, atacar os painéis de madrugada:
— Uísque é que desce redondo. Cerveja desce redonda!

*Veja SP*, 19 de maio de 1999

# MAUS-TRATOS

Com muita discrição e envergonhado, o vizinho me procura para pedir ajuda. Talvez devesse dizer: pedir socorro. É um homem que conheço de elevador e de cachorro – e aqui estou furtando graças de um narrador de Machado de Assis, que fala de um fulano que conhecia de vista e de chapéu. O meu vizinho desce e sobe carregando um desses cachorros pequenos de nariz achatado e olhos saltados. Ao entrarem no elevador, conversam entre si com pequenos grunhidos cochichados, e suspeito que se entendem, pois após um ou dois grunhidos nos ouvidos um do outro, portam-se como adultos bem-treinados, até o fim da viagem.

Ele já me havia dito que sabia do meu trabalho. Ousadia que os discretos só cometem quando estão apenas dois no elevador, ele e o interlocutor, três com o cachorro, no caso. Eu vinha sentindo nos seus bons dias e boas noites um refreado desejo de aproximação; a curta conversa no percurso de onze andares foi suficiente para ele dizer que me conhecia bem, pelo que eu escrevia, e perguntar se podíamos falar um dia desses. Podíamos, que fazer.

Apresentou-se à noitinha. Era, resumindo, um pedido de socorro.

A introdução que ele fez não foi longa, e acho que para abreviá-la nem aceitou chá, café, refrigerante ou uísque. Que era um homem de paz, garantiu, incapaz de levantar a mão para uma pessoa. Jamais. Ele e a mulher estavam juntos havia mais de dez anos, cada um tinha um filho casado, filhos estes de outros casamentos, não tinham netos. Casaram-se por amor, revelou sem pudor. Já eram separados quando se conheceram. A idéia do cachorro fora dele, ela não apreciava bichos. Temi, por um brevíssimo instante, que ele fosse me pedir para ficar com o cão, mas não:

– De uns tempos para cá ela começou a me agredir. Me bater!

Abri os olhos ante a revelação inesperada. Só então reparei que a sua mão direita tremia e lamentei não ter reparado nisso antes. Ele deveria estar muito desamparado para tratar daquilo com um quase desconhecido. Entendi a solidão dele, não era coisa que pudesse falar com o filho.

Ficamos parados, como se a revelação fosse uma barreira e não uma entrega. Talvez ele devesse ter contado aos poucos, preparado o nosso espírito esmiuçando os pequenos sinais que desembocaram na situação. Não: o que ele queria era se livrar daquilo.

Tentei visualizar a mulher, uma pequenininha, grisalha, magra, e pensei como é que ela poderia ter energia para as agressões. A pergunta que consegui fazer – "Bate como?" – era meio idiota e acho que ele a pôs na conta da perplexidade:

– Bate! Com a mão, com a colher, com a frigideira, com a chinela, joga copo.

Falava como um ofendido, não com raiva. Como se, apesar de tudo, o amor continuasse. Se eu perguntasse por que ela batia poderia parecer que eu julgava que havia uma justificativa para a agressão dela, como se ele cometesse faltas merecedoras ou a irritasse. Desconfiei que no entrave do sofrimento ele estivesse procurando uma desculpa para continuar com ela, ou algum jeito de fazê-la parar; não buscava um interlocutor indignado que dissesse vai na delegacia e dá queixa, pede separação judicial, dá o troco.

Vergonha ou medo de piorar as coisas trava a maioria dos agredidos, mulher, homem, criança. Meu vizinho era uma raridade estatística, homem que apanha de mulher, e na sofrida conversa que se seguiu, entendi que a esperança de melhores dias é que o impedia de agir ou reagir.

Fiz o principal: ouvi. E para não ser apenas ouvidos, recomendei que desse a ela flores, de preferência pela manhã, sempre; que mulher nenhuma agride um homem que lhe dá flores.

Ontem entrou no elevador com seu cachorro. Olhei a mão que abraçava o animal: não tremia. A mão se fechou e o dedão subiu, a boca sorriu de lábios cerrados, a cabeça acenou confirmando o dedão: positivo. As coisas estavam melhorando.

*Veja SP*, 26 de abril de 2006

# TOALHA XADREZ

*T*odos acham que sabem o que é um piquenique. Até mesmo a definição dos dicionários – "excursão festiva de amigos e familiares com refeição compartilhada ao ar livre" – tem algo de insuficiente. Se fosse apenas isso, uma comilança de farofeiros na praia seria piquenique, ou uma pausa de excursionistas para retomar as forças, um almoço de tropeiros, um rancho de soldados em marcha.

Piquenique é atitude, estado de espírito. O que conta são as emoções, a relação íntima com o tempo, com a luminosidade, o ambiente, a natureza, as pessoas, a comida, uma predisposição para o agradável, uma esperança de proximidade, um desejo de paz.

Só chuva e enxame de marimbondos estragam um piquenique assim entendido. Eventuais moscas, abelhas, formigas e muriçocas, desde que em número e procedimento civilizado, não atrapalham. Porque um piquenique não é programa que se faça com má disposição, ou contrariado, ou triste. A atitude e a improvisação desculpam falhas. Vai-se para dizer, naquele momento de avaliação em que o sentimento de bem-estar inunda afinal o corpo: Eta vida boa, hein gente?

Meu mais remoto piquenique, ao pico da Serra do Curral, em Belo Horizonte, foi organizado por um professor de francês. Aquilo esteve tão bom que fomos ficando, rapazes e moças, e o que era anoitecer – hora de voltar – virou noite, e à luz das estrelas quem tinha voz cantou, quem não tinha ouviu. Paz.

Tomei gosto. Mais tarde comprei até uma maleta especial, com pratinhos, talheres, garrafa térmica, toalha xadrez dentro do figurino, saca-rolhas, potes, bandejinhas, recipiente para gelo... Nas noites de lua cheia, aquilo acalmava muito as moças.

Bem mais tarde, levei minhas duas filhas, paulistanas, ainda pequenas – três e quatro anos? – para percorrer trilhas da mata das Mangabeiras, em Belo Horizonte, levando na nossa maleta de piqueniques os sanduíches preferidos, bolo, patês, biscoitos, sucos e, claro, a toalha xadrez. O espalhafato dos calangos em súbita carreira pelas folhas secas da mata fazia as duas pularem no meu colo, mais de farra que de medo. Por que algo tão simples se tornaria para nós três um momento inesquecível? Mistério dos piqueniques.

Combinamos um senhor piquenique em Paranapiacaba, na Serra do Mar, espetáculo de nevoeiros e panoramas entre São Paulo e Santos. Seria preciso sairmos de trem, às sete horas da manhã. Iriam minhas filhas, já adolescentes, uma prima, uma amiga, uma comadre, vinho branco gelado, salmão, pães, patês, frios, queijos, frutas. A amiga atrasou-se e perdemos o trem, mas não o pique. A toalha xadrez foi estendida no Parque do Ibirapuera, para inveja e "óóóós!" dos passeantes.

O mais recente foi em Portugal, sob os pinheirais da arrepiante Serra da Arrábida. Vinho, fiambre, queijo, pão e manta de lã. Convidados: Eros e Dionísio. Vida boa.

Curioso: piqueniques não entram nos planos das pessoas mais pobres nem das mais ricas. As primeiras nem os conhecem, as mais ricas apreciam programas com mais visibilidade.

Quem faz piquenique tem tendência para o otimismo, para o vai dar tudo certo; espera das pessoas uma dose de delicadeza ou de paciência; é um pouco criança; sente urbana nostalgia da vida natural; espera mais do amor.

Piqueniques têm um quê de romântico e literário. Como um buquê de flores.

*Veja SP*, 23 de fevereiro de 2005

# SURPRESAS NO PARQUE

Gosto de pequenos parques. Gosto da luz domada, do farfalhar, das sombras, dos ruídos furtivos, do passo discreto dos freqüentadores habituais. Nos parques onde não há espaço para bicicletas ou skates, recupera-se um pouco da calma civilizada das tardes, no estilo antigo, comportando-se as pessoas com aquilo que se chamava de bons modos. Não há gritos, estouvamento, invasão de espaço. É o prazer simples de estar.

Por isso estranhei aquele homem grande, magro, sujo, avermelhado de tez e de barba, que parou na minha frente. Não conhecia as regras, deveria ser de fora. Sentado no banco, a primeira coisa que vi, antes mesmo de olhar a figura, foram os pés. Grandes pés gretados, encardidos, metidos em duas sandálias-de-dedo, solado grosso de pneu. Chamou-me de cidadão.

– O cidadão pode dar-me atenção?

Achei bonito aquilo, cidadão. Senti-me cidadão. E foi de cidadão para cidadão que disse pois não. O que ele queria, e desconfiei que primeiramente, era saber como se saía de São Paulo. Tinha roupas encardidas, talvez menos de cinqüenta anos e uma trouxa que segurava na mão calosa e forte.

– O senhor quer ir para onde? – perguntei, pretendendo, conforme, indicar a estação rodoviária ou ferroviária.

– Piauí.

– De ônibus ou de trem?
– A pé.
Meu espanto foi motivo para um riso de setenta por cento de dentes.
– Vim a pé, volto a pé.
E contou-me a sua história. Saíra "de viagem" havia uns três anos. "Pode ser mais". Fora até o Sul, bem lá em baixo, "onde já não se entende muito bem o modo de falar", e estava voltando. Não aceita carona na viagem, disse, e não por promessa, mas por gosto mesmo de andar. A gente é bicho igual os outros, disse, não tem de andar rodando. Por onde passa, faz pequenos trabalhos em troca de comida. Racha lenha, capina, colhe, planta, varre, carrega, limpa, cata, conserta, pastoreia, faz um pouco de tudo.
– Há alguma coisa que eu possa fazer pelo cidadão? – perguntou.
Percebi que comer era o segundo objetivo da sua abordagem e ofereci-lhe o que havia ali ao lado, um cachorro-quente. Comeu dois, enquanto contava mais e voltávamos ao banco. Preferiu sentar-se no chão. Imaginei que por deferência com o próximo que se sentasse ali, e percebi que era um homem civilizado como o meu parque merecia.
Chamava-se Ilalaê no Maranhão, Melquesedeque no Piauí, conhecido por Melque. Havia nascido na serra que divide os dois Estados, e morava ora num, ora noutro. Confidenciou que não gostava muito do seu caráter piauiense, preferia o maranhense, "mais índio". Era casado como Melque no Piauí, e como Ilalaê no Maranhão. Queria saber se o cidadão achava isso errado, ter duas famílias. Respondi o que achei que ele queria ouvir, que não achava, que se ele se sentia como duas pessoas diferentes, tinha direito a duas mulheres. Nunca tinha encarado daquela maneira, disse ele, achava que estava certo sem saber que estava certo.
Fiquei curioso de saber se quem estava viajando era o maranhense ou o piauiense. Que procurava ele andando

pelo Brasil? Por que havia saído? Encontrara o que buscava? Perguntas metafísicas demais para se fazer a um andarilho, e preferi calar.

Não era um mendigo; era, a seu modo, um turista. Descera pelo oeste, voltava pelo leste. Achara o Rio fácil de andar, quase uma linha reta; depois avistara uma placa indicando São Paulo e se desviara. Estava, havia alguns dias, tentando sair de São Paulo, e a cidade parecia que não tinha saída, não acabava nunca. Gente demais. O cidadão podia indicar o rumo da saída? Indiquei, não tinha erro. Ele se levantou, agradeceu, desejou-me saúde, e perguntou antes de sair:

– O que essa gente toda veio fazer aqui?

Eu não soube explicar.

*Veja SP*, 14 de julho de 1999

# PASÁRGADA

Subitamente, naquele tatlaque-tatlaque sonolento do metrô, uma voz fura minha distração e me desperta:
– Aqui eu não sou feliz, nunca fui. Vou-me embora.
Era um homem carregado de sacolas, provavelmente a caminho da rodoviária. A fala acordou ressonâncias em minha memória e localizei a mesma frase que acabara de ouvir, quase letra por letra, em dois versos do poema mais conhecido de Manuel Bandeira: *Vou-me embora pra Pasárgada/ Aqui eu não sou feliz.*
O homem do metrô falava de novas esperanças, de terrinha, de retomada, mas eu já não estava com ele, ia de braço dado com Bandeira para Pasárgada. A felicidade então tem um lugar, poeta?
Ou é aquilo que os antigos chamavam de "estados d'alma", e que a pessoa carrega para onde vai? O pobre homem do metrô não estaria levando sua infelicidade para a terrinha, pensando que a deixava na cidade da sua desilusão? Manuel Bandeira enumerou no poema as vantagens de se mandar: lá sou amigo do rei, terei a mulher que quero, aventura, bicicleta, banhos de mar... A felicidade estaria aí: privilégios, prazeres, doce vagabundagem?
O que é ser feliz? O que se consegue, quando se é? As histórias de fadas nos acostumaram – e nos marcaram – com a idéia de que a felicidade é o amor: "casaram-se e foram

felizes para sempre". Melhor ainda se ao lado de um príncipe ou uma princesa. Amor e bens: é isso, ser feliz?

Samuel Johnson, um sábio inglês do século XVIII, disse que a pobreza é um grande inimigo da felicidade humana, porque destrói a liberdade e torna algumas virtudes impraticáveis. A idéia de relacionar virtudes à felicidade é interessante, mas não serve para todos, só para quem quer ser virtuoso. Um devasso não poderia ser feliz? Um corrupto? Seriam todos infelizes em Brasília?

Uma vultosa renda é a melhor receita para a felicidade, escreveu a romancista inglesa Jane Austen. Já o povo diz que dinheiro não traz felicidade. É muito difícil dizer o que a traz, opina o humorista americano Kim Hubbard, pois tanto o dinheiro como a pobreza fracassaram. Os filósofos, desde os gregos, preocuparam-se com defini-la e ensinar como alcançá-la. Hedonistas e epicuristas ligaram-na aos prazeres e aos meios para desfrutá-los. O citado Samuel Johnson argumentava que um camponês e um filósofo podem estar igualmente satisfeitos, mas nunca *igualmente* felizes, porque a felicidade consiste numa multiplicidade de consciências do que é agradável. Há então categorias de felicidade, caro Samuel?

Faz algum tempo – ainda moço – eu tinha a sensação de que a felicidade era a busca dela mesma, que era tentando ser feliz que a pessoa chegava lá. Para realizar nossos sonhos fazíamos movimentos e ações que nos desembocavam no caminho da felicidade. Uma sensação permanentemente juvenil. A procura do agradável, do prazeroso, talvez não considerasse os reveses do destino, o querer e não poder, a traição da amada, a perda de um emprego, a reprovação nos estudos, mas era de um otimismo enorme, colocava a felicidade na potência, na vontade.

A idéia de ser feliz que talvez estivesse na cabeça do homem do metrô é a do senso comum: é ter amor, saúde, conforto e liberdade. Não pode faltar um desses itens, qualquer privação nos torna infelizes. A felicidade exige saciedade.

Entregá-la ao destino será uma boa? Ainda com espírito juvenil, penso que temos de buscá-la. Bernard Shaw, homem hábil com as palavras, disse que não temos o direito de consumir felicidade sem produzi-la, assim como não temos o direito de consumir riqueza sem produzi-la.

Pasárgada está dentro de nós, meu prezado homem do metrô.

*Veja SP*, 22 de agosto de 2001

# O BRASIL DO ALMANAQUE

*H*oje já não se usa, mas antigamente eram infalíveis em dezembro os almanaques para o ano seguinte. Alguns se vendiam, muitos eram distribuídos gratuitamente nas farmácias. Parte do que tinham de útil foi absorvida pelas modernas agendas; o que tinham de agradável – humor, receitas, jogos, versos, casos – foi para as revistas.

Encontro em um sebo o *Almanach Litterario de São Paulo para o Anno de 1881*, publicado por um jornalista histórico, José Maria Lisboa, e com ele viajo para um tempo em que se andava de charrete, de trem, de navio, e nem as mensagens tinham pressa, seguiam a pé.

As revelações começam no calendário. Dezembro. Ninguém se casava em dezembro, nas igrejas católicas. Diz o almanaque, no "Cômputo eclesiástico", que as bênçãos nupciais são proibidas desde o primeiro domingo do Advento (29 de novembro, naquele ano) até o Dia de Reis inclusive. Também não se podia casar na quaresma: acabado o Carnaval, casamentos só depois da Páscoa.

O 1º de janeiro não é marcado como dia de Ano Novo. Na data aparecem apenas a cruz que indicava os dias santos "de guarda" e o porquê da santificação: "Circuncisão do Senhor". Não ouvi falar disso no passado e não se fala hoje; apagou-se que Jesus, como todo judeu, foi circuncidado; não se comemora o dia em que teria sido operado o santo pintinho.

Hoje, 2 de fevereiro é conhecido como dia de Iemanjá. Mas era um dia santo católico importante, feriado, dia da Purificação de Nossa Senhora, ou da Candelária. A expressão Semana Santa, que hoje usamos sem que nosso calendário esclareça por quê, se explica: todos os dias entre o domingo de Ramos e o da Ressurreição eram chamados "santos". Um deles tinha lindo nome dramático: Quarta-feira de Trevas. O 29 de junho, das festas de fogueira e quentão, não era só de São Pedro, como aprendemos a festejar, e sim de uma dobradinha, "São Pedro e São Paulo".

Curiosamente, o 7 de setembro traz na frente a notação: "Aniversário da Independência do Império". Não do Brasil, nação, povo; mas do Império, dos domínios, do poder.

Designação solene, embora exclusivista, era dada ao 2 de novembro: "Comemoração dos Fiéis Defuntos". Hoje dizemos Finados, que é mais democrático, pois inclui todos os defuntos, não apenas os "fiéis".

É enorme, e indica o tipo de religiosidade que havia no Império, a quantidade de dias santificados a Maria, muito mais do que a Jesus. Tem Nossa Senhora da Paz, dos Mártires, dos Anjos, das Neves, da Penha, das Mercês, do Rosário, dos Remédios, do Ó, dos Prazeres, das Dores, do Desterro. E tem a Purificação de Nossa Senhora, a Visitação a Santa Isabel, a Assunção, a Natividade, a Apresentação, a Conceição, a Anunciação, e havia até o dia dos Desponsórios de Nossa Senhora com São José (23 de janeiro). A padroeira "do Império" era Nossa Senhora da Conceição; a de Aparecida não havia ainda entrado no calendário.

As viagens, no Estado dos cafezais, eram feitas de trem – e quanto rigor havia nos horários! Reparem nos detalhes de minutos deste aviso:

"Os passageiros que quiserem seguir para o Rio de Janeiro no mesmo dia devem partir de São Paulo no expresso das 5h30 da manhã, que chega a Cachoeira às 12h16 da tarde. Há nesta estação uma demora de 32 minutos. Às 12h48 parte o trem da estrada de ferro Pedro 2º, chegando à Corte às 8h11 da noite".

Não é uma maravilha? Que era isto aqui, uma Inglaterra? E onde foi que a perdemos?

*Veja SP*, 11 de dezembro de 2002

# JABUTICABAS NO PÉ

Há mais ou menos um mês, em súbita tentação, comprei umas jabuticabas na feira. Digo tentação porque já sabia que jabuticaba não se compra em qualquer lugar ou ocasião. Jabuticaba é a fruta e suas circunstâncias. O aparecimento delas em períodos de longa estiagem já é motivo para desconfiança. Ficam melhores após as fartas chuvas da primavera, depois que beberam bastante e apuraram ao sol seus açúcares. A cor e o brilho são essenciais. Ela não é exatamente preta, é de um roxo noturno, fechado, igual. E sua casca fica tão polida no esforço de conter o engordar do seu sumo que ela brilha como se tivesse luz.

As da feira tinham aquele aspecto que não entusiasma, como o de certas moças que desistiram de seduzir. Se alguém quiser comer, bem; se não, tanto faz. Ora, jabuticaba não é tanto faz. É pura sedução. Então, mais por atraso do que por encanto, levei as apagadas frutinhas da feira. Decepção! O açúcar tinha virado vinho, até na cor.

Então, fiquei com umas nostalgias de jabuticabas no pé. Onde achá-las, na cidade asfaltada, de casas ombro a ombro e quintais ladrilhados?

Lembrei-me de haver lido em alguma parte que nos Jardins, bairros de terreno úmido e pantanoso, era comum, no começo do século, plantar goiabeiras, pitangueiras, mangueiras, jabuticabeiras. Pouca coisa havia mudado por lá, várias casas mantinham seus pés de frutas. Fui atrás, imaginando-me, um pouco ridículo, batendo na porta e perguntando:

– Minha senhora, seria possível a senhora me ceder algumas das suas jabuticabas?

Talvez eu devesse usar um chapéu na ocasião, para tirá-lo num gesto de elegância antiga antes de fazer a insólita pergunta. Seria conveniente justificar-me, falar-lhe docemente de sabores da infância, contar-lhe que em Sabará se alugavam pés de jabuticabas para os passantes e que era um direito das frutinhas serem provadas no seu esplendor, e... No meio dessas andanças e pensamentos encontrei um pé, grande, ainda com frutas! Percebi, penalizado, que o chão estava coalhado delas, a árvore entregava-se, missão cumprida.

Toquei a campainha, ninguém atendeu. Quem sabe estava quebrada. Bati palmas, ninguém. Toquei na casa vizinha, perguntei, e a moça informou:

– Viajaram, estão na praia. Eles gostam de ir antes da invasão de dezembro e janeiro. Só voltam para o Natal.

Deixei escapar, sem pudor:

– Meu Deus, as jabuticabas vão se perder! A senhora tem o telefone de lá?

– Não tenho, mas um filho deles passa todo sábado, para ver se está tudo em ordem.

Era uma terça-feira. Concordou em conseguir-me o número do telefone, quando o tal filho passasse. Fiquei de procurá-la no sábado. Quando voltei, metade das frutas havia caído com as ventanias de novembro. Só consegui falar com o filho na segunda-feira.

– Como? Jabuticabas?

Foi penoso explicar, como costuma ser falar de coisas delicadas com pessoas pragmáticas. Prometeu consultar os pais, que eu ligasse para ele na sexta e, se eles concordassem poderíamos nos encontrar à sombra da jabuticabeira no próximo sábado. No mínimo achou que falava com um maluco.

Liguei na sexta. Sim, os pais concordavam. Marcamos para o sábado, no começo da tarde.

Um grande temporal lavou a manhã. A tarde era quente e o sol retinia na pele quando o filho quarentão conduziu-me até o quintal. Só havia uma dúzia de frutas lá nas grimpas, inalcançáveis a essa altura da minha vida. Ele ergueu os ombros e ofereceu a safra do próximo ano. Conformei-me, comovido. No ano 2000, se a nostalgia persistir, terei minhas jabuticabas fresquinhas no pé, na capital dos negócios.

*Veja SP*, 15 de dezembro de 1999

# FRUTAS URBANAS

No canteiro central da grande avenida, pessoas de várias idades, condições e ocupações esticam-se na ponta dos pés e puxam galhos das pitangueiras e amoreiras, que ladeiam a pista de cooper, para colher frutas maduras. Não foram ali com esse propósito, são passantes que ao vê-las vermelhas e roxas no pé não conseguiram resistir à tentação. Nem ligam para os olhares dos que passam de automóvel; estão momentaneamente entregues à natureza, parceiros dos sabiás e bem-te-vis da região. Muitos, para ter mãos livres, descansam uma sacola no chão; outros, em roupa de ginástica, interrompem a caminhada atlética; alguns, que pareciam ter rumo certo, dão uma parada nos quefazeres.

O que leva as pessoas a esse impulso? Certamente não é a necessidade. É a criança que ressurge dentro delas? Haverá ainda nos adultos urbanos um pouco daqueles pequenos piratas de mangueiras alheias ou daqueles caçadores silvestres de gabirobas, coquinhos e araçás?

O canteiro da avenida e algumas árvores esparsas em ruas de bairros são a chance que nos resta de saborear amoras e pitangas na grande cidade, pois a fragilidade das frutinhas não permite que se vendam nas feiras. Será essa a explicação para a travessura adulta que observo na alta primavera?

Lembro que no verão virá – como já veio – o ataque às goiabeiras da mesma avenida, e no entanto goiabas se vendem em qualquer parte. Lembro-me também de ter visto meu sogro fazendo malabarismos para alcançar figos maduros na alta figueira de um quintal vizinho, na sua aldeia, em Portugal, embora figos houvesse aos montes nas vendas. Então, por que o impulso? Não é, pois, a raridade da pitanga que explica o gesto na avenida paulistana.

É o fato de estar no pé. É o encanto, o frescor, o sabor, e mais o significado perdido da fruta no pé. Aflora ali, na avenida, o traço da espécie nômade e comedora de frutas no pé que fomos um dia, milênios antes da guinada carnívora. Antes do fruto proibido, ou dos pomares cercados e do *agrobusiness*.

Árvores de frutas têm donos, são guardadas por cercas, não raro um cachorro as vigia. As outras são paisagem: plantadas pelas prefeituras como enfeites, pertencem a todos.

O trabalho de plantar umas e outras é o mesmo. E as de frutas enfeitam tanto quanto. Por que não se enfileiram por aí, nas ruas, mangueiras, mamoeiros, jambeiros (linda árvore cônica de belas flores e frutos), jamelões? Por que não coqueiros macaúbas, jaqueiras, laranjeiras? Por que não alamedas de jabuticabeiras? Cria-se um parque: que tal cajueiros? Já imaginaram a festa de humanos e passarinhos?

Há muito tempo, quando conheci o balneário de Búzios, no Rio, topei com um menino que vendia latas de pitangas na estrada de terra que levava à praia de João Fernandes. Perguntei onde ele apanhava tanta pitanga e ele: "Aí no mato". E não deve ser outra a origem do nome da Praia de Pitangueiras, no Guarujá. E hoje, quem é que encontra um pé de pitanga nesses lugares? Deveríamos, aos poucos, ir corrigindo nosso malfeito.

Minha cabeça viaja. Imagino que se criasse uma cidade (como tantas já se criaram: Belo Horizonte, Goiânia, Brasília) arborizada só com árvores de frutas, cada espécie em uma rua, que teria o nome dela: rua das amoreiras, das laranjeiras, dos pessegueiros, das mangueiras, dos limoeiros, das graviolas, das jabuticabeiras... Centenas... Saborosas, perfumadas ruas...

*Veja SP*, 10 de novembro de 2004

# UMA BRASILEIRA RADICAL

Minha amiga é brasileira militante. Acha levianos aqueles que se contentam com ter nascido entre nossas fronteiras e torcer pela Seleção de quatro em quatro anos, relapsos quanto ao resto. São brasileiros bissextos, como é bissexto o ano que se inicia. Ela, não; é diária e incansável.

Não se deve confundi-la com o antigo patriota, aquele cultuador de datas cívicas que a qualquer comemoração brandia o poema de Olavo Bilac: "Ama com fé e orgulho a terra em que nasceste". A militante despreza efemérides. Também não se deve misturá-la com xenófobos. Não rejeita as boas criações estrangeiras, prefere valorizar as nossas, colocá-las no mesmo nível, ou dizer que estamos chegando lá.

Não está sozinha, claro. As fileiras têm aumentado. Quem for procurar a origem dessa turma talvez encontre ramificações na antiga esquerda festiva. De novo é preciso não confundir. Aquela era muito permissiva, meio mafiosa, valores criados na base da amizade. E criticava tudo que cheirasse a "sistema", palavra nebulosa que identificava todos os poderes. Nada que ver. Minha amiga e seu clã têm um critério que não sabemos qual é, mas que está lá no fundo da alma deles. Não engolem exóticos como Zé do Caixão, esotéricos como Paulo Coelho, ídolos do gênero Xuxa, ingênuos tipo Trapalhões ou gogós sertanejos urbanos. Talvez se possa dizer que repudiam os critérios do mercado.

Ao contrário da esquerda festiva citada, até o governo eles valorizam. Não que sejam a favor da administração Fernando Henrique. É que o presidente fala línguas, escreve livros, pensa o mundo – entende? Se fosse o Lula talvez buscassem outro ângulo: veio de baixo, não há no mundo um presidente ex-metalúrgico, povão mesmo – entende?

Minha amiga acha que estamos bem nas artes, em comparação, e cita o cinema, todo ano no Oscar. Lembro que ele sempre dependeu de certa militância do público para sobreviver e ela argumenta que agora é diferente, o cinema amadureceu. Vai a teatro, assiste a quase todos os espetáculos, para dar uma força. Insiste com os amigos: vão, para manter a chama. Prestigia os nossos escritores, lê certas coisas daqui que não leria dos autores de fora. Esportes, acompanha todos aqueles em que estamos indo bem, torce, sua, sofre. Depois da morte de Ayrton Senna nunca mais viu Fórmula-1.

O povo? Ela e seus iguais o consideram o melhor possível, não o melhor de todos. Comovem-se com os simples, os que lutam e procuram fazer a coisa certa. Gostariam que fôssemos bem-educados; pobres vá lá, mas bem-educados. Essa história de sujar as cidades, pichar, buzinar, brigar no trânsito e nos campos de futebol deixa-os revoltados. Porque as pessoas não se tocam que isso pega mal para o Brasil. Eles acham um problema de frouxidão moral, como a corrupção e o banditismo. Pega mal. Minha amiga corrige os relapsos, compra brigas, discute.

Domingo passado fui com ela à feira-livre e acho que ela já está exagerando.

– Veja, estão importando goiaba! É um absurdo! Alho espanhol! E chega dessa história de papaia! Antes não havia nada de papaia, era mamão e ponto. Só compro mamão, ó, desse mamãozão aqui, nosso.

– Se continuar assim, daqui a pouco você não compra banana nem manga. Não são frutas de origem brasileira.

— Ah, mas são antigas. Têm raízes na nossa cultura. Antigamente se importava para enriquecer o país, hoje é para empobrecer. Olha aqui: polvo chileno. Para quê, chileno? O nosso é ótimo. E quer saber de uma coisa? Estou com antipatia de poncã.

Embatuquei:

— De poncã?

— É, invenção. Olha aí, eles nem sabem escrever isso direito. Pokã, ponkan, poncan. O que é que têm contra a nossa mexerica? Estão acabando com a nossa cultura. Cadê o abiu, o jambo, o sapoti? É isso: a partir de hoje, só compro mexerica!

O radicalismo já vai estragando mais uma frente de luta.

*Veja SP*, 5 de janeiro de 2000

# SOLITÁRIOS DO INVERNO

Um conhecido meu perdeu a namorada há quase um ano. Nunca teve muito jeito para a coisa, e isso deve ter influído bastante. Namoro é das coisas que mais precisam de jeito.

Depois do período de sofrimento que marca o fim indesejado de uma relação – e as trevas deste duraram seis longos meses – ele voltou a olhar para as mulheres. É um olhar diferente, o de quem precisa. Traz algo de pedinte que incomoda a pessoa olhada. O fato é que ele não arranja ninguém. Há mais de cinco meses procura, insinua-se, comparece, participa, sai, freqüenta – e nada.

Não é um homem bonito, esse meu conhecido. Mas isso não deveria fazer diferença, pois nem só os belos se amam. Se assim fosse, só haveria amores na novela das oito, e o resto estaríamos condenados ao puro sexo. Além do mais – é isto o que mais lhe dói – os números divulgados há pouco pelo Censo dizem que há na cidade de São Paulo 489.628 mais mulheres do que homens!

Pior: ele mora justamente no Jardim Paulista, onde, revelou-se agora, vivem treze mulheres e meia para cada dez homens. Desprezando-se essa meia, seja a parte de cima seja a de baixo, calcula-se que se numa quadra do bairro há cem homens acompanhados, sobram ainda trinta mulheres; se numa rua há mil cavalheiros, excedem trezentas damas!

Para ele, nenhuma.

Não busca belezas. Aquela que ele namorou durante oito anos não era dessas, nem daquelas. Foi a primeira e única – e isso deixa o homem sem traquejo. Ela, durante a relação, e paralelamente, até que procurou traquejar-se, e já saiu engajada. Ele curtiu sua dor e quando os primeiros sinais do verão passado desnudaram as mulheres, iniciou sua busca. Mau momento. Nessa época as mulheres ficam muito atentas ao físico, e o dele não é especialmente encorajador.

Às portas do inverno, o meu conhecido ainda não tem companhia para o vinho na sala aquecida ou para a pipoca sob os cobertores. A estatística do IBGE deixou-o a princípio otimista e já agora inquieto, mal segurando um desespero cada vez mais perceptível.

Comoveu-o até as lágrimas o caso do homem que viu na televisão, fazendo greve de fome no vento frio da Avenida Paulista, cercado de cartazes dizendo "Sandra eu te amo", "Volte para mim", "Eu peço perdão", "Greve de fome por amor". O inverno é mais severo com os solitários.

Se tivesse feito algo parecido, ela certamente teria voltado, para aproveitar os quinze minutos de fama como Julieta. Há mulheres assim. Mas – e depois? Se ela não havia visto a particular beleza dele até então, não seria um recurso desesperado que a faria percebê-la. Como torná-la visível para alguma das 489.628 mulheres estatisticamente desacompanhadas de São Paulo?

– Por que você não escreve uma crônica sobre... nós?
– Nós quem?
– Os solitários do inverno.

Ok. Reparem, minhas 489.628 co-cidadãs, num sujeito tímido, nem feio nem bonito, nem alto nem gordo, nem baixo nem magro, discretamente penteado, um sorriso que se nega, como, de resto, todo o seu corpo se nega a expansões, de roupas muito sóbrias mesmo quando esportivas, trabalhador, respeitador talvez além do desejável, atento, prestativo, não-fumante, avesso a bravatas, a correrias, de baixo tom de voz, que olha para alguma de vocês com um jeito fugidio e é por tudo isso considerado sem graça – reparem no pobre homem, e sorriam para ele.

Quem sabe será o fim da solidão de vocês? Ou, se é pedir muito, quem sabe baste esse sorriso para aquecê-lo neste inverno?

*Veja SP*, 10 de maio de 2001

# A FEIRA É LIVRE

*T*em gente que não suporta feira. Por quê? Ah, porque tranca a rua, deixa cheiro de peixe e frango no ambiente, atrai guardadores de carros, carregadores e malandros, há muita gritaria, falta conforto, carrinhos enroscam-se nas passagens estreitas, os feirantes cobram o que querem. Mas eu adoro.

Gosto de tudo, até do fato de ser um negócio da era pré-industrial. Do tempo em que o consumidor era chamado de freguês. Originalmente, o termo designava o morador da freguesia, gente do pedaço, da paróquia. E o nome pegou no comércio das feiras, atravessou séculos, desde a Idade Média. Em Belo Horizonte e no Rio ainda se pode ouvir "freguês" dos dois lados, de quem vende para quem compra, e deste para aquele. É memória, embora nenhum deles saiba de quê.

Quando cheguei de Minas, as feiras de São Paulo foram um deslumbramento de que nunca consegui me libertar. A da Praça Roosevelt era gigantesca e impressionante, impensável para um mineirinho, mesmo da Capital. Entendam: lá, feira-livre era uma fileira de barracas modestas, onde vendedores e hortaliças murchavam juntos até o sol do meio-dia. Tenho um amigo carioca que não perde uma feira quando vem a São Paulo. Diz que é aí, no mercado de rua, que São Paulo mostra suas raízes, sem trocadilho: a qualidade da produção como resposta à exigência do freguês. Admira o colorido, os sotaques, os pregões, a variedade necessária para atender à população multinacional, a arrumação piramidal dos legumes, o viço das hortaliças, o frescor das frutas, a generosidade das provas. Faz a primeira refeição do dia lá, sem gastar um tostão (epa!, tostão é da época do freguês). Aprecia também a ruidosa, confiada e espirituosa relação pessoal:

– Olha aí, moça bonita não paga! Mas também não leva!
– Não aperta a fruta, doutor, que a moça fica com ciúme!
– Ô morena, vai fruta hoje? Adoça a boca e ainda leva um japonês de brinde.
– É um real, um real, um real! Soma pra cair na real!
– É casada, morena? Não faz mal, eu não sou ciumento!

Além das cores, em arrumação de fazer inveja a qualquer pintor primitivo, a feira paulistana tem o pastel. Quem não gosta é ruim da cabeça ou doente do estômago. No dia, nem é preciso almoçar: um de carne, um de palmito, nacos de queijos pelas barracas, provas de azeitonas, de mandioca cozida, lascas de frutas variadas, e estamos feitos. E tem o paneleiro, o afiador, a artesã de paninhos bordados, o ralador de coco, os párias da produção industrial.

Uma das instituições mais saborosas da feira é o quilo bem-pesado. O quilo de 1.100, 1.200 gramas. No tempo de Machado de Assis existia o contrário, ou seja, o quilo malpesado. Em crônica de 1893, Machado comenta que um freguês, não querendo pagar ao açougueiro um preço acima do estipulado pela prefeitura, ouviu deste que poderia vender-lhe a carne pela tabela, mas seria um quilo mal-pesado. Machado diverte-se: "Trata-se de uma idéia que o vendedor e o comprador entendem, posto que legalmente não exista". No passado e no presente, as partes legitimaram a existência do quilo mais ou menos.

O bem-pesado é um modo de bajular o freguês. Traz em si o calor da negociação pessoal – que não temos no

supermercado – e engloba o regateio, a pechincha, o provar, a dúzia de treze. Na última semana, tornou-se também uma forma de galanteio. A loiraça passou poderosa, farta em cima e em baixo, e o fruteiro esbanjou:
– Eh, Giselle Bündchen bem-pesada!

*Veja SP*, 7 de março de 2001

# ASSOMBRAÇÕES

*E*xistem uns amores que já morreram há muito tempo mas de vez em quando aparecem, como uma assombração. Não, não falo de assombrações que voltam para seduzir, como a moça-fantasma de Belo Horizonte poetizada por Carlos Drummond de Andrade; ou voltam para apimentar uma vida que ficou insossa, como o Vadinho de Jorge Amado faz com dona Flô. Não. Estas, diz o ditado, sabem para quem aparecem, ou seja: contam com a ajuda daqueles para quem aparecem. Falo de outras, que fazem uma visita breve, uma aparição, e somem, de improviso, sem arrepiar ninguém.

Às vezes esses amores nem se mostram inteiros. Aparece uma boca, um seio, pele, um andar, uma risada. Quando se presta atenção, a figura desaparece: era assombração. O fantasma antigo pode surgir de repente no meio de uma leitura, ao escovarmos os dentes, e até na hora do amor. A gente pode estar conversando, discutindo um negócio, um filme, uma jogada, e se intromete aquele olhar. Pode estar dirigindo um carro e a mão que repousa hoje na nossa perna tem o mesmo peso de alguma do passado, e aí vem o fantasma sem-que-fazer e puxa conversa.

Não é saudade, não é nada: é intromissão. A figura surge concreta, sensível, do mesmo modo como nos vem um gosto de doce de abacaxi ou uma fala de mãe. Quem governa fantasma? Quem chama? Ninguém, é ele mesmo quem se convida.

Não tem nada que ver com aquela coisa de telenovela, aqueles dramas de folhetim onde se comenta: ele ainda gosta dela, não tira essa mulher da cabeça, até hoje é apaixonado por ela etc. Nada disso. É pura farra de assombração, que irrompe de repente na hora própria ou imprópria, independente de vontade ou convite. Ora uma, ora outra, faz sua visita-relâmpago, muda ou falante, e some.

Que dizem? Cada visitado recebe seu recado conforme gravou. Uma confessa trêmula, temerosa de desamor: "Não sou mais virgem" – quando isso tinha importância. Outra, espantada com as descobertas: "Eu não achava que ia gostar tanto disso". Outra, cobrando: "Você não assume". Outra, no escuro: "Quem é você?" Amores de outro mundo não se sentem obrigados a diálogo, dão seu recado e vão. Ou nem dão, só se entremostram.

Alguns perdem a visagem, e nos assaltam apenas com uma sensação, um nome, umas covinhas, tranças negras. Não têm mais aparência corpórea. Será que morreram na vida real? Desvaneceram-se no tempo, frágeis como velhas cartas que se esfarelam, como madeira sem lei. Nem por isso menos reais na sua fantasmice, menos carentes de sentido que não seja aquele da própria visita inesperada.

De maneira nenhuma perturbam o amor em curso, nem é esta sua intenção, se é que aparições têm algum propósito. O amor em curso é feito de beijo e resposta – e segue intocado por essas intromissões. Também não se pode dizer: são desejos, frustrações. Não. Tiveram, no seu tempo, beijo e resposta. Nada ficou por explorar, quando seus corpos eram matéria propícia. Foram generosas no dar, alegres no receber: tiveram fartura. Não vagam por aí à procura, estão satisfeitas no seu canto.

Nem se pode dizer: são visitas malfazejas. Pelo contrário, são cordiais! São borboletas: passam, enfeitam o instante com algumas cores, voejam e partem. Se deixam alguma coisa é um sorriso na alma do visitado.

*Veja SP*, 8 de novembro de 2003

# PRECOCIDADE

Uma das minhas frustrações é não ter sido precoce em coisa nenhuma. Tenho outras, mas esta não me dói.

Nasceram-me dentes na época certa, andei até com ligeiro atraso, falei quando era hora de falar, tirei fralda, li, escrevi, desenhei – tudo sem surpreender ou impacientar ninguém. Acho uma pobreza não poder ostentar no meu currículo familiar uma proeza do tipo "andou com nove meses!", qualquer coisa que excitasse visitas grávidas em tardes de chá.

Vá lá que isso não quer dizer nada. Conheço um perfeito imbecil que lia aos cinco anos. Outro, que não consegue me acompanhar numa caminhada de fim de semana, já nadava nos quatro estilos aos três anos, ganhou títulos em torneios infantis. Mas eles pelo menos podem se gabar de glórias passadas – e eu? Dizer que fui extraordinário devorador de canudinhos recheados de doce de leite aos quatro anos?

Parece que algumas coisas eu não fazia mal, mas nunca fiz nada antes do tempo previsto. Nem a relativa habilidade que tem proporcionado meu sustento – escrever – fui capaz de desenvolver prematuramente. Ah, como eu gostaria que pudessem dizer, talvez uma irmã comentar numa roda: "Ele escrevia poesias lindas aos sete anos!" Nada, nem meu nome eu escrevia. Naquela época alfabetizavam as crianças a partir dos sete.

Talentos podem surgir muito cedo. Para o bem ou para o mal. Mozart tocava cravo aos três anos, compunha aos cinco, dava recitais nas cortes da Europa aos seis, aos doze já havia escrito duas óperas. Claro, não vale argumentar com histórias de gênios, mas é só para me humilhar mais ainda: nem de uma quadrinha à toa foste capaz, ô escritor, uma mixaria tipo "batatinha quando nasce"?

Arthur Rimbaud parou de escrever aos dezenove anos e é um dos maiores poetas da França. Poetas românticos brasileiros morriam cedo, já consagrados. Álvares de Azevedo aos 21 (*Se eu morresse amanhã viria ao menos/ fechar meus olhos minha triste irmã*), Casimiro de Abreu aos 23 (*Se eu tenho de morrer na flor dos anos,/ Meu Deus! não seja já*), Castro Alves aos 24 (*No seio da mulher há tanto aroma.../ Nos seus beijos de fogo há tanta vida...*), e desde os dezessete eles vinham escrevendo versos como esses, que ficaram célebres. Será que a precocidade foi desaparecendo aos poucos? Ou terá crescido o preconceito contra o trabalho dos imaturos?

Entre os nossos contemporâneos, Fernando Sabino escrevia novelas e contos desde muito jovem, rapazinho. Publicou cedo também. Um companheiro de letras dele, o escritor Otto Lara Resende, muito bom de frases, conversava numa roda sobre escritores prematuros e citou o amigo Fernando, então com uns sessenta anos: "O Fernando nasceu precoce. E é até hoje".

Tenho um amigo que carrega a fama de ter tocado piano com rara competência aos oito anos de idade nas salas de concertos de Belo Horizonte. Brincávamos: era o nosso Mozart. Já não toca. Hoje, meninos matam com rara competência aos oito anos. Será a única precocidade que destaca os brasileiros no mundo?

Se não fui capaz de alguma precocidade quando menino ou moço, agora não quero mais. Gente que envelhece antes da hora se arrisca a ser mais chata do que menino prodígio.

*Veja SP*, 28 de abril de 2004

# MULHERES APAIXONANTES

*F*ui educado no temor da mulher casada, no tempo em que a honra era lavável. Com sangue. Isso não impedia que houvesse sedutores fascinados pelas casadas.
Diante de qualquer olhar indiscreto ela levava a mão esquerda aos cabelos para mostrar a aliança e frear avanços. Para alguns conquistadores, justamente nesse momento o interesse aumentava. Nelson Rodrigues gostava desse tipo de personagem. Gostava também da casada que facilitava. Naquele tempo não havia divórcio, a separação era traumática, casar de novo era impossível.
Constato curioso que se abriu dentro das famílias, até das tradicionais, um espaço para discutir o que antes era indiscutível. Na ficção popular da televisão, mulheres tomam a iniciativa de buscar fora de casa o próprio prazer, sem culpa, justificando-se; e espectadoras casadas, donas de casa, conservadoras, já admitem o que era inadmissível. Hoje em dia é fácil um casal se separar, mas não é a separação que está sendo colocada, é o prazer feminino. Amantes em vez do divórcio, como os homens.
Apesar de criado dentro da regra do meu tempo, eu, quando rapazinho de doze ou treze anos, gostava das grávidas. Não me entendam mal. Gostava do ar limpinho e cheiroso das grávidas que via na rua, da cava dos seus vestidos de verão, que insinuavam leitosos confortos. Cheiravam a

talco as grávidas de antigamente. Era um fascínio ingênuo, edipiano. O que me atraía não era o estado civil, mas outro, na época chamado interessante. Ingênuo, sim, mas não livre de confusa culpa, por causa da regra proibitiva. Ao longo da vida, sempre procurei respeitá-la, e só fraquejei três vezes.

A primeira, por volta dos dezesseis anos, e me lembro de pouco. Estava viajando. Havia um restaurante avarandado, um grande peixe recheado, meu chefe de serviço, um colega, umas cervejas, alguma cachaça e essa mulher, parece que rondando. Consta que eu era bonitinho aos dezesseis anos. Quase certo que fui açulado pelos colegas, desafiado, empurrado. O marido era caminhoneiro, saíra de viagem naquele dia, contou ela na penumbra. Tarde da noite, uma vizinha dela, cúmplice, bateu na janela, aflita, avisando que o marido voltara, estava no bar. Escapuli pela janela por onde entrara o aviso.

A segunda foi com a irmã de uma amiga, e não sei se fui eu quem olhou ou se foi ela. Na casa dessa amiga comíamos quibes domingueiros. Eu deveria ter uns vinte e pouquíssimos anos, ela é certo que passava dos 36, tinha dois filhos adolescentes. Foi ela quem decidiu o como e o onde. Ávida. Dezesseis anos de casada e pedia, na hora: "Me ensina umas posições, me ensina!" Pobre de mim, ainda aprendiz, convocado para aquele kama sutra. Por que ela não pedia para o marido? A vida amorosa de uma mulher casada pode ser desesperadora.

Na terceira vez, não sabia que ela era casada. Eu palestrava com alunos do departamento de espanhol e português da Universidade de Yale, num frio outono de vinte anos atrás, e ela ouvia entre irônica e encorajadora. Por seus olhos azuis eu podia dizer quando estava agradando aos ouvintes ou não. Já estava acomodado no trem de volta para Nova York quando ela entrou carregando uma pesada sacola, buscou com os olhos o lugar ao meu lado, ofereci-lhe a janela, perguntou se eu não iria jantar, eu disse que em viagem estava sempre prevenido com castanhas e chocolates nos bolsos, e comemos aquilo, e falamos de livros e estilos, e foi divertido, e desembarcamos em Nova York e fomos andando pelo East Side, quarteirões e quarteirões, e nos revezávamos carregando a sacola, era tarde da noite, e ela disse que não sabia ainda onde iria dormir, vivia no interior, e olhei seus olhos azuis e a beijei, e fomos para um hotel onde gastei meus últimos 60 dólares com o pernoite e o café da manhã, momento em que fiquei sabendo que era casada, satisfatoriamente feliz e poeta. Num de seus livros há um poema sobre aquele hotel e aquela noite com o homem que levava chocolates no bolso.

Toda a discussão atual sobre os motivos das casadas para trair, sobre a nova atitude delas, a coisa moderna, o troco nos homens, fez-me pensar nessas três mulheres: a primeira era promíscua; a segunda, insatisfeita correndo atrás do prejuízo; a terceira, romântica. Não são sempre esses os motivos? Não serão sempre?

*Five*, agosto/setembro de 2003

# MARAVILHAS NA TELA

O menino, de uns sete anos, sentou-se na grande sala com poltronas de madeira escura, dispostas em fileiras, e que matraqueavam quando alguém se sentava ou se levantava. Seus pés não tocavam o chão, suas costas não abarcavam o espaldar, do qual, visto por trás, emergia sua cabeça como um tímido periscópio, perscrutando ora a platéia ora a tela branca.

De repente, um susto: apaga-se a luz. Um facho luminoso se projeta, trombetas soam, um leão ruge, letras dançam, figuras humanas povoam a tela e se movem, falam, galopam, atiram, lutam. Era aquilo o cinema, era eu o menino.

Desde esse primeiro dia, o cinema e tudo que o envolvia, desde a grande sala escura até o reacender das luzes, foi maravilha. E também mistério, nos primeiros anos. Como era possível? Compreender não era tão importante naquele momento, porque o atropelo de fantásticos acontecimentos esmagava o resto.

A compreensão chegou aos poucos. No escuro do quarto na casa do avô o menino via projetarem-se na parede figuras de postes e árvores, trazidas pela luz fugidia dos faróis dos carros que se infiltrava pela fresta da janela. O menino fantasiava aquilo como cinema, e não estava muito longe da essência da coisa.

Um dia o primo trouxe-lhe da cabine do cinema pedaços de filmes, daqueles que se partiam durante a exibição e eram jogados no lixo. Reconheceu – ah, com que emoção! – naquelas figurinhas estáticas de celulóide os heróis que havia visto em emocionantes aventuras, enormes figuras, vozeirão, pronunciando palavras incompreensíveis. O primo explicou que uma luz forte atrás do filme projetava aquilo na tela. Pouco depois – ah, uma paixão sempre encontra quem lhe bote mais fogo! – um almanaque de farmácia ensinou-o a montar uma engenhoca capaz de projetar uma cena, justamente usando um pedacinho de filme daqueles do lixo da cabine. Tinha muitos, então. Uma caixa de papelão, um furo, uma lente improvisada, feita de bulbo vazio de lâmpada cheio de água, uma vela acesa, apaga-se a luz, fecha-se a caixa com a vela dentro, segura-se o filme de cabeça para baixo entre o furo e a lente e... olha lá o Durango Kid na parede!

Foi-se parte do mistério, ficou a maravilha. O menino perseguiu filmes e heróis pelos cinemas dos bairros mais próximos, depois do Centro e de bairros distantes. Adolesceu e andou por cines-grátis, fantástica dádiva da Prefeitura, que reunia em aconchego nas praças públicas belo-horizontinas balconistas, estudantes, Carlitos, trabalhadores do Brasil, o Gordo e o Magro, soldados rasos, motorneiros de bonde, Roy Rogers, padeiros, domésticas. Cultuou artistas em álbuns de figurinhas, colecionou retratos, recortava-os, amava Ingrid Bergman. O cinema ainda era apenas o espaço onde se movimentavam aqueles fascinantes fantasmas.

Comprou a revista *Cinelândia* desde o primeiro número, Marilyn Monroe na capa. Já não era bem aquilo o que procurava. A preocupação com separar o bom do ruim, como já fazia com a literatura, começava a inquietá-lo. A revista *A Cena Muda*, da segunda fase, tinha um pouco do que buscava. Logo, um canto dos jornais passou a interessá-lo: a crítica de cinema. E assistia a filmes, e conferia a crítica, e discutia, e revia, e essa inquietação acabou levando-o ao Centro de Estudos Cinematográficos, o CEC. Ali o cinema era, afinal e plenamente, arte, concepção de um criador. E veio o estudo dos clássicos, a possibilidade de ouvir pessoalmente os críticos, o hábito de discutir com os amigos misturando poética com patética, e vieram os ensaios, suplementos, complementos, *Cahiers du Cinéma*, linguagens, estilos, Cinema Novo, incomunicabilidade, *nouvelle vague*, cinema independente, listas dos dez melhores do ano, da década, do século – porém, nada disso atrapalhava a emoção de sentar-se no escurinho do cinema, desligar o mundo real e ligar o das maravilhas.

Perdia a inocência, não o prazer. Enxergar a estrutura das seqüências, estabelecer relações, desvendar fontes, surpreender inspirações e coincidências, perceber intenções, sentir variações de ritmos, entender a razão dos enquadramentos, identificar criadores e repetidores, tudo isso apenas leva o amante a escalonar suas paixões. Ao contrário do que acontece entre namorados, quanto mais amores, mais fiel fica o amante à coisa amada.

*O Tempo*, 28 de fevereiro de 1999

# LANTERNA MÁGICA

*Já* vivi minhas privações. Nunca pude ter bicicleta, por exemplo, nem bola de futebol, nem espingarda de rolha. Tivemos, eu e meus irmãos mais velhos, simulacros: revolverzinho de espoleta, bola de borracha, triciclo comunitário. Bolas de borracha, sabe-se, não formam craques. Triciclos não permitem ousadias ou temeridades. Talvez por isso, sem traquejo, eu tenha sido um perna-de-pau e um tímido. Quem sabe.

Espingarda de rolha pude usar, por empréstimo, a de um primo, o Tuta, quando passava férias na casa de meu avô, em Venda Nova, perto de Belo Horizonte. Fiquei bom de tiro. Comecei acertando caixinhas de fósforos, acabei acertando moscas. A rolha era leve demais, desviava-se, então aprendi o truque de enfiar nela um prego curto, para dar peso e rumo. Bola de couro só conheci mais tarde, no campinho da fazenda de seu Juca, hoje Cidade Nova.

Entretanto, o que se tornou para mim algo mais perto da maravilha foi uma lanterna de pilhas. Nunca tinha visto uma, a não ser no cinema e nas histórias em quadrinhos. Não sei, talvez considerasse aquele objeto coisa de *science-fiction*, não da realidade. Quando vi uma, manipulada por meu primo mais velho, já homem, o Zezé, na mesma casa de meu avô, foi um deslumbramento. Brilhava, niquelada, era uma daquelas de quatro pilhas. Deixar que eu a tomasse nas mãos, e acendesse, e dirigisse a luz para onde quisesse foi mágico. A partir desse momento nada superou, nos meus sete anos, a beleza daquele facho de luz. E o poder. Mesmo quando o primo não estava eu me apoderava da lanterna e quixotava, cavaleiro andante.

Deitado, à noite, com a lanterna dissipava fantasmas. Nos cantos, sombras revelam-se objetos ou cavidades. Uma súbita lagartixa era imobilizada no teto de taquaras e meditava talvez sobre qual seria a seguir sua ação mais prudente. O pernilongo era localizado na parede, motores parados de repente.

Uma coisa era outra coisa na luz que a si mesma se desenhava em cone.

A neblina perdia sua amplidão impalpável, aquele nada que não se podia não-ver. Aquela coisa comedora de contornos. A lanterna cortava uma talhada de neblina, via-se claramente do que ela não era feita. A luz não ia além, mas até onde ia desnudava a coisa, e via-se que era móvel.

A chuva noturna não era só, não era mais, barulho nas telhas, nas folhas. No facho de luz da lanterna as gotas de chuva eram cintilações, estrelas cadentes, vaga-lumes.

A coruja não se atrevia a piar: emudecia e olhava de perfil.

Bichinhos de asas – se o canudo de luz se demorava – vinham dançar, perdiam aquela chatice deles, aquela mania de pousar na gente.

O sapo esbarrava seu passeio noturno, como se dissesse: epa, que sol é esse?

O poço, mesmo de dia, perdia o mistério. A luz furava a água cristalina e mostrava o fundo, alguma folha, paz. Uma pedrinha resvalava e a paz lá em baixo se multipartia em tremulações luminosas, vibrações.

Partes do corpo, no escuro, atravessadas pela luz, mostravam um vermelho de abóbora. Nos dedos era possível pressentir o esqueleto. Na bochecha, frente ao espelho, viam-se veiazinhas. No pintinho, mesmo durinho – oh! – não havia osso.

O céu negro da noite engolia a luz, era o único a vencê-la.

*O Tempo*, 15 outubro de 1998

# MEUS TRENS

*N*unca escrevi sobre trem. Quer dizer, escrevi, mas botei fogo nele na primeira página do livro. Era um tempo de revoltas, tortura, rancores, e os meus trens estavam parados num desvio da memória. Trafegava o trem da ira.
 Sempre gostei de trens. O primeiro foi de Belo Horizonte para Sabará, segunda classe. Éramos meninos, atraídos pelas jabuticabas, e a curta viagem demorou mais do que nossa ansiedade requeria. Lembro-me das frutinhas estourando no chão sob nossos pés, da procura pelas maiores, galhos acima. Na volta, a velha máquina a carvão resfolegava entre morros. Apascentados, olhávamos Minas pela janela: capiaus, casinhas, fumaças.
 O segundo trem foi em grande estilo. Era contínuo do Departamento Nacional de Estradas de Ferro e fui com os diretores numa viagem de inspeção. Eu não era necessário, mas gostavam de mim, moleque de dezesseis anos. Viajamos no vagão presidencial da Rede Mineira de Viação: salão forrado de veludo vermelho, poltronas de madeira brilhando, acolchoadas, arrumadas em círculo para conversas, varandinha na traseira. Atravessamos todo o oeste de Minas, até Goiás. O sacolejo durou três dias, com benditas paradas para limonadas, lombinhos, franguinhos e goiabadas. Eh, Minas!
 O terceiro foi de Belo Horizonte para o Rio. Trem prateado, a diesel, poltronas reclináveis, carro-restaurante. Era

preciso comer logo, porque o carro-restaurante era deixado em Juiz de Fora, para ser engatado no comboio que subia do Rio.

O quarto trem foi o de Vitória, com um grupo de dança. Moças lindas. Longa espera, no desvio, pelo comboio de minério da Vale do Rio Doce, que tinha prioridade na linha. Na volta, o mesmo problema. Olhares, começos de um namoro. Meu coração batia mais rápido que o tatac-tatac do trem.

No Santa Cruz prateado, de São Paulo para o Rio, a primeira experiência de fazer amor num beliche de trem. Espaço pequeno, mas guerra é guerra.

De Paris a Veneza, um noturno através dos Alpes. Sem lugar na primeira classe, vamos de segunda. Cabina para seis pessoas, todos os lugares ocupados. Não há restaurante. Num dado momento, as pessoas começam a tirar comidas das sacolas, e cheiros de salames, assados, queijos e vinhos perfumam o ambiente. Janto perfumes.

Do Cairo a Luxor, deserto adentro, margeando o Nilo. O carro-restaurante vai na frente. Um cheiro enjoativo de carne de carneiro empesteia o trem.

São Paulo-Brasília. Na Estação da Luz, enchem de barras de gelo compartimentos no teto dos vagões. Será o nosso ar refrigerado. O trem corta canaviais, cafezais, milharais, feijoais, arrozais. Depois vem o cerrado, onde vicejam políticos.

Volta da Universidade de Yale para Nova York, melhor do que a ida. Vem comigo uma jovem poeta americana, gostou do que falei lá. Eu levo a vantagem de ter uma barra de chocolate no bolso. Dividimos cúmplices o chocolate, antecipando doçuras.

De Nova York a Washington, o trem atravessa a floresta de plátanos amarelecidos pelo final do outono. Faz frio. Lygia e Ignácio, escritores, e a jovem poeta americana estão nessa. Na volta para Nova York, prevenidos, eu e a poeta levamos uma garrafa de vinho, castanhas e sanduíche de queijo. Estamos dando na vista. *So what?*

De Frankfurt para Colônia, o trem margeia o Reno. Castelos nas montanhas evocam princesas. Uma senhora tira uma garrafinha de champanha da bolsa, abre e me oferece, num francês carregado. Recuso, delicado. Ela diz que só viaja com champanha, fala da sua profunda religião, do marido, dos filhos, de seus parafusos nos joelhos e no fêmur, mostra radiografias e depois um retrato de um general francês, que não sei o que tinha que ver com a história porque me distraí.

De Veneza a Nápoles, uma passageira trancou a cabina, fechou as cortinas, apagou a luz e minha mulher começou a gritar: descobriu que é claustrofóbica.

Dizem que mineiro não perde trem. Eu não perdi os meus. Eles continuam a trafegar, na minha cabeça.

*O Tempo*, 19 de março de 1998

# TRÊS DERROTAS

*F*iz algumas tentativas de desfrutar corridas de automóvel.

Quando eu era menino, havia um piloto que assombrava: Francisco Landi. Um sujeito feioso, dentucinho, magrelo, de bigode, perto dos quarenta anos – não tinha nada dos garotões de hoje. Os carros, devido ao design, eram chamados de baratinha de corrida. Chico Landi voava, confabulavam os meninos nas esquinas, nas escolas.

Fui ver essa fera na pista em volta da Lagoa da Pampulha, em Belo Horizonte. A Pampulha ainda era uma novidade, aí pelo ano de 46, e para nós, mineiros, o automobilismo também. Chico Landi acabara de derrotar, em Interlagos, o campeão mundial, o italiano Pintacuda. Ia-se de bonde para a Pampulha, quase dez quilômetros, uma viagem. Naquele tempo, garotos podiam andar meio largados, aventureiros, e lá fomos, eu e uns primos, beirando os dez anos. As mães recomendaram: cuidado com as curvas, fiquem longe das curvas! Aquilo não era um autódromo, era uma estrada de paralelepípedos em volta do lago; e a gente ficava na beira da calçada, os carros zuniam a dois metros. Dava para ver as caras dos pilotos atrás dos grandes óculos, mas mesmo assim não sabíamos quem passava. Um ronco perseguindo outro ronco. Somente Chico Landi era famoso o bastante para garotos de dez anos, julgávamos reconhecer seu bigodinho chispando diante de nós. Postados longe da chegada, não ficamos sabendo quem ganhou. Na verdade, percebemos que a corrida havia terminado porque os carros pararam de passar. Apesar do sol, da novidade e do burburinho, fiquei decepcionado com a aventura.

Só voltei a uma corrida quando o Brasil entrou no circuito da Fórmula-1, quase três décadas depois. Cultuávamos o primeiro dos nossos heróis modernos das pistas, Emerson Fittipaldi, já campeão, e Interlagos vivia seu primeiro Grand Prix, em 1973. Fui na empolgação, achando que era só estar lá e gritar, como no futebol. Depois de acompanhar dezenas de voltas e ouvir roncos terríveis, fui obrigado, para me situar, a fazer uma constrangedora pergunta ao vizinho de arquibancada:

– Quem está ganhando?

O rapaz olhou-me com o desprezo que os veteranos sentem pelos calouros. E respondeu que era o Emerson, com uma entonação de "é óbvio". Não, não era; saber quem estava na frente exigia certa dedução. Sem informações e equipamentos ficava difícil, e eu não tinha sequer um relógio de pulso. Outras coisas faziam falta: protetor de ouvidos, bloqueador solar, alguma brisa. Necessidades de amador, reconheço, pois aficionado acha uma indignidade usar proteção para os ouvidos ou para a pele. Homem que é homem não toma mel, come abelha. Bom, Emerson ganhou, agitei bandeirinha, mas não posso dizer que foi o máximo.

Sim, cada esporte exige de quem assiste um mínimo de informação. Numa corrida de Fórmula-1 é preciso conhecer as cores, os carros, contar as voltas para não se perder. Tem gente que acha que um carro está em primeiro, quando ele está em último. Talvez exija um pouco mais do que isso, se você quer verdadeiramente vibrar com a coisa. Há que se imaginar lá, no cockpit, e frear junto, entrar firme na curva, equilibrar o carro numa dançada, pisar fundo na reta. Isso durante vinte, quarenta voltas, até o momento espetacular em que alguém ultrapassa, ou derrapa, capota, bate.

Na última tentativa fui equipado: óculos escuros, boné, bloqueador solar, cronômetro, rádio, fones de ouvido, binóculos, garrafa de água. Ia tudo bem, mas de repente caiu uma chuva tão forte que eu não conseguia distinguir qual daqueles vermelhos era o Rubinho ou o Alemão.

Vou tentar o basquete.

*Veja SP*, 3 de abril de 2002

# AMORES MONTANHESES

Não me lembro, mas minha mãe contava. O velho vizinho bonachão perguntava: "Com quem você vai casar?" E o tatibitati de dois anos: "É com xê, Vavá".

No grupo escolar, paixão muda por uns olhos grandes e umas compridas tranças negras. Só por ela subi ao palco improvisado e fiz um desajeitado mata-mosquito na *Vida de Oswaldo Cruz*.

No hospital, uma freirinha linda passava a mão no meu rosto, na minha testa; entendia a intensidade do meu olhar; sorria, entre travessa e caridosa, quando passava pela porta do meu quarto. Eu ouvia o chacoalhar do rosário na sua cintura, adivinhava que era ela que ia passar, e fazia a cara mais sedutora. Nem se despediu, quando tive alta.

No quartinho dos fundos, uma paixão desenfreada por Luz del Fuego envolta numa cobra, e só, na entrada do Baile do Municipal do Rio de Janeiro.

Na zona boêmia, a aula inaugural com uma prostituta negra, aos treze anos. Nada sabia das delicadezas necessárias, e apertava seus peitos e ela dizia, acho que meio aborrecida com o aluno despreparado: "Não é assim não, meu filho, não é assim não".

Ah, o sorriso da noiva de um amigo do meu irmão mais velho! Quanto desci, bajulando-a, tornando-me palhaço para ver aquele riso, contando piadas sórdidas, fazendo certamente as gracinhas horripilantes que vejo hoje os adolescentes fazerem. Céus, o que os moços não fazem por um sorriso!

Cine Acaiaca, furtivo toque inesquecível em quem nunca vi! E por isso nunca esqueci.

Li *A religiosa*, de Diderot, pensando na freirinha do hospital.

A namoradinha casta. Tínhamos, certamente, algum plano de beijo, travado pela mútua timidez. Nessa época, beijo era o final de uma lenta escalada.

Na época do CPOR, a desconcertante paixão de uma moça paulista. Eu não queria, mas ela vinha de longe, de avião, de ônibus, de carro e jogava no meu caminho a pedra inexplicável daquela paixão. Que fazer quando te amam assim, com essa loucura?

A vizinha boazuda fazia psiu!-psiu! e eu não tinha coragem de ir até lá ou tinha medo do amante dela. Um dia, num impulso, fui. E vi, maravilhado, que milhares de pintinhas formigavam no peito e nas costas dela.

A moça casada tinha fama de devassa. Nada, era rica de tentativas, pobre de êxitos. Disse na hora, ansiosa: "Me ensina umas posições, me ensina!" Tinha era fome de saber, a pobre. E eu ainda inábil para tanta responsabilidade.

Olhares no último bonde da madrugada. Na cama dela havia um recém-nascido.

Uma grande paixão e os primeiros pêlos louros que vislumbrava, na varanda perfumada de magnólia.

A namorada pretinha, de bruços, na prainha do rio das Velhas: "Não, aí não!"

A atriz entrevistada no Parque Municipal porque tinha saído na coluna das certinhas do Lalau. Que graça ela viu no repórter, ou: que graças fez o repórter? Um dia ela veio do Rio e disse, dramática: "Tenho certeza que era teu. Tirei".

A namorada do amigo ator telefona para o *Diário da Tarde*: "Quero te ver. Hoje. Agora!" Ah, canalhas, canalhas!

A querida putinha que não tinha peitos: terna, amiga, boa conversa, lindo rosto que nem sequer de batom precisava, nem usava. Nunca fizemos amor, mas o que sentíamos era quase isso.

E por fim a enganosa suave, a doce ilusória, a bomba-relógio.

*O Tempo*, 11 de dezembro de 1997

# O ESCRITOR QUANDO JOVEM

Às vezes tenho saudades do aprendiz de escritor que fui. Falo daquele menino de vinte anos para baixo, experimentando, tateando, sem saber no que ia dar aquele jogo com as palavras, aquele enredar-se em enredos.

Aos quinze anos, depois de passar a manhã no colégio e a tarde no trabalho, por que ele perseguia, em casa, à noite, um modo engenhoso de dizer alguma coisa que divertisse a turma da escola, fossem uns versos satíricos sobre colegas, a narrativa farsesca de uma pelada de futebol, ou quadrinhas para abrandar o coração de alguma menina da quermesse?

Aos dezesseis, dezessete anos, com que finalidade ele tecia e guardava soturnas tramas em que algum jovem se desesperava? Por que mostrava a todos os textos de humor e sátira e guardava os dramas?

Aos dezessete anos, um passo ousado: expor-se: procurar um meio de avaliar o que escrevia: testar-se. Recorreu ao concurso permanente de contos da Prefeitura de Belo Horizonte, cujos vencedores o *Estado de Minas* publicava semanalmente – primeiro, segundo e terceiro lugar e uma menção honrosa –, sempre aos domingos. O candidato a escritor não ousava ao ponto de enfrentar a leitura de um conhecido, a crítica cara a cara. Talvez pensasse: se os contos não valessem nada, ninguém precisava saber. Mas acharam que valiam. Depois de vários meses de insistência e mesmo de alguns prêmios, o professor Mário Mattos, presidente do júri, convocou o prolífero escritor, surpreendeu-se com sua idade e recomendou-lhe que parasse de concorrer e lesse os clássicos.

Por volta dos dezoito anos, o moço que escrevinhava rasgou suas obras completas, guardadas em duas gordas pastas de papel. Muito tempo depois encontraram entre os guardados de minha mãe uma daquelas histórias, um terceiro prêmio. Ah, ainda bem que as pastas foram queimadas. A história sobrevivente contava o caso de um rapaz médico que manda pelo correio um remédio envenenado para matar uma tia rica, residente em São Paulo. Seria seu único herdeiro. A tia morre, ele é chamado a São Paulo, mas não herda nada. Arrependido, enfia uma faca no peito. Ao ser carregado moribundo da casa da tia vê chegar, nas mãos do carteiro, o embrulho com o remédio envenenado. Na narrativa, de inflexão dostoievskiana (o rapaz era até jogador) surgiam frases sentenciosas, como: "O deserto da realidade, onde todos se mordem como chacais e quem não tem dentes perece na luta". Meu Deus, que moço era esse? E esta outra passagem, ai Jesus: "Certa espécie de mulher chega como a tempestade, de repente; fica como a primavera, alegre e ligeira; vai-se como a hora que passa, indiferente". O que aquele pirralho poderia saber sobre mulheres, aos dezoito anos, e ainda mais nesse tom, de canhestro Machado?

Aos vinte anos, nova limpeza nas pastas. Foi para o lixo uma história em que eu gostaria de dar uma olhada, hoje. Lembro-me do título: "A busca". Sobre que seria? Que buscava então o aprendiz, ou sua personagem? Minha curiosidade vem da frase que fechava o conto, gravada na memória de tanto ouvi-la repetida pelo Ezequiel Neves, companheiro daqueles tempos: "Ela era simples como um lápis". Gosto desta imagem, concreta, com ressonâncias de Clarice Lispector. Será que o conto prestava?

Um outro, curtinho, acho que se chamava "Carta de

suicida", também foi para o lixo. Merecia, principalmente pela frase bombástica do final. O suicida manda recados para algumas pessoas, mas não esclarece por que se mata. Farão hipóteses, supõe, e termina com algo do tipo: "Mas o verdadeiro motivo da minha morte permanecerá gravado na mancha escura que ficará no asfalto". Afe!

Minha saudade daquele aprendiz é mais o desejo de que ele soubesse que passados mais de quarenta anos o sentimento de imperfeição continua. Continua o desejo já impossível de apagar coisas escritas e, pior, o de reencontrar coisas apagadas.

*O Tempo*, 7 de maio de 1998

# GETÚLIO

*T*rabalhadores do Brasil!
Getúlio Vargas era apenas uma voz no rádio. Aquela saudação, com o "L" alongado do final, acompanhava-me desde antes de eu aprender a falar. Em casa, crescemos com ela. O sentido do que a voz dizia nos escapava, era coisa de adultos. Outros sons no rádio nos intrigavam: uivos de sirenes, e uma voz aflita clamava, repetindo algo como "London cola" – era a guerra, "cola" era como entendíamos *"calling"*, e a voz insistia: "Londres chamando!" Racionaram a farinha, o pão da padaria ficou ruim, mamãe compensava com bolo de fubá.
Trabalhadores do Brasil!
E Getúlio mudou o dinheiro, um mil réis valia um cruzeiro. O perfil de Getúlio na moeda de dez centavos. No nosso mundinho, um tostão, ou cem réis, valia um getulinho. Duzentos réis, o duzentão, dois getulinhos. No rádio, a música como ele queria: *Quem trabalha é que tem razão,/ eu digo e não tenho medo de errar./ O bonde São Januário/ leva mais um operário/ sou eu que vou trabalhar.* Leis novas protegendo o trabalhador, e um lema se espalha: é o pai dos pobres.
Trabalhadores do Brasil!
O "Brasilllll" vai entrar na guerra. A cobra vai fumar. Senta a pua. A canção guerreira fazia vibrar: *Por mais terras*

*que eu percorra/ não permita Deus que eu morra/ sem que volte para lá/ sem que eu leve por divisa/ esse 'v' que simboliza/ a vitória que virá!* Nosso mundinho ampliava-se, e o Getúlio que era só voz ia ganhando cara e corpo nas revistas do barbeiro (baixinho gordinho de charuto entre os dedos nas caricaturas da revista *Careta*) e nos jornais entrevistos nas bancas, até que um dia apareceu na minha primeira matinê de cinema – maravilhas na tela! –, no cinejornal. A imagem mais marcante ficou sendo a da escola pública, foto oficial vista todo dia, três anos seguidos. Sob a foto, dona Suzel, a diretora, secreto amor, muito branca, linda, olhos azuis, um dia apareceu de chapéu!, como as artistas dos filmes, como as capas da revista *O Cruzeiro*. Voltavam os soldados da guerra, ia-se embora o Getúlio. Ia mesmo? "Queremos Getúlio! Queremos Getúlio!" – gritavam nas ruas os trabalhadores do Brasil. Ia-se: foi. O retrato oficial sumiu da parede da escola.

Trabalhadores do Brasil!

Eleições. Minha mãe fazia coro: "Brigadeiro, Brigadeiro, é bonito e é solteiro!" Ganhou o general Dutra, getulista, feio e casado; o ditador virou senador. Os carrascos nazistas são julgados em Nuremberg – horrores! – e condenados à forca. "Falta alguém em Nuremberg", acusa a reportagem em *O Cruzeiro*: horrores brasileiros sob a ditadura: testículos esmagados, afogamentos, espetos sob as unhas, arames em brasa na uretra, estupros. Uma paródia da marchinha de carnaval *Pirata da perna-de-pau* virou o maior sucesso: *Eu sou o Getúlio, já fui ditador,/ com o voto dos trouxas/ eu sou senador./ Minha galera/ em quinze anos de navegação/ trouxe a miséria/ o câmbio negro e a inflação.* Quem divulgava o sucesso? Lá nos pagos, Getúlio quieto, estancieiro, senador.

Trabalhadores do Brasil!

Ei-lo de novo presidente, agora eleito, e aí mudou a música: *Bota o retrato do velho outra vez,/ bota no mesmo lugar!/ O sorriso do velhinho/ faz a gente trabalhar.* Só se fala de indústria, petróleo, aço, eletricidade – e de intrigas. Agora há televisão, o impacto é maior. Tiros que visavam ao intrigante mais ambicioso erram o alvo e matam um major. As pegadas do criminoso levam farejadores à guarda pessoal do presidente. Crise. Nesse momento, uma cena de rua me abala: dona Suzel, a apaixonante diretora, já não diáfana, não tão linda, briga de tapa com a mulher de um soldado – "vagabunda!" – ele tentando separar as duas. Acaba-se uma época. Getúlio suicida-se com um tiro no peito.

Durante os primeiros dezoito anos da minha vida convivi com Getúlio. Naquela manhã de agosto a notícia no rádio fez dele uma perda pessoal.

*Imagens da Era Vargas*, Sesc-SP, 24 de agosto de 2004

# MEU TIO JOGADOR

*F*azia já uns cinqüenta anos que meu tio tentava a sorte na loteria. Quando adolescente, contínuo de repartição pública, conhecera um chefe de seção vidrado na federal. O homem tinha os dentes de cima separados e projetados, e acompanhava a extração pelo rádio, os dentes horríveis apertando o lábio inferior. Saiu sangue uma vez em que a sorte passou raspando! O rapazinho quis experimentar aquela emoção e comprou sua primeira tirinha, um vigésimo de um bilhete numerado. Não ganhou, mas gostou do nervoso que deu na hora de conferir. Foi o que o prendeu para sempre ao mistério da sorte.

No começo jogava só um "gasparino", forma sonora que o apelido brasileiro da fração do bilhete, gasparinho, ganhara nos bairros dos italianos. Sempre arriscando a sorte no jogo miúdo, fez o serviço militar, namorou, noivou... Até que um dia o dentuço ridicularizou seu gasparino:

– Loucura! E se ganhar? Já imaginou desperdiçar sua única chance e ganhar uma mixaria? A sorte só vem uma vez! Ou joga bilhete inteiro ou não joga!

A verdade bateu na cabeça dele como um sino. Céus!, e se já tivesse ganho! Continuaria pobre para nunca mais! Já então era escriturário, dava para comprar meio bilhete, dez frações. Se ganhasse ficaria meio rico, já não seria tanta desgraça. Começou a perseguir um algarismo final, depois uma dezena, uma centena, afinal umas combinações cuja lógica construía. Confiava que seu dia chegaria. Justificava: só ganha quem joga.

    Casou, teve filhos, virou chefe de seção, passou a comprar bilhete inteiro. Consolava-se pensando: estou na fila.

    Quando o governo lançou outras loterias, meu tio vacilou, acabou mudando daquela de papel para as eletrônicas. Primeiro para a esportiva. Depois para a Sena, a Super-Sena, a Mega-Sena. Convencia-se de que era a sorte que lhe indicava as novas opções. Só teria de captar a mensagem que o levaria ao prêmio. Tentou. Jogou em dezenas de chapas de carros; em capítulos da *Bíblia* abertos ao acaso; em números de casas; nas pedras pescadas no saquinho de víspora dos netos; nas datas de aniversário das pessoas queridas; nas páginas de revistas que abria de olhos fechados; nas dezenas dos seus candidatos eleitorais; nos números anteriores e posteriores da semana passada; nas terminações dos cartões bancário e de convênio médico – em todos esses truques buscava a combinação afortunada.

    Não podia parar. E se deixasse de jogar justamente no dia em que teria chegado a sua vez? Pavor disso. Mesmo doente, com febre, ia à lotérica. Não por vício ou mania, acreditava, mas por esperança. Tentava influenciar o destino, argumentando que tinha tanta gente para ajudar. Havia feito até uma lista de ajuda. Como quem diz: vamos lá, Senhor, é por uma boa causa...

    Nunca caiu nessa de procurar as lotéricas que venderam prêmios. Os tolos que faziam isso, argumentava, não pensavam na lei das probabilidades, tipo "o raio não cai duas vezes no mesmo lugar". Passou, no entanto, a tentar determinados dias e situações. Por exemplo, segunda-feira, sendo ele o primeiro a apostar. Ficava na porta, esperando a casa abrir. Passou para terça, qualquer hora. Depois quarta-feira, na quarta hora. Na quinta, sendo o quinto freguês. O ultimíssimo apostador do sábado, hora de fechar. Nada.

Começou a achar que estavam furando o seu lugar na fila.
– Cuidado com o coração – dizia minha tia.
Num sábado depois do almoço, o coração deu um pinote. Estendido no sofá, com dores, ele falou para a mulher:
– Eu tenho de ir fazer o jogo. Chegou a minha vez.
Não se sabe se falava da loto ou da vida. Morreu.

*Veja SP*, 18 de abril de 2001

# O DIFÍCIL AMOR DAS TIAS

Vocês não imaginam o que era esta cidade, fazer amor nesta cidade. Pobres moças, pobres rapazes. Ai, pobres de nós.

Li numa reportagem que Belo Horizonte é hoje campeã nacional em número de motéis por habitante. Dizem que há mais de 150 motéis na cidade, e filas, de quinta a sábado. Filas! Em alguns há até cascatas nas suítes. Imagine, conterrâneo, imagine sua tia de hoje numa cascata naquele tempo, moça, nuinha, em folguedos! Dá para imaginar? Impossível. Não digo que não houvesse o desejo, caso essa tia distante tivesse ouvido falar de cascatas para folguedos. O que não havia é cascatas em locais propícios, pois sátiros havia, ela os percebia disfarçados nos olhares dos discretos montanheses. Todo montanhês tem alma caprina.

Imagine aquela tia refletida esparramada num espelho de teto. Não havia nem locais propícios e nem tetos de espelhos onde alguma futura tia pudesse ser vista ou se ver esparramada. Não havia esses locais de sonhos, embora houvesse futuras tias, e muitas, e belas, e merecedoras de jogos de espelhos.

Amava-se, amávamo-nos, *à la belle étoile*, como diria alguma tia nossa, as quais nem imagino onde poderiam, por sua vez, amar naquela cidadezinha de filhas tão vigiadas e atentos guardas-civis. O amor não depende de conforto, que não é uma exigência, mas não prejudica. Hoje vocês levam uma vantagem enorme em termos de, digamos, oportunidades.

Há motéis, diz a reportagem, do luxuoso ao modesto, do caríssimo ao razoável, de 175 suítes a 20 apartamentos. Céus! Um estatístico se perderia em cálculos mirabolantes. Quantos litros de água, a dois demorados banhos por ocupação, e mais uma banheira de hidro? Quanta energia elétrica para aquecer esses banhos? Terão tomado precauções de ter uma caldeira queimando óleo em vez de resistência puxando quilowatts? Quantos quilowatt-hora gastarão? Que farão os proprietários se houver racionamento? E considerando que 90% dos casais de motéis são, ahn, não autorizados pelos padrões convencionais, teríamos aí uns 60 mil orgasmos irregulares por noite, umas 30 mil emissões infecundas, uns 15 mil casais deleitosos.

Quanto a nós, desamparados namorados belo-horizontinos da década de 50 e comecinho da de 60, padecíamos no paraíso. Não apenas *à la belle étoile*, mas também nos alpendres, vãos de escadas, automóveis... A frota de carros era pequena, toda importada, coisa de ricos, e os famintos de amor éramos legião.

Até para os desconfortos do amor havia diferenças sociais: casa de namorada pobre não tinha alpendre. O cinema não resolvia tudo, alguns achavam que até angustiava mais, e a urgência levava os amores incautos para os becos, terrenos, muros, paliçadas. Havia, é verdade, alguns hotéis de curta permanência, mas moças de família não iam a esses lugares, nem ousaríamos propor que fossem.

Os rapazes ainda tinham o consolo do amor a varejo, mas e as pobres moças? As noivas, namoradas, amantes – as titias de hoje? Aquelas que eram levadas medrosamente para algum local propício poderiam ser castigadas pela biologia, pois não tinham, como têm as que serão titias um dia, o perdão da pílula ou a consciência masculina da camisinha. Esta só se usava para evitar "doença de rua".

Ainda apanhei, antes de sair de Belo Horizonte, o primeiro desses 150 motéis de que fala a reportagem. Ficava na Pampulha, dizia-se que era do Grilo, líder dos camelôs. Talvez 1962. Fomos ver a novidade, dois casais, dois quartos. As moças relutaram e só desceram do fusca cobrindo completamente a cabeça com xale e capa de chuva, numa noite cheia de estrelas. Hoje, as moças de um carro confraternizam-se com as de outros na fila do amor.

Felizes titias de 2030.

*O Tempo*, 1º de julho de 2001

# A IDADE DE CADA UM

Ontem fiz 62 anos. Não sou um homem da minha idade. Constato intrigado: não é comum ter a própria idade, conseguir uma coexistência pacífica entre a idade que temos e a que aparentamos. Pior ainda: entre a que temos e a que desejaríamos ter.

Quando jovens, queremos ter mais, acabar logo com as incertezas, ter logo um emprego, pegar a vida à unha. Depois, damos uma parada: tudo bem. É a fase mais curta, varia de angústia para angústia. E, não demora, levamos um susto: já?!

Algumas pessoas começam a roubar nas contas. A princípio por distração. Porém, se analisassem, descobririam que a distração tem raízes fundas na escamoteação. Minha mulher diz que se embaralha um pouco com nossas idades. Não era assim, vem acontecendo de uns dois anos para cá, quando fez 36. Talvez cada pessoa tenha, lá no fundo, uma noção muito íntima do limite da juventude, estabelecido em algum momento da verdadeira juventude, alguma coisa assim: bom, acho que até os 36 eu vou ser jovem. Ou, de maneira mais genérica: até os 36 uma pessoa ainda é jovem. E então fica aguardando, inconscientemente, aquele limite, secreto até para ela mesma. Algumas começam a se embaralhar por aí. Nos casos mais graves, passam a contar um ano sim, outro, não; nos casos piores, param de contar.

Passam a ficar atentas aos sinais, às indicações, como no poema de Carlos Drummond de Andrade:

*Talvez uma sensibilidade maior ao frio,*
*desejo de voltar mais cedo para casa.*
*Certa demora em abrir o pacote de livros*
*esperado, que trouxe o correio.*
*Indecisão: irei ao cinema?*

Conheço umas senhoras, seis irmãs de uma família mineira, idosas, a mais velha passando dos oitenta, que chegavam ao requinte de diminuir a idade da mãe para esconder a própria. Adiaram por quase uma década a comemoração do centenário da velhinha, preservando-se. Se a velha dizia que tinha 96, uma delas corrigia, ferindo, com um sorriso de ironia:

– Que bobagem, mamãe! A senhora não tem isso não. Está variando, coitada.

A velha ria junto com a neta, que passava a história para a bisneta. Hoje, a neta repete a mãe. É assim que funciona.

Algumas pessoas sentem-se realmente mais jovens. Meninos de cabeça. Acho que já contei aqui o caso do Roberto Drummond, no golpe de 64, época em que dirigia a revista *Alterosa* e já passava dos trinta anos. Ia apressado para casa, de jeans e tênis branco, quando um amigo perguntou por que a pressa.

– Vou em casa botar um sapato – respondeu o Roberto. – Dizem que estão prendendo jovens de tênis.

Há pessoas que acham que até o amor tem de ser diferente. Voltando a Drummond – ao outro, o poeta – que na curva perigosa dos cinqüenta derrapou num amor. Diz ele, em "Campos de flores":

*Deus me deu um amor no tempo de madureza,*
*quando os frutos ou não são colhidos ou sabem a verme.*

E diz adiante que por ter-lhe tocado *"um amor crepuscular"*, teria de amar diferente: "Há que amar e calar".

Pois não acho. Tocou-me também amar no crepúsculo, e fui em frente, como se fora manhã. Fui ver o sol nascer.

Por isso, voltando ao princípio, é que digo que não sou um homem da minha idade. Ainda não cheguei àqueles 36. Sinto-me pronto para andar, correr, amar, nadar, viajar, começar um novo livro, rir e, se houver repressão contra jovens, fazer como Roberto Drummond: vou para casa trocar meu par de tênis.

*O Tempo*, 5 de fevereiro de 1998

# SER AVÔ

*E*stou me preparando para ser avô. É necessário, por sutis motivos.

Hoje em dia a gente é avô com certa antecedência. Não que os filhos se antecipem, não é isso. Antigamente sabia-se que a filha ou a nora estava grávida, o bebê formava-se em lento e invisível acrescentar-se, percebia-se seu progresso traduzido em volume, sentiam-se seus primeiros movimentos e isso era tudo, até que o nascimento revelava o resto e, de quebra, produzia os avós. Hoje, não. Aparelhos de última geração nos permitem ver o neto – não uma forma indefinida, e não o bebê, o feto, mas ele, o netinho – lá dentro da barriga. É um espanto. Vi as imagens e imediatamente tornei-me avô.

Inconsciente das emoções que provocava, o médico mostrava em detalhes o delicado *work in progress* da natureza, os lábios, os olhos, o cérebro, os dedinhos de cada mão, a coluna arqueada, a nuca, os pezinhos – epa! um se distende como se ele fizesse alongamento! – o coração batendo veloz, o pipizinho, a bexiga cheia... O exame deu à luz um avô.

Procuro adaptar-me ao papel. Primeiro, situar-me, sem modelo. O avô que conheci envolvi numa névoa de pitoresco: ele trazia um saco de laranjas da chácara onde morava, dava risadas compridas, cheirava rapé, rezava o terço em voz altíssima, antes de dormir, e esbravejava à toa. Pretendo ser um avô mais gostoso.

Tenho pensado no todo dessa missão. Com relação aos pais do netinho, não deve o avô ser ostensivo. Melhor manter uma posição que no futebol se costuma chamar de "sobra". Se for preciso, ele está lá, na sobra. Não se pense que é uma função folgada, porque jogador na sobra não pode falhar.

Limites. Evitar muito palpite. Nada tão reservado que pareça distância nem tão manifesto que insinue invasão. Os filhos já não são filhos, no sentido de ouvir, se é que me entendem. São vontades, opiniões, escolhas, decisões à espera de cumplicidade. Opinião de avô valerá mais por vir da experiência? Ou menos, por escudar-se em receios? Melhor acatar as idéias dos moços, a não ser em caso de desastre iminente.

Certos pais exercem a paternidade corrigindo o pai que tiveram, lapidando a figura ideal, procurando dar o que não receberam quando eram crianças. Por sua vez, certos avós procuram dar ao neto o que não tiveram tempo de dar aos filhos, e se derretem de amores. Corrigem-se, docemente culpados. Outros, sem falsa modéstia, querem mais é reviver. Não têm a pretensão de ter sido perfeitos com os filhos, longe disso, mas foi tudo tão bom, e a tempo, e prazeroso, que consideram um prêmio a possibilidade de repetir, com os netos. Acho que estou nessa turma.

Não há estágio, entra-se direto na atividade. O problema é que avô não tem muito que fazer. Mulheres assumem tarefas, o carinho delas com as grávidas manifesta-se em roupinhas, mantas, travesseirinhos, óleos. Esperam junto, grávidas de cabeça. O afeto dos homens é mais desajeitado, braços caídos ao longo do corpo. O pai ainda pode descansar o rosto na barriga bojuda, pode abraçar dois em um, prover, fazer planos de levar o filho à Copa de 2010. Já ao avô em gestação só cabe ficar na sobra, na melhor das hipóteses torna-se um quebra-galho.

Espero o dia D. Que haverá para fazer? Ensaio manter uma postura entre a de orgulho e a de beatitude. Não dar muito na vista, se é que me entendem. Em caso de primeiro neto, como é o meu, dizem que olhos úmidos são comuns. Fantasio, passa pela minha cabeça a idéia ridícula de soltar foguetes. Algo com um toque chapliniano: subir num morro alto, soltar os foguetes, depois descer e recuperar a elegância. Como quem leva um escorregão, se apruma e sai fingindo que não foi com ele.

*Veja SP*, 29 de maio de 2002

# SER BEBÊ

Nasce o esperado. A expectativa torna-se, então, um bebê. Aquelas roupinhas, aquele quarto preparado, aquele seio que se inchou leitoso, assumem suas funções. Em caso de primogênito, mãe, pai, avós, tios são acrescentados desses títulos, que não tinham, e com os quais serão designados dali para frente. É um novo elo entre as famílias, um ser inaugural.

Ser bebê é aventurar-se em mar incerto, sem poder fazer outra coisa a não ser iniciar a viagem.

É irromper, chegada a hora, e berrar, anunciar-se, impor-se, eclipsar tudo.

É ocupar, com a novidade de ser, um espaço de afetos, e ampliá-lo a cada bocejo, choro, olhar, esperneio ou suspiro.

É apresentar-se poderoso e frágil ao mesmo tempo; de todos fazer vassalos, tornar a que manda, submissa, e esperto o que vacila, e no entanto depender de mão que lhe chegue o manto, de proteção, de olhos insones.

É ter o poder mágico de transformar a menina de ontem, a quem era necessário aconselhar tudo, em instintiva, sábia mãe.

Ser bebê é desconhecer, como só os ricos podem, que a vida está cara, o pão está difícil, a condução pode não vir.

É depender, como os pobres, de quem lhe dê leite, saúde, higiene, saneamento básico.

Escuta uma coisa, menino, dorme e escuta, e no sono aprende, prepara-te.

Chegaste em um momento de muitas dúvidas. Em que possuímos muitas coisas que outros não têm, não terão, e isso não nos irmana, antes nos separa. Inseguros e ansiosos buscamos ter mais, e assim alargamos o fosso.

Brota violência onde pastavam bois. Saem das várzeas fantasmas que nos assustam. Eles celebram festins bárbaros em torno de nossos entes queridos, roubados de nosso convívio. Ainda não temos, menino, remédio para isso.

A cidade, a tua cidade, padece. A brutalidade dos viadutos destrói paisagens e sonhos. Jovens sem rumo rabiscam seus desafios em linguagem cifrada nos muros e nas fachadas. Não temos ainda, menino, instrumentos que resolvam o conflito entre a carência e o desperdício. As pessoas vão perdendo a gentileza que adoçava o convívio. É preciso brigar até para entrar num ônibus. Os motoristas se desafiam em buzinas de guerra. Ruas esburacadas moem amortecedores e colunas vertebrais. Gargalos transformam avenidas em armadilhas.

O entretenimento busca satisfazer o primário em nós. O trabalho transforma-se em carreira, o que já pressupõe angústias, sucesso ou fracasso. Temos de escolher um presidente, menino, e a política soma-se a outras tantas hesitações. Temos uma dívida federal, garoto, que vamos deixar para a tua geração e a de teus filhos pagarem. A tecnologia cria pontes tão compridas que não se sabe aonde vão dar. O saber de cada um diminui, torna-se específico. O presidente da maior nação do mundo tem delírios hegemônicos. Drogas pesadas destroem tudo à sua volta.

Nasceste, és a boa nova. Entre tuas mágicas, realizas a de eclipsar o feio. O poeta Drummond, ao mostrar o mundo para seu neto, teve a delicadeza de ensinar: "Repara que há veludo nos ursos". A lição otimista se completa com outro poeta, João Cabral de Melo Neto, que associa o belo ao recém-nascido: *Belo porque com o novo/ todo o velho contagia.*

Renovação, é o sentido dos bebês.

Esperança, é o que nos anima quando pensamos na trabalheira que deixamos para eles.

*Veja SP*, 21 de agosto de 2002

# GÊMEOS

*E*m um mundo de solitários, os gêmeos têm a vantagem da companhia muito antes de nascer. Dentro da barriga, aprendem a compartilhar o espaço e os bens escassos, mas é tudo de que precisam até ali. Vivem situações de camaradagem e de solidariedade, antes de poder compreender qualquer coisa.

A quem olha uma barrigona daquelas e fica sabendo que virão gêmeos pode ocorrer uma pergunta quase infantil: como a natureza decide qual deles vai nascer primeiro? No caso de parto natural, a precedência se resolve simplesmente por acaso ou oportunidade? Talvez o pequeno par cumpra aí uma regrazinha básica da boa educação: quem está mais próximo da porta passa primeiro.

Como um tolo, divago: já existirá neles algum traço incipiente de personalidade, sugerindo a um que se coloque mais perto da saída, malandrinho? Existirão acaso os apressadinhos, como aqueles passageiros ansiosos de sala de embarque de aeroporto, que se colocam em posição com muita antecedência – no caso de bebês, com semanas de antecedência? E haverá os descansados, que se deixam ficar confortáveis, na boa, sabendo que aquele avião não vai partir sem eles?

Na época em que os primogênitos tinham privilégios, como o direito a uma eventual coroa real ou à parte maior dos bens sucessórios, era importante chegar ao mundo primeiro; hoje, não. Talvez seja melhor aguardar a última chamada.

Diz a lenda bíblica que Esaú e Jacó já brigavam na barriga da mãe, Rebeca. Esaú nasceu primeiro, mas Jacó veio agarrando-o pelo pé com uma das mãos. Continuaram a brigar pela vida afora. Nem todas as histórias de gêmeos são de brigas: conheço duas irmãs, idênticas, mais lindas não há, que até provas de escola faziam uma pela outra, da matéria que melhor soubessem. Na mitologia grega, Castor e Pólux, deuses da hospitalidade e protetores dos mortais contra os perigos, conseguiram que Zeus os deixasse ficar juntos para sempre, nos céus, e formam a constelação de Gêmeos. Na cultura pré-colombiana do México, dois irmãos, os Heróis Gêmeos, são os grandes renovadores, que juntos transformam as coisas caducas, ultrapassadas e imperfeitas, em coisas novas.

Gêmeos significam dose dupla de mamadas – sacrifício amoroso da tresnoitada mãe – de trocas de fraldas, de pequenas roupas para cuidar, de mamadeiras, de berços, de carrinhos, de choros, preocupações, despesas, tudo alongado em projeções futuras de aniversários, lições de casa, presentes de Natal, crises de idade, dores de cotovelo – e por aí vai. Mas também, certamente, dose dupla de risos, gracinhas, festas, bolos, cantoria, padrinhos, amigos, conquistas.

Meu passeio sentimental em torno do tema tem uma explicação: este começo de 2004 traz-me a condição nova de ser avô de gêmeos. É incrível o encanto das pessoas por esses pares ímpares. Eu vinha reparando, nos últimos meses, que todos, até desconhecidos, taxistas, porteiros, vizinhas, interlocutores ocasionais, mostravam-se alegremente surpresos com a informação sobre o conteúdo da barriga, como se ouvissem algo fantástico, e mais ainda ao ficarem sabendo que os esperados eram um casal. Suspeito que se imagina algo de mágico nos gêmeos.

Quando fui ver a duplazinha no ultra-som, maravilhou-me sua encantatória movimentação naquele ambiente aquático, em lentíssima dança, marcada por alguns bocejos dos próprios artistas. Tocavam-se, roçavam a mão ou o pé na bolha do outro. Um bonito *pas de deux* que tomara se prolongue ao longo da vida. Feliz ano, meninos, feliz século.

*Veja SP*, 7 de janeiro de 2004

# A TRISNETA

*A* senhora idosa entrou no ônibus com dificuldade. Primeiro agarrou a alça de ferro fixada na porta, firmou o pé no estribo e deu um impulso enérgico para trepar no primeiro degrau; ainda agarrada à alça, guindou-se com esforço para o segundo; segurou o balaústre ao lado do motorista e contraiu o rosto enrugado ao rebocar-se para o piso do veículo, após o que, abrindo um sorriso e exalando um suspiro de alívio, considerou-se afinal embarcada. Foi sentar-se no último lugar livre reservado aos "passageiros especiais", ao lado de uma mulher de cabelos branco-azulados.

Os coletivos brasileiros são construídos para atletas: chassis elevados demais, portas estreitas, degraus altíssimos nas escadas de acesso e saída, balaústres malcolocados, suspensão horrível, molejo de quebrar coluna, freios secos... Mesmo assim, os velhinhos aventuram-se. Têm suas manhas, aprendidas aos solavancos, e a principal é o horário: viajam no período mais tranqüilo do dia, entre duas e cinco da tarde. Quando chove ou garoa, somem; assim que reaparece o gostoso sol de inverno, eles surgem como borboletas. Aonde vão? Ao cabelereiro, à manicure, visitar as filhas, rever amigos, receber a aposentadoria, fazer pequenas compras, jogar bingo. Muitos simplesmente vão "à rua", deliciosa expressão que indica falta de compromissos na escapada. Nos ônibus, podem entrar e sair pela porta da frente, sem pagar, e o espaço reservado a eles vai ficando cada vez menor, tal o movimento. Apertam-se, sentados e de pé, embora haja assentos sobrando para lá da catraca. Mesmo os que poderiam pagar preferem viajar ali, uma forma de reafirmar o direito conquistado e de exercê-lo.Vão solidários, irmanados, conversam, sorriem, contam casos, como turistas em excursão. Levam sacolas, cestas, usam boinas, enrolam-se em echarpes de lã. Muitas vezes passageiros mais moços têm dificuldades de passar pela barreira animada. É o horário de pico dos velhinhos.

– Vou ver a minha bisnetinha – anunciou a senhora à vizinha de cabelos branco-azulados.

– Tão nova e já de bisneta? Quantos anos a senhora tem?

– Setenta e nove! – percebia-se uma ponta de vaidade e um ponto de exclamação no tom da recém-chegada.

– Não parece de jeito nenhum.

– Meus avós foram escravos – confidenciou, como se pudesse ser uma explicação.

Logo estavam íntimas; uma, professora aposentada ("uma vergonha de pensão, nem tenho coragem de falar"); outra, dona de casa a vida inteira, viúva, vivendo também de pensão. Logo voltaram à bisneta:

– Está no Hospital da Lapa. Olha o presente que estou levando, ó.

Mostrou um macacãozinho rosa de moletom flanelado.

– Ah, é recém-nascida! Que gracinha! Sua neta vai adorar.

– Minha neta? Está viajando. O neném adiantou, chegou de surpresa.

A vizinha de banco abriu a boca sem entender, enquanto a outra se divertia, talvez tivesse até planejado a pequena confusão, a julgar pela carinha esperta de prazer:

– A minha bisneta é que teve neném. É menina!

Deliciou-se com o efeito, com os olhos espantados da outra, e o prolongado "nãããão" de surpresa.
— É, sou tataravó! Com trinta e oito eu já era avó.

A professora ressurgiu na alma da passageira de cabelos branco-azulados:
— Não, a senhora é trisavó.
— Trisavó? Nunca ouvi falar isso.
— Mas é o certo. Tataravó a senhora vai ser quando essa que acaba de nascer tiver um filho.

A velhinha ficou quieta assimilando a novidade, depois sorriu e falou dando tapinhas na perna da outra:
— Acho que eu chego lá. Na pressa que essas meninas vão...

Riram e desceram juntas para ver a trisneta.

*Veja SP*, 30 de agosto de 2000

# O PAÍS DOS SLOGANS

No Brasil, quando se precisa mexer com a cabeça do povo, cria-se um slogan. Acredita-se que o povo é muito limitado ou preguiçoso para entender idéias ou ocupar-se de raciocínios. Melhor um slogan, mais rápido e direto. A frase síntese anda de boca em boca e logo nos entendemos.

O país começou com uma frase de príncipe: "Diga ao povo que fico!" Essa fala com ponto de exclamação, repetida de tropeiro para tropeiro, de fazendeiros para agregados, de padres para devotos, bastou para o povo entender que não obedecíamos mais às ordens de Portugal, que o príncipe D. Pedro, recusando-se a voltar para Lisboa, estava dando um rumo brasileiro ao reino do Brasil.

Alguns meses depois, outro slogan do príncipe, de novo com ponto de exclamação, consolidou o rompimento e fundou o Brasil: "Independência ou Morte!"

Nos metemos numa guerra cucaracha e o que ficou como lema de heroísmo foi uma frase de Caxias: "Sigam-me os que forem brasileiros!"

A República, que não precisou de povo para se instalar, pois nasceu de um golpe militar, não teve slogan, embora o evento fosse chamado de Proclamação.

"Trabalhadores do Brasil!" – bastava a invocação no início dos discursos do presidente para o povo entender que havia começado a era dos sindicatos, da carteira assinada, do horário de trabalho, do salário mínimo, das férias, da aposentadoria, da previdência. Ele virou "o pai dos pobres".

Para botar o nacionalismo nas ruas bastou gritar: "O petróleo é nosso!"

Submarinos nazistas afundavam navios mercantes brasileiros, demorávamos a tomar uma atitude, até que um belo dia estávamos a caminho da Itália, com hinos e capacetes de aço. Que não temessem as mães e esposas brasileiras, porque: "A cobra vai fumar!" O slogan hoje pode parecer obscuro, mas queria dizer simplesmente "agora esses alemães estão ferrados."

"Ele voltará!", corria o slogan depois que o presidente-ditador foi deposto. Voltou mesmo, eleito pelo povo, até o momento em que a oposição criou o contra-slogan "Mar de lama!" e afundou nele o pai dos pobres. A última frase do seu bilhete de suicida tornou-se outro slogan: "Saio da vida para entrar na história".

Aí veio um mineiro sorridente, dinâmico, prometendo fazer o Brasil avançar "cinqüenta anos em cinco". Bastou. Veio depois um homem esquisito, falando em "varrer a bandalheira" e o povo apostou no lema. Coitado. Sete meses depois o varredor largou o cabo da vassoura. Entrou o vice, com outro slogan: "Reformas de base". Deu confusão, e entrou a turma da ordem unida falando em "acabar com a baderna".

Acabaram com tanta coisa que ficamos irreconhecíveis. E sem saída: "Ame-o ou deixe-o", dizia o slogan. Rebatido por outro: "O povo unido jamais será vencido!" A Bolsa de Valores subia, dinheiro brotando do nada: "Milagre brasileiro". Tão irreconhecíveis ficamos que um político até ameno perguntou perplexo "Que país é esse?" – e a frase pegou, rara pergunta que também explicava, logo encampada pelos cantores de rock.

Outros tempos, outro slogan: "Anistia ampla, geral e irrestrita!". Na seqüência: "Diretas, já!" – o povo queria votar, e mais um slogan circulou, "Nova República", trazendo penosos ritos de passagem e planos econômicos que transitaram da esperança ao fracasso.

Desejoso de moralidade e incapaz de entender propostas mais profundas, o povo animou-se com o slogan "caçador de marajás" e elegeu-o presidente, até que de decepção em decepção o próprio povo, de cara pintada, criou um retumbante: "Fora Collor!"

Uma nova idéia foi sintetizada com base na nova moeda: "o Brasil do real". A ilusão de que a riqueza seria distribuída entre as classes produtivas e de que a corrupção seria afinal varrida perdeu-se em meio a um palavreado difícil e ao abafa de CPIs.

Subiu então ao poder um homem do povo, antes temido pelo radicalismo, mas já sem o vigor de outros tempos. O slogan da vez foi "A esperança venceu o medo". Venceu, mas perdeu para a corrupção geral.

Vamos aguardar o próximo slogan.

*Five*, setembro/outubro de 2005

# DIÁLOGO DIFÍCIL

Se já é um pouco complicado para urbanos acostumados transpor a barreira representada por uma secretária, quando se quer falar com um executivo ao telefone, que dirá quando vem alguém do interior, aonde não chegaram ainda certos truques do linguajar polido daquelas que recebem dos patrões a missão de afastar em vez de aproximar.
– Financeira Saraiva, boa tarde – diz a secretária.
– Boa tarde, moça. O doutor Saraiva está?
– Quem gostaria?
Para ouvidos traquejados isso significa: pode estar ou pode não estar, depende de quem está falando. O verbo "gostar" no condicional joga o acesso ao doutor no terreno das possibilidades. Mas as palavras têm um sentido mais amplo do que julga quem faz uso delas no sentido particular.
– Gostaria não é bem o causo. Eu vim mais por precisão do que por gosto.
A resposta não servia a ela, que estava interessada no "quem" da pergunta. Já o interlocutor prestara maior atenção no verbo "gostaria" porque, para ele, essa era a palavra que fazia mais sentido na circunstância. A secretária voltou à pergunta dando ênfase na busca da informação que desejava:
– Mas *quem* gostaria?
– Gostaria de quê?

Para fugir do impasse, a secretária resolveu usar a língua geral:
— O que eu estou perguntando é qual é o seu nome. Quer dizer: quem gostaria de falar com ele?
Aí, para o homem do interior, aquela já era quase uma questão. E ele argumentou muito polido, mas marcando opinião:
— Uai, mas se eu perguntei primeiro se o doutor Saraiva está. A senhora tinha de me responder primeiro, antes de rebater com outra pergunta, não é não? Eu penso assim.
— Como é que vou encaminhar o senhor sem saber o seu nome?
— Posso até dar o nome, mas eu não disse que queria falar com ele. Só perguntei se ele estava...
A secretária, com a objetividade da profissão, tentou contornar:
— O senhor quer falar com ele?
— Gostaria — ironizou o homem.
— Bom, então, por favor, o senhor pode me dizer o seu nome?
— Posso. É João Honorato.
Aí veio outra pergunta fatal das secretárias:
— De onde?
Para quem conhece os códigos, a pergunta significa: de qual empresa é o senhor, qual é o seu negócio? Para quem não conhece:
— De onde? Ah, sou de um lugar muito pequeninozinho perto de Barbacena, a senhora nunca deve ter ouvido falar: Desterro do Melo. Ouviu falar?
— Não, não ouvi. — E lá veio outra pergunta do repertório: — É particular, senhor?
— Aí a senhora me pegou. O Desterro? Particular?
— O assunto, senhor, é particular?
— Ah, bom. Por enquanto, é. Daqui a pouco tá na boca do povo.

— Pode adiantá-lo, senhor, para eu estar passando para o doutor Saraiva?

— Não, eu mesmo passo.

A secretária, vencida e grilada, contatou o patrão, que atendeu na maior presteza ao ouvir o nome de João Honorato. Foi uma conversa longa. Pela porta entreaberta ela ouviu duas risadas, apelos, promessas, regateios, garantias, agradecimentos. Depois o doutor Saraiva veio até ela:

— Dona Regina, o senhor João Honorato está vindo aí. Disse que teve dificuldade de entender a senhora. Pelo amor de Deus, fale simples com ele, como se ele fosse a sua mãezinha, o seu avozinho. De hoje em diante, por favor, não mais "quem gostaria?", "de onde?", "estar passando", "qual é o assunto". Ele acha que quem telefona sabe o que quer e com quem quer falar.

— Mas quem é esse João Honorato?

— O novo rei da soja. Agora é nosso patrão: vendi minha parte para ele nesse fim de semana.

*Veja SP*, 16 de maio de 2001

# TROPEÇOS

*O* compenetrado pintor de paredes olhava as grandes manchas que se expandiam por todo o teto do banheiro do nosso apartamento, as mais antigas já negras, umas amarronzadas, outras esverdeadas, pediu uma escada, subiu, desceu, subiu, apalpou em vários pontos e deu seu diagnóstico:
– Não adianta pintar. Aqui tem muita "humildade".
Levei segundos para compreender que ele queria dizer "umidade". E consegui não rir. Durante a conversa, a expressão surgiu outras vezes, não escapara em falha momentânea.
Há palavras que são armadilhas para os ouvidos, mesmo de pessoas menos humildes. São captadas de uma forma, instalam-se no cérebro com o seu aparato de sons e sentidos – sons parecidos e sentidos inadequados – e saltam frescas e absurdas no meio de uma conversa. São enganos do ouvido, mais do que da fala. Como o tropeção de uma pessoa de boas pernas não é um erro do caminhar, mas do ver.
Resultam muitas vezes formas hilárias. O zelador do nosso prédio deu esta explicação por não estar o elevador automático parando em determinados andares:
– O computador entrou em pânico.
Não sei se ele conhece a palavra "pane". Deve ter sido daquela forma que a ouviu e gravou. Sabemos que é pane, ele assimilou "pânico" – a comunicação foi feita. Tropeço também é linguagem.

O cheque bancário é freqüentemente vítima de um tropicão desses. Muita gente diz, no final de uma história de esperteza ou de desacordo comercial, que mandou "assustar" um cheque. Pois outro dia encontrei alguém que mandou "desbronquear" o cheque. Linguagens... Imagino a viagem que a palavra "desbloquear" fez na cabeça da pessoa: a troca comum do "l" pelo "r", a estranheza que se seguiu, o acréscimo de um "n" e aí sim a coisa ficou parecida com alguma coisa, bronca, desbronquear, sem bronca. Muita palavra com status de dicionário nasceu assim.

Já ouvi de um mecânico que o motor do carro estava "rastreando", em vez de "rateando". Talvez a palavra correta lembrasse "rato" e a descartara como improvável. "Rastrear" pareceria melhor raiz, traz aquela idéia de vai e volta e vacila, como quem segue um rastro... Sabe-se lá. Há algum tempo, quando procurava um apartamento pequeno para morar, o zelador mostrou-me um quarto-e-sala "conjugal", em vez de conjugado. Tem lógica, não? Muitos erros são elaborações. Não teriam graça se não tivessem lógica.

A personagem Magda, da televisão, nasceu desses enganos. Muito antes, nos anos 70, um grupo de jornalistas, escritores e atores criou o Pônzio, personagem de mesa de bar que misturava os sentidos das palavras pela semelhança dos sons. Há celebridades da televisão que fazem isso a sério. Uma famosa queria pôr um "cálcio" no pé da mesa. Uma estrela da Rede TV! falou em "instintores" de incêndio. A mesma disse que certo xampu tinha "phD" neutro.

Estudantes candidatos à universidade também tropeçam nos ouvidos. E não apenas falam, mas registram seus equívocos. Nas provas de avaliação do ensino médio apareceram coisas como "a gravidez do problema", "micro-leão dourado" e, esta é ótima, "raios ultra-violentos".

Crianças cometem coisas tais, para delícia dos pais. O processo é o mesmo: ouvir, reelaborar, inserir dentro de uma lógica própria e falar. Minha filha pequena dizia "água soli-

tária", em vez de "sanitária". A sobrinha de uma amiga, que estranhava a irritação mensal da tia habitualmente encantadora, ouviu desta uma explicação que era quase uma desculpa e depois repassou-a para a irmã menorzinha:
— A tia Pat está "misturada".

*Veja SP*, 23 de abril de 2003

# PALAVRAS EM FUGA

Quantas vezes isso acontece? Você procura uma palavra e ela se esconde. Revira almofadas na mente, descerra portas, abre gavetas nos compartimentos do passado, bate nos bolsos da memória, levanta tapetes, ela estava bem à vista, ali, ou ali, e não mais a encontra. Palavras brincando de esconde-esconde. Palavras que o evitam, mal-agradecidas, esquecidas do tempo em que delas você fez bom uso, trabalhando o que elas têm de mais caro: a precisão e a imprecisão.

Você percebe, no exato momento, que uma palavra está fugindo. No meio de um assunto, quase chegando a ela, ainda atento a duas ou três palavras que deveriam vir antes dela, a vê retirar-se, vislumbra sua fuga, persegue-a, quase a agarra pelos cabelos, ela escapa, você não consegue mais pegá-la, perdeu-a.

Pode acontecer ao contar uma piada: de repente você não consegue se lembrar de um detalhe sobre o qual se apóia toda a estrutura da piada e ela vira um desastre que o amargura; ou acontece ao contar um caso sobre uma pessoa cujo nome é essencial e ele não vem; ou ao recomendar um livro, e o título se apaga de repente junto com – oh, céus! – o nome do autor; ou ao encontrar aquele amigo de cerimônia que você sabe perfeitamente quem é, mas o nome, o nome, o nome – oh, céus!

Muitas vezes, quando a roda é amiga, e acontece uma falha dessas, você estala os dedos, espera que eles funcionem como a faísca que dá a partida a um motor; ou como um estimulante: você os estala açulando os neurônios, mas neurônios não são cachorrinhos e não saltam ativos agitando os rabinhos. Você recorre aos amigos da roda, a alguém que talvez estivesse a par do que você quer se lembrar, e começa um jogo de palavra puxa palavra, como é que se chama aquele camarada, aquele!, e segue atirando dicas que poderiam levar o amigo a localizar o dado fugidio, mas o cérebro do amigo caminha para um lado e o seu corre para outro, não, não, não é isso, e você fornece outro dado que também não funciona, ou só funcionaria no repertório do seu próprio cérebro, que está em pane momentânea.

Outros assuntos vão entrando na conversa; a palavra desaparecida deixa de atrair a solidariedade dos amigos; algo menos trabalhoso, ou mais divertido, ou mais emocionante, ou mais urgente os conquista, e eles vão indo, e você é deixado só com seu mistério, Sherlock sem Watson.

Você pensa no seu cérebro como um computador com vírus tipo cavalo de Tróia, que espalhou inimigos por todos os caminhos: trava, não troca a tela, não abre arquivos, a busca não funciona, você clica, clica, e nada acontece.

Chega um momento em que as pessoas se dispersam e vão para seus mundos, desfaz-se aquele grupo que reconheceria pessoas e fatos e casos comuns, e ao se dispersar o grupo deixa você com aquela falha de memória, sozinho, aquela palavra escondida atrás de um muro, desafiando você, ou brincando com você, e você não consegue se libertar daquela necessidade de lembrar, e o seu dia vira um labirinto por onde você caminha procurando a palavra.

As pessoas, outras pessoas, conversam com você, parece que está tudo bem, mas você se distrai na perseguição obsessiva, porque lhe pareceu, no meio da conversa, que a tal palavra estava ali se avizinhando, ou mesmo passou reluzente e irrecuperável, estrela cadente.

Você custa a dormir, acorda de madrugada, sente aquela faísca e lá está ela, a palavra, inteira, quieta e agora inútil.

*Veja SP*, 13 de julho de 2005

## AH, ESCRITORES...

*N*as visitas que tenho feito às bibliotecas públicas municipais, como participante de um saudável programa que tem levado dezenas de escritores a conversar com o público em bairros distantes e carentes, ou menos distantes e ainda assim carentes, pois necessitados somos todos nesta época de carências várias, tenho procurado mostrar que os escritores são pessoas comuns, normais.

Pensando bem, uns são mais normais do que outros. Ou, como disse Caetano: de perto, ninguém é normal. Na minha família mulheres costumavam dizer de algum marido que parecia ser um camaradaço: isso é só para uso externo.

Escritores podem ser bem esquisitos, ou não tanto. E podem ser apenas protagonistas de pequenas histórias que colorem suas biografias.

O poeta gaúcho Mario Quintana é personagem de várias. Uma delas é mais uma travessura de velhinho, mas acho-a encantadora. Na história, ele está hospedado em um hotel na Serra Gaúcha, em Canela. De manhã, senta-se no refeitório, toma um bom café, respira fundo o ar puro, dá palmadinhas no peito magro, fila um cigarro de um garçom, traga fundo e depois justifica:

– Em Porto Alegre eu parei de fumar. Mas aqui ninguém sabe disso.

Não estou falando daqueles escritores espirituosos que

de tanto fazer piadas acabaram sendo personagens de histórias provavelmente inventadas, como Gregório de Matos, Paula Nei, Emílio de Menezes, Oswald de Andrade e outros. Falo de gente que de vez em quando tem uns repentes, e cujos amigos às vezes dizem: esse Fulano tem cada uma.

Um velho acadêmico conta-me que Vicente de Carvalho era um desses. Santista, chamado o poeta do mar, feriu a mão numa pescaria, passou na ferida apenas água salgada do mar, o ferimento infeccionou, gangrenou, tiveram de amputar-lhe o braço. Recuperou-se, e brincava:

– Camões não era manco de um olho? Pois eu sou cego de um braço.

Também do romancista mineiro Roberto Drummond contam-se histórias. Uma delas o apanha dirigindo a revista *Alterosa*, em 1961. Tinha pelo jornalista Jânio de Freitas uma admiração que beirava o culto. Jânio liderava uma revolução de forma, conteúdo e ética no *Jornal do Brasil*. No dia 25 de agosto uma notícia abalou a redação da revista:

– O Jânio caiu!

Roberto ficou pálido, fulminado:

– Ai, meu Deus! Acabou-se o *JB*!

– Não, Roberto. É o Jânio Quadros. Renunciou.

– Ah, que susto! – suspirou Roberto aliviado.

Darcy Ribeiro era outro que tinha cada uma. Na Feira do Livro de Frankfurt de 1994 estávamos lá, convidados. O câncer voltara a fazer estragos em seu organismo, mas Darcy não se abatia. Tinha uma sadia relação com a morte e uma indócil relação com as mulheres bonitas. Sua guia na cidade era uma alemã jovem de tez morena, linda, de nome Bárbara. O sangue mineiro de Darcy ferveu. Delicada, ela não caía na cascata dele. Darcy falou até em casar, enumerou seus bens, e atirou com humor:

– Eu tenho câncer. Você não quer ser uma viúva rica?

E tem o caso do poeta Adão Ventura, um encanto de pessoa. Ele estava na pequenina Cruzília, região do Circuito das Águas, trabalhando num projeto cultural. Uma noite saiu com a turma para uma cachacinha e perdeu o rumo, não soube voltar para casa. Deu voltas, e nada. Cruzou com uma pessoa, por sorte alguém que participava do projeto, e perguntou:

— Você conhece o Adão Ventura?

O homem estranhou:

— Conheço. É você.

— Não quero saber quem ele é — explicou-se o Adão. — Quero saber é onde ele está morando.

(Desconfio que nas próximas conversas sobre a normalidade dos escritores vou fazer algumas ressalvas.)

*Veja SP*, 23 de junho de 2004

# ANIVERSÁRIO DO POETA

*O* poeta está melancólico. O poeta entra no elevador, sobe, fecha-se no quarto. Tristeza de ver a tarde cair, como cai uma folha. Tristeza de comprar um beijo, como quem compra jornal. Tristeza de guardar um segredo que todos sabem e não contar a ninguém (que esta vida não presta). Escurece e não me seduz tatear sequer uma lâmpada. Pois que aprouve ao dia findar, aceito a noite. O inimigo maduro a cada manhã se vai formando no espelho de onde deserta a mocidade. Talvez uma sensibilidade maior ao frio, desejo de voltar mais cedo para casa. Deixou lá fora o que havia capaz de inspirar-lhe dó. Nem sente melancolia. Só que está só. O poeta declina de toda responsabilidade na marcha do mundo capitalista e com suas palavras, intuições, símbolos e outras armas promete ajudar a destruí-lo, como uma pedreira, uma floresta, um verme. Teu aniversário, no escuro, não se comemora.*

Mas eis que um leve batido na porta acorda no poeta o medo do mundo e suas armadilhas. Algum chato com algum presente; pior, alguma leitora que não esquece o dia. A porta, impaciente, abre-se sozinha, e deixa passar o poeta

---

(*) Parágrafo montado com versos de Carlos Drummond de Andrade.

T. S. Eliot. Uns amigos vão fazer-lhe uma surpresa, avisa Eliot. Afinal, não é todo dia que a gente faz sessenta anos, e chamei o pessoal para um golezinho no seu apartamento. Tranqüiliza Eliot: *"There will be time, there will be time to prepare a face to meet the faces that you meet"*.
Em poucos momentos a casa está cheia. Incrível que os vizinhos não reclamem do barulho, pensa o poeta. Mas renasce nele, apesar dos vizinhos, o menino de 1918, que chamavam de anarquista:

*Vamos beber uísque, vamos*
*beber cerveja preta e barata,*
*ou, quem sabe, beber apenas.*

Em pouco tempo, é o caos no Olimpo. No meio do tumulto, um intruso vestido de príncipe trata o poeta como um estrangeiro: "Quem és tu?"

*Sou apenas o sorriso*
*na face de um homem calado.*

"De onde vens?" – torna o chato. Olhos procurando uma salvação, responde o poeta:

*Alguns anos vivi em Itabira.*
*Principalmente nasci em Itabira.*
*Por isso sou triste, orgulhoso: de ferro.*

Responsável pela reunião, Eliot vem em seu auxílio. O chato se afasta, intimidado. Olham, os dois, os deuses reunidos em concílio. Lá está Vinicius, com seu violão. Ali Camões, com seu jeito de pirata nobre. Alguma coisa se perdera em algum lugar do passado. *"Where is the Life we have lost in living?"* – pergunta-lhe Eliot, quase para si. Vinicius chega a tempo de ouvir o poeta:

> *Ignoro profundamente a natureza humana*
> *e acho que não devia falar nessas coisas.*

Com sotaque carioca e olheiras de boêmio, Vinicius puxa angústia: *Para isso fomos feitos: para lembrar e ser lembrados/ para chorar e fazer chorar/ para enterrar nossos mortos.* Quase sem dar por isso, o poeta fala num tom melancólico:

> *Se eu morrer, morre comigo*
> *um certo modo de ver.*

E logo o poeta se recupera, seco, duro, lúcido como o conheciam:

> *Chegou um tempo em que não adianta morrer.*
> *Chegou um tempo em que a vida é uma ordem.*
> *A vida apenas, sem mistificação.*

Lá do outro canto vem o protesto irritado de Fernando Pessoa: *Não me venham com conclusões!/ A única conclusão é morrer.* Vinicius espalha um veneninho a boca pequena: ele está crente que é Álvaro de Campos. A piada chega ao P'ssoa, que protesta, buscando a porta de saída: *Arre, estou farto de semideuses!/ Onde é que há gente no mundo?* Afasta com empurrões Gaspar Simões e António Boto, que tentam segurá-lo ou sair junto com ele, não se entendia bem: *Vão para o diabo sem mim/ ou deixem-me ir sozinho para o diabo!/ Para que havemos de ir juntos?*

Passado o incidente, a lenta e diária consciência da velhice, "comprada em sal, em rugas e cabelos", no dizer do poeta, faz parte da conversa dele com Eliot: *"Where is the Wisdom we have lost in knowledge?"* O poeta responde pelos dois:

> *A literatura estragou tuas melhores horas de amor.*
> *Ao telefone perdeste muito, muitíssimo tempo de semear.*

Murmura Eliot: *I grow old... I grow old.../ I shall wear the bottoms of my trousers rolled.* O poeta sabe que não tem jeito, a vida é assim mesmo:

*É difícil sofrer tudo isso, amontoar tudo isso*
*num só peito de homem... sem que ele estale.*

Não saberiam dizer quanto tempo conversaram assim, dois homens lúcidos e secos. A certa altura, tímido, gauche, o poeta deu uma palmadinha no ombro de Eliot e disse, enquanto o acompanhava à porta da sala já completamente deserta:

*Admito que amo nos vegetais a carga de silêncio,*
*mas há que tentar o diálogo, quando a solidão é vício.*

Depois, sozinho no quarto, orgulhoso ferro de Itabira, o poeta se permite um sorriso escondido:

*No escuro em que fazes anos,*
*no escuro,*
*é permitido sorrir.*

Revista *Alterosa*, outubro de 1962

# PÉROLAS NA PENUMBRA

*(começo)*

Sebos são as verdadeiras sociedades dos poetas mortos. Lá eles dormem seu sono de poeira e ácaros. Famosos ou desconhecidos, eternos ou fugazes apertam-se ombros contra ombros à espera da mão que os colocará de novo em circulação, à brisa de alguma manhã de parque ou à luz de algum abajur noturno. Há ali poetas de bom verso e os que apenas anseiam – estes a lutar com palavras sem rima e sem cadência, a propagar idéias de pé quebrado em versos fora do lugar. Seus livros recostam-se docemente em algum Rilke ou Ovídio. Há livros escritos por sábios e também por desatinados; sagas de obscuras famílias; obras cuja intenção é vaga; périplos autobiográficos; teses nebulosas – enfim, variada produção de seres que tangenciam a sandice e são por isso chamados de filósofos. Suas obras escoram-se em algum Xenofonte ou Maquiavel na penumbra democrática do sebo.

Gosto de sebos. Sejam pequenos, como aquele no fundo de uma loja de móveis usados na Rua das Palmeiras, onde livros, fogões oxidados e criados-mudos dividem sua decadência calma. Ou grandes, como aquele no Centro Velho, que tem sala de Eça de Queirós, de Fernando Pessoa, de

Machado de Assis, salas onde o vendedor Eduardo me confidencia que pegou o hábito de ler. Hoje é escritor também.

Conheço um escritor, bom de venda, que ao sair para barganhar volumes indesejados ou indignos da sua estante leva também para o sebo algum de sua autoria. Escritor que não tem livro no sebo não existe, diz ele. Considera aquele um espaço privilegiado para pescadores de pérolas. A simples idéia de ser pescado como uma delas o deixa animado.

Alguns livros de sebo são impessoais, como se nunca tivessem sido de ninguém. Nunca fizeram alguém feliz, por eles nunca passaram dedos molhados. Outros trazem marcas, páginas de cantos dobrados cujo texto procuramos bisbilhotar à procura do que teria motivado o interesse daquele incorpóreo leitor, trechos sublinhados que influenciam nossa leitura de segunda mão, observações à margem que parecem nos convocar para uma discussão, e dedicatórias – ai dos autores!

Quem vende um livro com dedicatória quer, no fundo, que o autor saiba. A menos que tenha sido vendido por outra pessoa. Um poeta mineiro, não dos maiores, porém dos mais expostos à galhofa, pedia emprestados livros de escritores locais com dedicatórias aos amigos e os vendia ao sebo meses depois, só para ver o frege. Não foi coisa dele, mas conta-se que um autor mineiro encontrou num sebo mineiro um livro seu com dedicatória: "Para Fulano, atenciosamente". Comprou o livro, escreveu sob a antiga dedicatória uma outra, "Para Fulano, com renovadas atenções", assinou e mandou-o pelo correio. Não sei se ainda se cumprimentam.

O fato mais marcante que me aconteceu numa casa de livros usados ainda mexe comigo. Percorria uma estante de literatura em inglês e achei uma pérola: o relato autobiográfico do poeta americano e. e. cummings, *The enormous room*, sobre os três meses em que esteve prisioneiro na França. Lia encantado alguns trechos quando encontrei um... era um bilhete para quem pegasse o livro. Dizia em inglês: "*Looking for a clever guy. Can't bear stupidity anymore*", ou seja:

*Procuro um cara inteligente. Não suporto mais estupidez.*

Dava o nome, Georgia, e o telefone. Ela havia escolhido aquele livro, claro, na suposição de que o interessado nele teria o requisito que buscava. Tive – por que não dizer? – tive medo daquela determinação, da brutalidade da palavra "estupidez", da obrigação de ser inteligente em inglês, e nunca liguei. Guardei o bilhete, que de vez em quando reencontro entre papéis velhos, com uma sensação indefinível, entre perda e alívio.

*Veja SP*, 12 de abril de 2000

# PÉROLAS NA PENUMBRA

*(meio)*

O leitor de jornais e revistas é uma invenção dos jornalistas. Como toda figura mítica, corresponde mais aos desejos, sonhos, gostos e medos de quem o cria do que à realidade. Cada chefe de redação cria o seu leitor, de quem procura ser o fiel servidor, escudeiro e arauto.

– Nosso leitor não gosta de cenas chocantes – diz ele ao editor de fotografia.

– O leitor não quer saber de teses econômicas – argumenta com o pessoal da área. – Ele quer saber é por que a carne baixou ou subiu.

Irrita-se com o chefe da distribuição:

– O leitor quer o jornal dele na banca na hora certa, não interessa se o caminhão quebrou.

A equipe vai assimilando o mito. O pauteiro já recomenda ao repórter:

– Nosso leitor não quer saber de Gugu.

Em outro jornal pode ser exatamente o contrário.

Já o leitor criado pelo romancista é descaradamente ele próprio, e procura satisfazer sua noção pessoal e restrita do que deve ser a literatura. Como não tem compromisso com tiragem, anunciantes ou mercado, deixa que o leitor tirano assuma o comando. Romancistas são ligeiramente mais doidos do que os jornalistas.

Quando começo a escrever um romance, penso: quem eu quero que leia este livro? E vou criando o meu leitor durante a longa viagem. Preparo-me para o encontro no fim da estrada, na esperança de que tudo dê certo. Visto roupas bonitas, banho-me de essências, levo um buquê de frases, um presente, emoções e lembranças. O leitor está lá no fim, como um destino, mas também me acompanha na viagem, zelando para que as coisas sejam de um modo e não de outro. Quando chego ao fim, oh, surpresa: sou eu quem me espera.

E o leitor de crônicas?

A viagem é bem mais curta: encontramo-nos no elevador, no ônibus, no metrô, na caminhada, no shopping, no cinema, numa enchente, num engarrafamento. É o tempo de um alô e de um olhar de cumplicidade. O cronista se vê no outro, são parceiros da circunstância, e fala de assuntos comuns nascidos desse conchavo fugaz.

Convivem no mesmo espaço geográfico, um lugar impreciso entre o coração e o estômago. Mais precisamente, entre as esquinas de que gostam e os pratos que degustam. Por isso não é raro saltar um leitor das sombras e oferecer ao cronista jabuticabas no pé, ou dizer que as pulgas podem ter desistido dos cinemas, mas não dos cães, ou protestar que esqueceu a bolsa foi na geladeira e não no freezer.

Nesta semana, uma voz feminina ao telefone, com sotaque estrangeiro, disse-me que era a Georgia e que havia lido minha última crônica, sobre os sebos. Perguntou se o nome Georgia não me dizia nada. Não, assim num primeiro momento não dizia, respondi. Revelou que havia sido ela quem colocara o bilhetinho em inglês dentro do livro de e. e. cummings. Ah, pensei, mais do que uma leitora, salta-me uma personagem! Lembrei-me: no bilhete de tom dramático ela dizia que procurava uma pessoa inteligente, e que estava cansada de estupidez. Parecia ávida. Isso faz mais de vinte anos, disse ela, e lamentou, triste: nunca ninguém ligou.

– Agora entendi por quê: o senhor interceptou a mensagem, não deixou que ela chegasse a quem eu buscava. Interferiu no meu destino.

De repente, toda a responsabilidade por aquele ato impensado baixou sobre mim. Deveria ter posto a mensagem em outro livro do sebo, ter deixado que ela cumprisse sua missão. Tive impulsos de reparar o malfeito, marcar um encontro com Georgia. Porém nova e mais pesada culpa se acrescentou à anterior quando ela se despediu e disse, elevando a voz num lamento, como uma personagem de Tennessee Williams:

– Ah, eu era *tão* bonita!

Aquele "era" tornava o mal irreparável. Com ele, Georgia se retirava afinal da aventura iniciada pelo lance de dados de mais de vinte anos atrás. De certa forma minha crônica a libertara.

*Veja SP*, 26 de abril de 2000

# PÉROLAS NA PENUMBRA

*(fim)*

Georgia telefonou-me outra vez. Sabem quem é: a mulher que deixou um bilhete num livro de sebo, à procura de um homem inteligente.

Esperava que ela ligasse. Na verdade e no fundo, eu desejava isso. Pairava entre nós uma fina cortina que não deixava nos vermos, embora nos pressentíssemos. Alguma coisa ficara por dizer. Nossa história de mais de vinte anos – a vida inteira que poderia ter sido e que não foi, como no verso de Manuel Bandeira – não se resolvera naquele primeiro e rápido telefonema.

Georgia queria falar-me pessoalmente, e eu, desde que ouvira o lamento dela ao telefone, narrado na crônica anterior – "Ah, eu era *tão* bonita!" – também queria encontrá-la, não sei bem por quê. Talvez para avaliar morbidamente o que o tempo fizera da beleza dela, para buscar a suavidade dos traços antigos nos vincos do rosto, ou para considerar o que eu havia perdido em delícias e tormentos nas mãos de tal mulher, capaz de confiar nome e telefone a um desconhecido leitor de livros de sebo, anotados ao pé de um bilhete em que convocava para sua vida um homem inteligente. Em inglês. O tom arrogante do final, no qual ela ao mesmo tempo explicava seu gesto e afastava os desqualificados – *"Can't bear stupidy anymore",* não suporto mais estupidez – soava-me quase concretamente nos ouvidos, embora nunca houvesse escutado a frase. Delícias e tormentos, certamente.

    Marcamos o encontro, vivemos uma tarde de seduções.

    Georgia é americana, casada, mãe de dois rapazinhos. Não, o tempo não a destruiu nem amansou. Fora injusta consigo mesma ao dizer que "era" bonita. Não tem mais ilusões: acredita que a estupidez faz parte da natureza masculina.

    – Não a grosseria – diz ela, procurando ser mais precisa –, porque há muitos homens bem-educados. Falo de uma certa *dullness*, uma obtusidade. Não por falta de inteligência – tenta ela mais precisão ainda –, mas porque eles dispensam certos detalhes que tornam a vida mais luminosa e delicada. Chame de acabamento, se quiser. Polimento. Os homens querem ser essenciais, fundamentais. E isso é brutal. As delícias da vida estão nas superfícies, no acabamento. A pele e o pêlo são acabamento.

    A graça com a qual ela me agredia, e aos homens, era pura superfície. E sorrimos. Falava com sotaque e desembaraço, trinta anos de Brasil. Quando escreveu aquele bilhete, aos 24 anos, tinha acabado de desfazer o caso com o homem que veio a ser seu atual marido. Cinco anos afastados, enquanto esperava que o bilhete colocado dentro de um livro em prosa de e. e. cummings modificasse seu destino.

    Havia levado para o sebo aquele livro, pelo qual era apaixonada, e o enfiara numa prateleira, contou ela com candura, carinhosa com a moça que havia sido. Livro de um autor difícil, inconformista, porém sensível e emocionado. Acreditava que o homem que o lesse também seria assim e por ele se apaixonaria e viveriam felizes para sempre.

    – Mas o senhor estragou tudo – disse ela, rindo de nós.

    – Eu tive medo – contei, sem nenhum pudor.

    – De quê?

— De ser fraco, e estúpido, e decepcionante.

Georgia ficou séria, muda. Quando o silêncio se tornou incômodo, tentei brincar:

— E você? Foi feliz, afinal?

Ela alcançou minhas mãos por cima da mesa:

— Leve-me para algum lugar.

Lá, contou-me o que havia feito de sua vida. As mulheres acreditam na felicidade, os homens no sucesso, disse, íntima. *It takes two to tango.* Tango se dança a dois. Não é possível só uma das partes ser feliz. Tentara ajudar seu destino havia mais de vinte anos, fracassara, e escolhera então o caminho do sucesso, como os homens. Percebi, em sua entrega, que ela havia retomado por algumas horas as emoções da moça que colocara o bilhete no livro de e. e. cummings. Terminada a mágica, deveria cada um seguir seu rumo. Ao se despedir, com um sorriso entre o passado e o presente, resumiu suas impressões sobre aquela tarde:

— Poderíamos ter sido felizes durante algum tempo.

*Veja SP*, 10 de maio de 2000

# TRÊS ENCONTROS COM
# SALMAN RUSHDIE

*A* publicação do livrinho de Salman Rushdie sobre o filme *O Mágico de Oz*, de Victor Fleming, com Judy Garland, emociona-me por um motivo que nada deve ao volume lançado agora pela Rocco. Ou deve pouco. Rushdie diz que viu o filme aos dez anos, em Bombaim, onde nasceu, que ele foi a primeira influência na sua literatura, que a primeira história escrita por ele se chamava "Over the rainbow". Interessantíssimo é o fato de que este escritor, condenado ao Outro Lugar, do qual quer sair e voltar para este nosso lugar de todos os dias, escreva justamente o elogio de Oz, o Outro Lugar do filme, aonde a menina Dorothy vai parar contra a sua vontade. O livro me fez lembrar dos meus três encontros com Rushdie.

O primeiro foi em Toronto, durante o Harbourfront International Festival of Authors de 1983. O festival reunia 24 autores de todo o mundo, como o poeta beat Lawrence Ferlinghetti, o poeta negro caribenho Derek Walcott com sua deslumbrante loura sueca, o russo Joseph Brodsky, o irlandês J. P. Donleavy com sua bengala elegante, a bonitinha americana Ann Beattie. Eu representava o Brasil, leria trechos do meu romance *A festa (The celebration)*, em inglês. A vedete do encontro era o poeta inglês Ted Hughes, viúvo e dito pivô do suicídio da poeta americana Sylvia Plath. Rushdie, nascido na ex-colônia inglesa, também representava a Inglaterra. Ainda não usava barba, tinha (e tem) um sotaque inglês de Cambridge, que lhe dava um ar antipático, reforçado pelas pálpebras caídas e o olhar enviesado. Dizia (não, não dizia simplesmente, usava a expressão *"I confess"*, com um significado entre o "confesso" e o "admito") que vinha da aristocracia muçulmana indiana. Tinha 36 anos. Leu trechos do bom romance *Os filhos da meia-noite* e de *Shame*, que acabava de publicar. No passeio de ônibus que fizemos às cataratas do Niagara manteve-se afastado, atencioso com sua bela e pálida acompanhante, que diziam ser turca, também muçulmana. Só nos falamos uma vez, no apartamento de confraternização. Interessou-se pelo momento que vivíamos no Brasil, de fim de ditadura militar, quis saber como isso entrava na nossa literatura. Não foi nada caloroso, apenas bem-educado.

O segundo foi também em Toronto, em 88, no mesmo festival, que se chamava agora Wang International Festival of Authors. Estavam lá, entre outros, Rushdie, o prêmio Nobel americano Saul Bellow, o futuro prêmio Nobel Derek Walcott com sua deslumbrante loura sueca, os ingleses D. M. Thomas e A. S. Byatt, o iugoslavo Milorad Pavic e eu, que havia lançado, em inglês, *A casa de vidro (The tower of glass)*. Rushdie leu trechos do recém-publicado *Satanic verses (Versos satânicos)*, com uma acolhida não muito calorosa. Já usava barba, tinha o mesmo olhar superior devido às pálpebras caídas e parecia mais feliz. Estava casado com a bonita Marienne Wiggins, que o acompanhava por toda parte. O passeio, desta vez, foi um fantástico almoço de outono na reserva florestal de Ontário, profusamente colorida. Na van em que íamos para o almoço estavam o casal Rushdie, o paquistanês Abdulrazak Gurnah, dois tchecos, o simpático iugoslavo Pavic e eu. A conversa escorregou para o *Versos satânicos*, que começava a despertar reações contrárias no mundo

muçulmano. Pavic perguntou a Rushdie se não temia as reações. Ele não estava nem um pouco preocupado:
"Eu sou muçulmano, minha crítica não é feita de fora, contra o Corão. É uma advertência contra o sectarismo, não contra o Profeta".
Abdulrazak, a meu lado, cochichou que aquilo ainda poderia piorar. O próprio governo indiano, de Rajiv Ghandi, estava contra Rushdie por suas críticas políticas, disse.
O terceiro encontro foi na grande feira do livro de Guadalajara, México, há menos de dois anos. Estávamos lá Moacyr Scliar, Lygia Fagundes Telles, Marlyse Meyer, Eric Nepomuceno, Tabajara Ruas, eu, escritores de diversas partes do mundo, além dos mexicanos. Nélida Piñon, a grande homenageada, recebia o prêmio Juan Rulfo. Dizia-se que haveria um grande acontecimento no final da feira, talvez Salman Rushdie aparecesse, falasse. Apareceu, falou, almoçou. Vivera aqueles sete anos como refugiado condenado à morte, a *fatwa* do aiatolá Komeini. Sua barba estava grisalha, ele estava mais gordo, sozinho, viajando secretamente, cercado de seguranças. Sua ex-mulher, cansada de mudar quase diariamente de casa, divorciara-se dele em 1990. Rushdie contou, entre revoltado e irônico, suas peripécias pelo mundo dos perseguidos e leu trechos do excelente romance *O último sorriso do mouro*. Falei rapidamente com ele durante o jantar, lembrei-lhe aquele passeio na van, em Toronto, as palavras preocupadas de Pavic. Ele murmurou *"I remember, I remember"*, e seu olhar, por um momento, parou, vazio, ausente. Rushdie estivera, talvez, naquele breve instante, passeando por aquela bela floresta de coníferas e plátanos, homem livre, feliz.

*O Tempo*, 20 de junho de 1997

# AS LOURAS E O MERCADO

*V*amos falar delas como de um negócio. A linguagem – desculpem – tem de resvalar um pouco pelo jargão econômico, embora a *commodity* em questão possa ficar ofendida.

O mercado, baseado não se sabe exatamente em quais parâmetros, promoveu uma supervalorização das louras. A opção foi estimulada pela mídia, principalmente revistas e televisão. É pouco provável que estas tenham interesse direto nos lucros, embora alguns intermediários possam colher dividendos. Não podem ser desprezados também os fatores de acaso, de novidade e até mesmo de homenagem galanteadora dos homens que comandam a mídia. As louras, por si, desorganizadas, não teriam meios para tão grande promoção. Só o que fazem é o possível para ampliar o terreno conquistado.

A visibilidade das louras na mídia e a exposição de seus atrativos aumentam a demanda, claro. A propaganda boca-a-boca estimula os negócios. Naturalmente, não há louras para todos no país moreno. E aí surgem os costumeiros problemas de mercado.

O primeiro que surgiu foi a boataria. Em conseqüência da procura, foi grande o número de investidores frustrados. Então, estes adotaram um comportamento predatório, que a parte mais sadia do mercado condenou: resolveram desvalorizar a opção na praça, ridicularizando-a. O movimento dos sem-louras criou e espalhou pelo país piadas sobre louras burras. Como se dissessem: eu não consegui uma, mas para quê, as louras são burras. Contra as expectativas deles, o preço não caiu, nem a demanda.

O problema mais comum são as falsificações. Um número crescente de morenas tinge os cabelos e pega carona na onda. Surpreendentes como sempre foram, as mulheres proporcionam aos homens um espanto cada vez mais freqüente: cabelos alourados, púbis negro. Inquietante contradição. Muitas ficam na dúvida. Quem sabe – pensam, inseguras – é o dourado do vértice e não só o da cabeça que atrai os homens que investem em louras? E lá vai uma dose extra de tintura.

Se houvesse um pregão, bons vendedores classificariam essas alouradas como modelos adaptados. Não poderiam dizer que o resultado foi obtido com a última palavra em tecnologia genética, nem, por outro lado, revelar que se trata de adaptação de fundo de quintal. Mas poderiam enaltecer-lhes as qualidades e a excelente relação custo-benefício:

– O desempenho, senhor, é o mesmo, e esta pode ter até mais durabilidade. A legítima sai mais caro e o benefício que presta é igual ao deste modelo adaptado, que sai bem mais em conta.

Louras saem mais caro? Pela lei da oferta e da procura, sim. Houve uma época em que elas eram bem mais raras. O cantor Dick Farney sussurrava então na meia-luz das boates: *Todos nós temos na vida/ um caso, uma loura...* A fama das louras era de mulheres fatais, poderosas, Gildas abrasadoras... Boas para um caso, não para um casamento. E caso, pelo que se sabe, custa. Era a fama delas: artigo de luxo. Algo disso passou para os dias de hoje. Quem investe em louras, seja no mercado a termo, no futuro, ou no spot, tem de ter um bom *cash-flow*, se é que me entendem.

Disse que as louras eram mais raras. Eram. Multiplicaram-se. As filhas das robustas camponesas interioranas e sulinas, ou das compactas operárias que vieram da Europa nos primeiros vinte anos do século passado, produziram por sua vez uma geração mais numerosa de louras, que produziu outra geração, e mais outra, agora de louras urbanas, esguias e malhadas, que infestam revistas, praias, academias, televisões, agências de modelos e fantasias masculinas. Não há, entretanto, para todos os que procuram.

Os analistas do mercado recomendariam investir na demanda reprimida. Esta – a multidão de brancas, morenas, asiáticas, mestiças e negras – poderia oferecer vantagens surpreendentes e compensadoras.

*Five*, maio/junho de 2001

# PERIGOS

Há, sem dúvida, momentos mais felizes, mais luminosos, mais profundos, mais alegres, mais angustiantes, ou mais tensos – mas nenhum é tudo isso junto e, como se não bastasse, também tão saboroso, criativo, exigente, delicado, absorvente e desafiador como fazer amor pela primeira vez com a nova amada ou o novo amado.

Ao chegar esse momento já foi ultrapassado com êxito o teste das palavras, do barzinho, da dança, das mãos, do jantar, do beijo, dos amigos, das amigas – a parte social. Ele e ela já sabem o que falta saber, sabem se agrada o humor do outro, o tom de voz, até aí já se entenderam, aceitaram os gestos um do outro, já puderam sentir promessas nos corpos e aprovaram-se aos olhos críticos dos amigos. No toque das línguas, acenderam o desejo.

Já amaram antes, claro. E nem faz muito tempo. As lembranças, a raiva, o desacerto, a insônia e alguns murros na parede poderiam ser contabilizados dos dois lados. Agora, toda a atenção se concentra novamente. Um busca no outro o quê? – a si mesmo. Querem reencontrar o que têm de amável e que ficou perdido no desamor. Buscam-se nos perigos de um novo amor, aventureiros. Por isso, pelo que carrega de esperança, o momento é tão delicado.

É preciso desaprender tudo, reaprender, surpreender.

É preciso curiosidade e inocência de cada um para aprender o que o outro já trouxe sabido; guiar e deixar-se guiar, como dois cegos enxergando por revezamento.

O melhor caminho não será dado, mas descoberto pelo tato: cada um terá de descobrir no corpo do outro o rastilho de pólvora da luxúria. E tacar fogo.

Há carícias antigas impressas nas trilhas mais secretas do corpo amável – e isso é um dos dados mais delicados deste, insisto, delicado momento. Sem raiva nem grilo é bom considerar isso, porque o nosso próprio amor não valeria nada se não deixasse marcas. Quem sabe disso nem evita essas veredas, primeiro porque são inevitáveis, depois porque – espertamente – a partir delas abre picadas, atalhos, sendeiros, até que o antigo caminho fique irreconhecível e acabe confundido pelo novo. Não é preciso ter pressa nessas descobertas, elas virão. Por enquanto, basta saber das trilhas, e seguir as setas.

Impossível não comparar: a cor, o sabor, o cheiro, a consistência, o ritmo, o tempo. Querendo ou não, as imagens vêm, quando recentes. Não para se pôr um sinal de mais ou de menos, não para aprovar ou desaprovar, não para nada. Mas vêm. Este é mais um perigo que tem de atravessar quem está mudando de amor. O jeito é não se perturbar com o fantasma nem perder o real, não deixar a cabeça viajar na lembrança. (A menos que o real não valha a pena. Mas aí é outro caso. Não estou falando de fracassos, mas de perigos, com *happy end*.) Como a memória da doçura especial de uma fruta não estraga o degustar de uma outra, antes ensina a conhecer a qualidade dela, assim deve ser.

Nesse primeiro dia – delicadíssimo – ainda se amam com a obrigação de prestar atenção, e nisso perdem um pouco da entrega e da loucura que é o amor, mas essa aplicação é necessária porque senão o corpo devaneia irresponsavelmente e segue ensinadas lições, repete gestos, justo na hora de construir as delícias do futuro. O corpo quer a segurança do experimentado; a cabeça, a alma e o desejo são revolucionários, querem o novo, o sonho, a utopia: amor.

E acima de tudo é delicado o ato, cheio de ousadias, esquivanças, avanços, temeridades, inabilidades, precisão. Delicado desde o começo. Não há ainda a naturalidade do desnudamento, há que encontrar o tom exato, sem sofreguidão ou hesitações. Os dois sabem o que fazer, mas nesta primeira vez, e diferente das vezes que virão, o como será a maior preocupação. E também, diferente das outras vezes, abdicarão do egoísmo esquizofrênico dos amantes (aquele egoísmo que faz dar tudo certo porque o par ensandecido quer a mesma coisa) e tentarão construir generosamente o prazer do outro. Passo a passo. As carícias, enlaçar, desenlaçar, olhar – quero te ver! –, o último beijo, tudo será entregue num buquê de cuidados com laço de fita.

Bom. E então, o pior, ou o melhor, já passou. Vencido esse delicioso, esse delicado momento, que certamente não será o de maior prazer que terão juntos, cientes uma e outro do que pretenderam e tiveram, vão se dizer até amanhã com a certeza de que se envolveram em alguma coisa comprometedora e inquietante que os jogará em novos perigos, para lá desse amanhã.

Do livro *Crônicas de amor*, 1989

# APARTAMENTOS TEMÁTICOS

Vocês sabem o que é um parque temático. Na Flórida, paraíso de férias de brasileiros, há um em cada estrada: de vida silvestre, de ciências, de vida marinha, de monstros, aquático, da Disney, do cinema... Aqui, os moços inventam quartos e apartamentos temáticos.

É coisa de quem tem mais tempo do que problemas, mas nem por isso é uma bobagem. Longe disso. São exercícios de liberdade e criatividade feitos por jovens que finalmente conquistaram um canto só para si. Querem criar ali um ambiente diferente e seu, algo íntimo, particular. Que expresse algum sonho, que reflita uma estética, uma atitude.

Alguns elegem os esportes, não raro um esporte específico. Esteve na moda o basquete da NBA. Espalham pelo quarto, com efeito visual às vezes surpreendente, um pôster de um negão "enterrando", flâmulas, fotonas e foticas, camisetas, copos, bolas, uma cesta de verdade...

Há os silvestres. Fotos de bichos, tocos naturais, cestinha de essências, pôster daquela mãe gorila com o bebê humano no colo, um patinho de madeira com o pescoço esticado para baixo, naquele jeito de pato curioso.

A maioria prefere ícones da música. Cabeludos do reggae, trancinhas do axé, grunges do hip-hop, bocas escancaradas do rock, cabelos brilhantinados e turbantes da MPB antiga. Canetas, potes, pôsteres, instrumentos, camisetas, toalhas de banho. Sei de um que cobriu uma parede inteirinha com capas de LP dos anos 50. Só serve anos 50, sabe-se lá por quê.

Conheço um cara, cinqüentão e pai de filhos adultos, que não renegou seu passado. Mantém no escritório de casa o tema cerveja. Latinhas do mundo inteiro. Cartazes. Uma parede decorada com bolachas de chope recolhidas em países que conheceu. A mesa do telefone é da cerveja que desce redondamente. Tem um rótulo ampliado da primeira cerveja que bebeu e que nem existe mais, a *Teutônia*. Copo de lápis feito da latinha de uma *stout* irlandesa. Cinzeiro de uma *lager* belga.

Há sacrifícios e punições no caminho. Aconteceu com um estudante da PUC que escolheu o tema trânsito para seu apartamento. Tiras de plástico zebradas em locais interditados, mesa armada sobre cavaletes da CET, placas de orientação, chapas de carros. Ele cultiva um certo humor. Na porta do quarto de dormir, a placa "homens trabalhando"; no bar, sinalização de posto de abastecimento; na porta do banheiro, acende-se a luz vermelha de um semáforo quando ela é trancada; no quarto de estudos, a placa "Cuidado – animais na pista".

Um domingo destes, descendo de Campos do Jordão, o rapaz viu uma fileira daqueles cones listrados de amarelo e preto, usados para interditar um lado da pista. Olhou para os lados, não havia ninguém na manhã fria e chuvosa. Temerário, num impulso, saiu do carro, catou dois cones, enfiou no porta-malas e desceu a serra soltando gargalhadas vitoriosas. Uma curva abaixo, de binóculos e capa impermeável, um comando rodoviário o aguardava.

– Abre o porta-malas.

– Já sei, já sei. Eu devolvo! Por favor. Please! Eu ponho lá de volta!

A autoridade concordou, sem muito esforço. O rapaz ligou o carro para retornar e o policial balançou negativamente o dedinho e a cabeça. Diante do olhar interrogativo do moço, deu a sentença:

– A pé.

*Veja SP*, 14 de junho de 1999

# SEGUNDAS NÚPCIAS

*H*avia algum tempo que Adalberto, exportador de soja, não prestava atenção na mulher. Nem no corpo, nem no espírito. Casaram-se quando ele achou que precisava, não tinha tempo para aventuras e caças noturnas. A vida amorosa deles acompanhava então a energia aplicada nos negócios, intensificara-se quando eram mais vigorosos os esforços para fazer a empresa crescer. Tiveram um filho junto com o primeiro milhão, uma filha junto com o segundo, e daí para frente evitou a gravidez, mas não os milhões.

Depois de algum tempo, o casamento seguiu o índice da Bovespa: uns dias em alta discreta, outros em baixa, raros picos, poucas quedas fortes. A empresa tornou-se afinal sólida, grande; filhos criados, produção do País aumentando, mulher gerindo a casa e os convites, governo tucano moderado, mulher reclamando atenção, mercado internacional firme, neta a caminho... Faltava é paixão.

De comum acordo, com amizade, decidiram o divórcio. Ela, 49, confiante de que ainda tinha amor para dar; ele, 54, imaginando um segundo casamento com mais vigor e novos sonhos. Começaram a cumprir o rito legal da separação de corpos, mas se falavam pelo telefone.

Em um encontro marcado, reparou nela. Quilos a mais, rugas desnecessárias em torno dos olhos e da boca, cabelos sem brilho e de corte pesado, papada, pele castigada, roupas caras mas sem vida, barriga, musculatura flácida, ombros caídos, mãos secas, dentes amarelados.

    Seria justo que ela estivesse em condições ótimas para encontrar outra pessoa e foi franco com ela:

    – Você precisa se cuidar. Procure a melhor clínica de estética da cidade e não se preocupe com o quanto vai custar. O que eles disserem que deve ser feito eu pago. Cirurgias, tratamento, lipo, spa, tudo. E olhe: pare de fumar. Estraga a pele. Nem fumante agüenta manhã de fumante.

    Ela aceitou a oferta, sem ofensa, e se aplicou na reforma. Cirurgias plásticas, uma seguida cautelosamente de outra, para tirar, acrescentar ou sustentar, musculação orientada, horas de criteriosa malhação, tratamento prolongado de pele, hidratação, RPG para corrigir a postura, muito alongamento, acupuntura contra o fumo, endocrinologista, tratamento programado de cabelos, clarificação dos dentes, renovação no estilo do guarda-roupa e das jóias, discreta linha insinuante de sobrancelhas e cílios – uma trabalheira que a ocupou durante muitos meses.

    Ele estava em melhores condições. Por motivos genéticos, alimentares, obediência às recomendações médicas, hábitos, atividades, estilo – estava melhor. E começou antes dela a procurar "outra pessoa", como se diz nesses casos. Nunca foi de noitadas, de farras, não é homem para amores *prêt-à-porter*, do tipo pega e leva. Buscava uma companheira, estimulante e de bom caráter.

    Não se pode dizer que não havia. Havia em termos. Ora os gostos, ora a cama, ora o humor, ora a carreira, ora o kit "filhos e ex" dela, ou o dele, abalavam suas tentativas – na verdade, apenas duas.

    Estava nisso quando um telefonema urgente avisou-o que a netinha havia nascido. Correu para o hospital, e foi direto namorar a bebezinha na vitrina do berçário. Nesse momento aproximou-se sorrindo para cumprimentá-lo uma desconhecida elegante, fina, linda, cuidada, leve.

    Era ela, a ex, momentaneamente irreconhecível. E tão bonita, tão próxima do modelo idealizado, que ele se apaixonou e se casaram de novo.

*Veja SP*, 26 de março de 2003

# FORA DA LISTA

Luzia está preocupada: o marido não dá notícias desde o ataque terrorista ao World Trade Center. O nome dele não está na lista de brasileiros desaparecidos, publicada pelos jornais, mas isso não a tranqüiliza. Ele partiu para Miami cinco dias antes da tragédia e deveria ter voltado há duas semanas.

– Miami é muito longe de Nova York – disseram-lhe quando começou a se preocupar. – É como se ele estivesse aqui e o negócio acontecesse lá em Pernambuco.

Isso não bastou para tranqüilizá-la. Argumentou que o marido mudava de cidade fazendo negócios, costumava ir para Nova York também. Negócios? – fofocavam vizinhos e parentes: Sacoleiro, isso sim. Não o levavam a sério, por isso não tiveram generosidade para compartilhar com Luzia o seu drama. Para a preocupada e amorosa esposa, no entanto, o marido está desaparecido. É um daqueles das torres gêmeas.

Um desaparecido íntimo é alguém de quem se perde tudo: a voz, o bom-dia, o jeito de olhar, o aniversário, a briga, o afeto, o beijo, a chave na porta, a espera, os reencontros e até, sim, até isso: a morte.

Não era o caso de chorar, porque não tinha certeza. Dormir tornou-se um sobressalto. Procurar onde? Tudo tão longe, numa língua incompreensível. Esperava sem poder sofrer.

Pela porta da butique (lojinha de bairro em que vende roupas de senhoras) freguesas passantes, sabedoras da sua inquietação, paravam para perguntar:
– Notícia do Nestor?
– Nada ainda – respondia, fazendo aquela cara.
– Ele aparece, vai ver.
Não sentia preocupação sincera nas fisionomias delas. Lembrava-se do tio italiano que durante a guerra ia para a pracinha de Castelamare e ficava ao lado da lista diária de mortos e desaparecidos. Não procurava nome nenhum, queria só ver de perto o sofrimento dos parentes e das noivas.
Desconfiava que elas só queriam saber se ele dera notícia para poder dizer: "Não falei que aparecia? E não foi capaz de dar um telefonema, sabendo que você estava aqui preocupada por conta dessa desgraça!" Como se ele não fosse bom o bastante para morrer numa tragédia internacional. Deus me perdoe (pensava), queria até que ele estivesse na lista, só para elas darem valor a ele.
– Sabia que ele está devendo um dinheirão no bingo? – veio dizer uma.
Não sabia, mas disse que sim, e acrescentou que Nestor já estava levantando dinheiro para acertar a situação. Pensou, na hora: o coitado desaparecido, pode estar morto, e elas com intrigas.
– E o carro, Luzia?
– Nestor deixou na oficina.
– Estão falando que vendeu.
– Fofoca.
Estranhamente, não sentia maldade nelas; de alguma forma confusa, suspeitava que elas estavam do seu lado, embora ferindo-a. Defendendo-a, por exemplo, com a nova e absurda história de que Nestor tinha uma amante na Penha. Não pode ser, reagiu, é fofoca, Nestor foi sempre direito comigo. Deram o nome da fulana – Lurdinha – o endereço, o tempo que o caso já durava. Não, impossível, não o Nestor

(pensando: não o *meu* Nestor), e não aceitou de modo nenhum que o acusassem sem que ele pudesse se defender. Quem sabe fugiu com ela? – insinuaram. Não quis ouvir mais nada, recusou aquela forma pontiaguda de amizade.

Duas semanas já se haviam passado desde o dia em que ele deveria ter voltado, e nada. Luzia está só, com sua angústia: nenhuma carta, telefonema, nada. Em novo ataque de carinho, as amigas cruéis trazem a novidade:

– A tal Lurdinha também sumiu de casa, no mesmo dia. Hoje a mãe dela recebeu carta, de Miami, olha aqui.

Luzia capitula:

– Pra mim, está morto.

E entrega-se, afinal, à sua dor.

*Veja SP*, 24 de outubro de 2001

# TURISMO SEXUAL

Ganha destaque na imprensa e na televisão o empenho das autoridades brasileiras no combate ao que se convencionou chamar de turismo sexual. A campanha, lançada no primeiro mês de governo do novo presidente e prolongada graças ao espaço que o assunto tem na mídia, visa a impedir que homens estrangeiros venham para o Brasil à cata de mocinhas para transar.

Meninas – é bom não esquecer – que já vivem da prostituição nas cidades litorâneas e amazônicas e nas estradas.

Ora, se os turistas estrangeiros vêm em busca do sol, é porque a fama do país é de que há sol, generosamente. Se vêm pela farra do Carnaval, é porque a propaganda é de que farra há. Se vêm beber caipirinha e água de coco, é porque corre que há cachaça e coco à vontade. E se vêm transar com adolescentes é porque se sabe no mundo inteiro que a oferta é grande e o preço é baixo.

Imprensa e autoridades tratam do problema com uma ligeireza lamentável. Alguém já viu algum "turista sexual" sair batendo de porta em porta nas casas das famílias pobres perguntando se há brasileirinhas de treze anos para vender? Por que esse cinismo (mas talvez não seja cinismo) de fingir que não há um mercado regular? Dele se servem, sempre se serviram, os homens brasileiros.

Não ouvi ninguém dizer, nem na imprensa nem na televisão, jornalista ou autoridade, que o problema é mais grave, e antecede a chegada dos turistas.

Não ouvi dizer que nós, nossa sociedade está produzindo prostitutas adolescentes em quantidade suficiente para nos dar fama mundial e atrair o consumidor internacional.

Não ouvi ninguém dizer que com ou sem turistas estrangeiros já havia esse mercado.

Não ouvi dizer que o turista brasileiro e o próprio morador das cidades mantêm o mercado funcionando nas quatro estações do ano, mercado abastecido pelas necessidades das famílias, pelo desejo de quem compra e pelo consumismo das tolinhas que se vendem.

Não ouvi ninguém se perguntar de onde elas vêm, onde viviam, o que comiam, o que vestiam, o que faziam, se estudavam, a que seduções de consumo estavam expostas, que desejos tinham quando foram convencidas a vender seus íntimos tesouros, que tipo de família é a sua, em que bairros viviam, que amigos tinham, com que brincavam antes da sedução ou do estupro.

Não ouvi ninguém se perguntar quem ou o que as jogou nessa vida.

No excelente filme de Martin Scorcese, *Taxi driver*, o personagem interpretado por Robert De Niro – um homem perdido, confuso, sem identidade, que procura se afirmar em um ato heróico – liberta uma menina prostituída atacando o prostíbulo e matando a tiros os exploradores dela. Era um desorientado mas sabia onde estava o problema. Parece-me que a mídia e as autoridades brasileiras, ao visar com tanto alarde o turista estrangeiro, escolheram o caminho de atirar no freguês e deixar o explorador continuar no seu negócio.

Não me entendam mal. Claro que os fregueses do negócio não são inocentes. Mas são parte do problema, uma parte mais visível. Quando uma determinada mercadoria chega à vitrine, a sua fase de produção já se completou; o comprador chega, olha e escolhe. No entanto, se a mercadoria é proibida, por que não se impede a sua produção? Por que não se combate o produtor e o traficante, como se faz com as drogas?

Aí é mais complicado. Porque é a sociedade que produz as meninas prostitutas, quando falha na educação, na formação, na oferta de moradia decente, na oferta de emprego decente, na manutenção do núcleo familiar protetor, na urbanização, no policiamento, na coibição, na punição e sobretudo na valorização da pessoa, do indivíduo. Pais, mães, filhos, trabalhadores, cidadãos que se dêem o respeito. Estamos em crise de amor-próprio.

E tem mais uma coisa: autoridades e mídia só falam das meninas, esquecem os meninos. Como se eles também não fossem usados nesse comércio nacional e internacional, como se não houvesse homens e mulheres à cata deles, dos moreninhos tropicais. Mas aí é um problema mais difícil ainda de encarar.

Quando os estrangeiros chegarem, na próxima estação, a safra de *beaujolais nouveaux* sexuais, que está em produção, já estará à venda. Vamos deixar de nos enganar?

*Five*, junho/julho de 2003

# TRÊS DIAS PERFEITOS

*P*or artifícios do calendário, combinados com o fascínio paulistano pelas estradas, tivemos na Capital três domingos enfileirados, setenta e duas horas domingueiras, de sete a nove de julho. E não foram dias comuns, mas gloriosamente brilhantes, com a vantagem suplementar de não estarmos no verão e sim no inverno, quando o sol aparece para ajudar e não para ferir, encorajando o prazer, agora em declínio, de simplesmente passear, circular, andar por aí, que nos reconcilia temporariamente com nossa essência bípede. (Só os bípedes dão a impressão de estar passeando de verdade; os quadrupedes movimentam muitos pés, parecem atarefados.) Para coroar nosso privilégio, foram domingos tipo férias, em que tudo, absolutamente tudo, combina para dar um tempo.

No sábado, enquanto o País acordava para o costumeiro dia das compras, do supermercado, dos salões de beleza e das baladas, São Paulo iniciava seu longo domingo. Primeiro sintoma: o silêncio. Suspenso o ronco habitual dos motores, caminhões nada entregam, ônibus escasseiam, automóveis dormitam. A cidade-locomotiva ensaia vagão-leito. A inusitada calma, mesmo para um sábado, nasceu da perspectiva de feriado na segunda-feira, e todo mundo deixou para depois. Não era preciso se apressar nem para o lazer: havia tempo.

Melhor mesmo foi o domingo que tivemos na segunda-feira, após o domingo verdadeiro. Saber que só São Paulo estava parada, enquanto Rio, Belo Horizonte, Salvador, Porto

Alegre e todas as outras resfolegavam-se em burburinho de trânsito, bancos, camelôs, comércio, escritórios, negócios, contribuía para o prazer. Os paulistanos estavam de-li-ci-a-dos.

O humor mudou. Não se ouvia uma buzina de automóvel, como se mão invisível houvesse desligado todas e os motoristas nem se dessem conta. Até parar no semáforo em verde para o pedestre distraído passar eles pararam, e ainda fazendo sinalzinho encorajador com a mão, vai, vai. Ninguém tinha pressa, inúteis as placas de velocidade máxima permitida e os radares. Quem dirigia aproveitava para ver a cidade, visão que nos dias comuns limitava-se a outros veículos, pequenos, grandes e gigantescos. Fumaça, nem se notava. Paz: nenhuma moto no horizonte das avenidas.

O citadino reencontrou-se cidadão. Poder olhar, contemplar, sem alguém atropelando atrás. Conferir o estado das coisas, tomar pé. Estar, simplesmente estar, sem a urgência de ir. A civilidade redescoberta: por favor, o senhor primeiro. Logo de manhã, pouca gente na padaria, tempo para escolher entre a rosca de coco, a broinha e o brioche, sem o balconista apressar: "O próximo!" Cinemas sem filas, a maravilha de poder chegar bem na horinha. Inacreditáveis opções no restaurante da moda: esta mesa ou aquela, senhor? Garçons quase exclusivos.

Foi possível pressentir no paulistano o mesmo ser ávido de civilização da primeira metade do século passado, e supor que agora não dá certo porque o excesso de gente causa a fricção que transforma um em lobo do outro. As pessoas ficaram até descuidadas, descrentes de que ladrões trabalhassem em dias tão perfeitos e ruas assim vazias. Camelôs? Nenhuns. Também de folga os pedintes, falsas mães, bebês de aluguel, desempregados profissionais, e aquela chusma dos faróis, os lavadores de pára-brisa, vendedores de mil e uma inutilidades e pessoal do pacotinho de balas pendurado nos espelhos retrovisores.

Pena que acabou.

*Veja SP*, 25 de julho de 2001

# CINZAS

*A* Quarta-Feira de Cinzas marcou o fim das festas, das férias, da paz no trânsito, da nudez, do baticum carnavalesco, da disponibilidade, das justificativas, do adiamento. Chegou a hora de retomar tudo.

Há um gerente esperando, um inimigo conspirando, uma esposa transpirando, uma amante desesperando.

É preciso reservar aqueles ingressos, vender o carro, comprar um vinho, arranjar coisa melhor.

Há que dar um jeito no disco emperrado, na janela emperrada, no riso emperrado, no amor emperrado.

É preciso assistir a velhas comédias, responder com bons modos, evitar carnes gordas, atender ao telefone (saber ao menos do que se trata).

É necessário entender o país, ter paciência com o presidente, esquecer aquele deputado, confiar nos prefeitos.

Há que não dar esmolas nas ruas, evitar derramamento de sangue, ler para os analfabetos, escrever para os ávidos, ouvir para os surdos.

É preciso ler poesia. (*Este é tempo de partido, tempo de homens partidos. Onde está a Vida que perdemos vivendo? Onde está a Sabedoria que perdemos na erudição? Se Pedro Segundo vier aqui com história eu boto ele na cadeia. Qual de nós dois inventou o outro? Meu coração tem catedrais imensas.*)

Há que socorrer a mulher espancada, a criança seviciada, o preso torturado, a besta chicoteada.

É urgente identificar que voz é esta, na noite, pedindo socorro, atender pelo menos uma parte destas mãos estendidas, saber por que minorias estão virando maioria.

É preciso beber menos, amar mais, adiar menos, aprender mais.

É imprescindível fazer alguma coisa, há uma pessoa na esquina esperando, uma sopa esfriando, um resfriado começando, uma indignação generalizada.

É preciso mudar de endereço ou então de janela.

Há que ler poesia. (*Meu reino pelas três mulheres do sabonete Araxá! Com usura um homem não tem uma casa de boa pedra. Lutar com palavras é a luta mais vã. Entanto lutamos mal rompe a manhã. Eu, Marília, não sou algum vaqueiro que viva de guardar alheio gado. No tempo em que festejavam o dia de meus anos, eu era feliz e ninguém estava morto. Que século, meu Deus!, diziam os ratos. E começavam a roer o edifício. Hão de chorar por ela os cinamomos.*)

É importante escolher os melhores, evitar o ai meu Deus, economizar água.

É preciso saber do que se trata, inteirar-se dos fatos, ouvir quem viu e tomar providências.

É hora de ajudar Sísifo a carregar sua pedra, Cristo a sua cruz, a sertaneja sua lata d'água, o menino carvoeiro seu fardo.

Há que tranqüilizar os credores, procurar no lixão o bilhete premiado, evitar a tentação do crediário, ver o bicho que vai dar.

É necessário refazer as contas, manter o sorriso, acreditar no gol até o último minuto, abrir as cortinas.

É preciso sabedoria para ajudar os burros, calma para enfrentar os exaltados, disposição para impedir os cretinos, visão para encorajar os visionários, paciência para aturar os gênios, força para meter o braço.

Há um professor iniciando a chamada, uma besta desenfreada, um monte de asneiras virando verdades, providências urgentes a tomar – não fique aí parado.

Tens de mandar aquela carta, abrir os e-mails, deletar mensagens de outras galáxias.

É cada vez mais necessário ler poesia. (*Ao telefone perdeste muito, muitíssimo tempo de semear. Busque, amor, novas artes, novo engenho para matar-me, e novas esquivanças. O mundo começava nos seios de Jandira. Bárbara bela, do norte estrela, que o meu destino sabes guiar. As horas vão e vêm não em vão.*)

Há que retraçar os mapas, descobrir outras saídas.

É Cinzas, e há uma certa esperança.

*Veja SP*, 3 de maio de 2004

# SEGREDO DE NATAL

Desde o Natal passado, a pequena Vivian guarda um segredo maior do que poderia acomodar, tanto que o dividiu em dois: esconde parte no coração e parte no cerebrozinho esperto. Não pensou nele o ano inteiro, nem poderia; na verdade esqueceu-o, mas no início de dezembro, ao perceber nas cores, nas luzes, nas músicas, na televisão, na escolinha, nos shoppings e no rebuliço geral os sinais de um novo Natal, o segredo voltou a deixá-la intensa, porque possuidora de um conhecimento que as outras crianças não tinham.

Na escolinha, coleguinhas diziam bem alto:
– Papai Noel não existe!

Como se soubessem do que estavam falando! Ouvi-los era a confirmação íntima de que só ela sabia o segredo. Se vinham dizer-lhe pessoalmente que Papai Noel não existia, iluminava-se poderosa, única, não conseguia esconder um quase sorriso de superioridade, e rebatia com firmeza:
– Claro que existe! Eu conheço ele.

Tanta segurança numa criança de nem quatro anos abala certezas. Os meninos, que confiam e desconfiam mais depressa do que as meninas, queriam saber detalhes, para decidir se tomavam nova posição nessa questão. Mesmo aquelas crianças cujas certezas vinham de pais que não estimulam mitos e encantos, mesmo essas ficaram acesas, aten-

tas. Saber ou não saber é crucial na infância. Quem nada sabe, subordina-se; quem sabe, é general.
— Conhece ele? Como é que conhece, se ele não existe?
— Conheço e pronto — afirmou Vivian como se não pudesse dizer mais nada, como se tivesse chegado a um limite.
— Você viu ele? — perguntou umazinha, coadjuvante natural.
— Vi e vejo — confirmou Vivian, inabalável na sua segurança.
— Vê nada! Vê onde? Todos são de mentira — desafiou o mais atrevido, apresentando um dado concreto para desmentir a impostora.
— Sei muito bem que esses do shopping são de mentira. Não é desses que estou falando.
— De qual, então?
— Não posso contar — disse Vivian, e diante dos muxoxos de dúvida acrescentou com inquebrável ética: — Ele pediu para eu não contar. Disse que é o nosso segredo.
Entre crianças, estava explicado. Segredo é segredo.
Vivian vivera intensamente aquele segredo nos dias que se seguiram ao Natal passado. Sorria para o Papai Noel, que continuava na sua casa disfarçado de pai, sem que ninguém adivinhasse, e ele sorria de volta, confirmando, pensava ela, confirmando o compromisso. "É o nosso segredo", ele havia dito. Que poderia fazer senão calar-se maravilhada, se havia descoberto contra a vontade dele o seu mistério? Naquele mágico Natal passado, entre músicas e primos, quando recebeu das mãos do Papai Noel exatamente o presente que havia pedido e o abraçou, sentiu nele aquele cheiro bom de todas as noites, olhou primeiro intrigada, depois devassadora e inescapável, olhou o homem por trás dos óculos, da barba, dos bigodes, abriu os olhos de espanto e falou ainda presa ao abraço:
— Papai Noel, você é o meu...

– Psiu! Ninguém sabe! É segredo. É o nosso segredo! Guardou com fervor o segredo. "Ninguém sabe" foram palavras mágicas. Então aquele era o Papai Noel de verdade! Ninguém sabe. Se alguém mais soubesse, se fosse uma coisa que todos soubessem, ele seria como os outros! E era na sua casa que ele vivia! Ninguém sabia, nem a mãe, nem o irmão, nem os primos, nem os amiguinhos da escola – só ela! O segredo inundou-a de uma responsabilidade enorme e de medo de se trair. Tinha de prestar muita atenção para não errar. Esteve tensa e cansada durante muitos dias, mas aos poucos esqueceu.

E então veio dezembro novamente, e trouxe de volta prenúncios de Natal e a responsabilidade insuportável. Não, não, não! Não queria viver aquilo de novo, decidiu. Pensou, secreta e maliciosa: naquele Natal, ia contar para todo mundo.

*Veja SP*, 22 de dezembro de 2004

# PROSA À MESA

De onde veio a comida mineira? Há trezentos anos aquilo ali, Minas, não era nada, só perambeira, sertão bravo, rios, moradia de tatus, cobras, lagartos, macacos, pássaros, bichos. O ouro mudou tudo, e atraiu gente. Ao contrário do que acontecia, e tornou a acontecer três décadas atrás em Serra Pelada, aquela gente que foi quis ficar. Começou a construir igrejas, casas, cadeias, estradas, tradições. E a fazer comida.

Fazia o que podia com o que havia. Com o tempo foi havendo o que não havia. Portanto, a comida mineira não veio de algum lugar, propriamente. Nasceu da necessidade, foi um processo. O básico existia, levado pelas pessoas, mas ela formou-se lá, tomou jeito próprio lá, como o barroco, a música, a arquitetura, a gente.

Acontece que a comida mineira não viaja muito bem, como certos vinhos. Sofre alterações. Porque ela é mais um jeito e condições do que uma receita. Quando viaja, ou seja, quando é feita em outro lugar que não naquele miolo de Minas, surge o problema. Tem gente que leva os ingredientes. Mas às vezes nem isso adianta, fica faltando sabe-se lá o quê. Talvez ambiente, palpite de mãe. Pode ser que até alguma montanha, com seus ares.

Um casal de mineiros, com vinte anos de São Paulo, melhorou de vida e quis montar um restaurante. Ela, grande cozinheira em casa; ele, boa boca, bem relacionado.

Cansados de ir aos restaurantes mineiros da cidade e sair botando defeito, resolveram desafiar. Contrataram os melhores cozinheiros que puderam testar. Doceira. Montaram a casa como uma grande cozinha, fogãozão queimando lenha à vista. Queriam tudo no jeito, comidinha feita na hora.

Surgiu aí a possível incompatibilidade entre a cozinha mineira e o negócio. Com o tempo o casal aceitou ir deixando tudo meio pronto e evoluiu para o pronto, tipo bufê: comida *prêt-à-porter*. Já tinham uma freguesia de mineiros desgarrados, muitos acharam mais prático aquele sistema, e foi-se levando.

Até que um dia os dois receberam a notícia:

– O Edgar vem de Minas passar uma temporada em São Paulo. Quer conhecer o restaurante da pupila.

Tremeram. Ela havia aprendido tudo com ele. Era um gourmet respeitado, ex-publicitário que se tornara banqueteiro. Um mestre. Sempre insistiu na importância de fazer tudo na hora, senão:

– A couve fica amarelada. Couve requentada não presta. Tem de ir verdinha para o prato, mais verde do que foi para a panela, porque ganha o brilho da manteiga. E não pode cozinhar, é só dar um susto nela. Torresmo também é na hora, senão murcha, igual pipoca. No máximo uma hora antes. O quiabo amarela, fica aguado, baba. A costelinha embaça. O feijão tropeiro arria, fica com a farinha encharcada, pesado. A mandioca frita murcha. O arroz cola. A costela cria sebo. A pele do leitão emborracha. O jiló se desmancha, descora. O angu vai entijolando. A farofa bobeia. A lingüiça enrijece, perde o sumo. O tutu resseca. Bom de véspera só feijão gordo e frango ao molho pardo.

Receios justificados, portanto. Mesmo preocupado com a possível decepção, o casal convidou velhos amigos do Edgar, alguns daqueles mineiros desgarrados. No fim eram tantos que foi preciso dividir a turma em dois sábados.

Foi uma festa. Mas repararam que o Edgar comeu pouco,

bebeu o razoável e conversou muito. No final, já quase todos de pé, o casal se sentou ao lado dele para saber sua opinião.

— E a comida, Edgar?
— Eu estava meio sem fome. Acho que dá pro gasto.
— Os doces?
— Muita calda e pasta. Falta um docinho de mão.
— A cachacinha?
— Não é má, mas pode melhorar.

Mortificados, pensaram: sábado que vem ele não volta. Arriscaram:

— Você vem no outro sábado?
— Imperdível! A prosa estava ótima!

Metade do sabor da comida mineira é a prosa.

*Veja SP*, 22 de setembro de 1999

# CORAÇÕES DESTROÇADOS

Um pai matou o filho a tiros em Cabo Frio, no início da semana passada. Na tragédia grega, o filicídio é um crime tão terrível que não é cometido por escolha humana, ocorre em conseqüência das tramas dos deuses, que traçam o destino dos humanos. O mesmo acontece com o parricídio, o matricídio e o fratricídio. E não é por serem instrumentos do destino que aqueles que matam sofrem menos. Édipo vazou seus dois olhos quando soube que o homem que havia matado era seu pai e que dormira com a própria mãe, mas nem assim aplacou sua dor e seu sentimento de culpa.

Qual foi a trama do destino que empurrou aquele pai para a tragédia em Cabo Frio? Talvez a ponta do novelo tenha sido puxada quando o garoto Leandro começou a jogar pólo aquático na Tijuca, Rio de Janeiro. Era bom no esporte, destacou-se. Campeão, estudava e disputava. O destino deu mais corda: o garoto começou a puxar um fuminho, coisa à toa. Mais corda: o garoto foi convocado para a seleção brasileira, com chances de ir para a Olimpíada de Barcelona. Mais: ele foi chamado para o serviço militar, morreu seu sonho olímpico. Saiu do serviço militar viciado em cocaína – e nisso o novelo da tragédia começou a enrolar a família, o pai, a irmã, a mãe. Tiveram de fugir da Tijuca e da dívida do viciado com o traficante, perigo de morte. Venderam tudo pelo preço do desespero e foram tocar um posto de gasolina em

Barra de São João, no Estado do Rio. Novo traficante, nova dívida impossível de pagar, nova fuga, de Barra para Cabo Frio, nova perda de bens da família. Em Cabo Frio, o pai abriu um novo negócio, um bar, e o filho fez outra dívida com traficantes. Então o pai disse chega, com um bastão de beisebol na mão. O filho avançou. Outro lance do destino: o revólver embaixo do balcão, para defesa contra assaltos. Atira senão te mato, disse o filho, e o pai atirou quatro vezes. Está um trapo: "Minha sentença já foi dada, é o desespero da minha família".

Reparem como tudo se encadeou para este final. Pretendendo explicar ou entender esse tipo de construção, tão exata, essa seqüência inexorável de fatos aparentemente desconjuntados, foi que os gregos inventaram a tragédia. Os homens são peças que os deuses movimentam, peças pensantes e agentes, por isso trágicas, sofredoras.

Este caso lembrou-me outro, parecido e mais doloroso, e que me impressionou muito porque conheci o filho. O rapaz tinha um rosto lindo, delicado, de pele lisa, quase imberbe, olhos tímidos, boca pequena e rosada; o busto era delicado, fino, frágil; da cintura para baixo era aleijado de nascença, murcho, pernas sem musculatura, vergadas, moles, nas quais se equilibrava com o auxílio de muletas. Quando estava cansado, usava cadeira de rodas. Queria ser autor teatral, mas não conseguira domesticar sua revolta, ou organizá-la em uma forma de arte. O pai era funcionário público aposentado, viúvo, a quem o filho culpava pelo aleijão. O menino de pernas gelatinosas viciou-se em álcool e maconha. "Não reclama não! Não reclama não! Você que me fez assim!" – gritava ele bêbado para o pai. Perdido nessa revolta, tornou-se homossexual. Levava homens para casa, várias vezes fez o pai pagar quando o parceiro era garoto de programa. Depois veio a cocaína. O dinheiro do pai transformava-se em pó branco e sumia pelas narinas do filho. Ele batia o pó na frente do pai, olhando-o em desafio, mostrava as pernas, dizia "olha essas pernas, olha o que você fez", e cheirava. Uma noite o pai sufocou-o até a morte com um travesseiro e depois se matou com um tiro no ouvido.

A esses dois casos acrescento outro, para concluir. Éramos meninos, tínhamos um cachorro doente de raiva, preso no quintal de casa. De madrugada, quando todos dormiam, ouvi meu pai sair e, em seguida, barulhos de pauladas, ganidos, silêncio, passos, um tempo longo, passos novamente, água correndo no tanque, depois ele entrou na casa e ouvi seu choro na cozinha, durante muito tempo, até que adormeci.

Se matar um bicho de casa, raivoso, é capaz de destroçar assim o coração de um homem, que dirá matar um filho?

Malditos traficantes.

*O Tempo*, 5 de dezembro de 1996

## NOSSAS VIDAS

*E*ventualmente, uma palavra, um cumprimento na rua, torna-se inspiração para uma crônica. Acorda o cronista. O homem que ele é nem sempre anda à espreita de personagens, frases, situações. Distrai-se, espairece, passeia. E de repente... Quantas vezes segue por uma calçada, cidadão, desavisado, e ao dobrar uma esquina já é o cronista, atento e dissimulado. Como *O médico e o monstro*: Dr. Jeckyll num instante, Mr. Hide no outro. Um dia desses, bastou perguntar:
— Como vai, Severino?
E ouvir:
— Levando a vida, doutor.
Para o cronista bisbilhoteiro surgir dentro dele. Severino, com aquela expressão, que não era criação sua, dizia tudo: não ia nem bem nem mal, mas mesmo assim fazia a sua obrigação, que era, no fim das contas, viver. Um longínquo tom de conformação, de fatalismo, de objeto do destino enriquecia aquela frase tão simples, e estava nisso a beleza das línguas. Podia-se falar tanta coisa com tão pouco, e sem gastar nada de seu próprio bolso, ou da cabeça, pois idéias não andam em bolsos.
Há palavras assim, poderosas, às quais basta juntar-lhes outras, fracas que sejam, para multiplicá-las. "Vida" é uma, e pode contar tudo o que acontece em uma existência. Nesse

banco de idéias aonde foi buscá-la Severino, lá sacamos todos, eruditos e ignorantes, escritores e escreventes.

Um dia despertamos para a vida – é isto criação de algum poeta para dizer que nascemos? Estávamos dormindo, tranqüilos, e de repente um tapinha: ei, cara, acorde, acabou a moleza!

Para uns, a moleza não se acaba, passa de pai para filho. São os que levam vida de príncipe. Ou de rei. A expressão, tão velha quanto os reinados, está no banco das idéias feitas sobre a vida, a lembrar-nos de que, para a ironia plebéia, a nobreza vive bem porque não trabalha. A vida é dura. Por isso se diz que quem não precisa ganhar a vida com o suor do rosto leva uma boa vida, ou a leva na flauta. Eis aí embutida outra preciosidade popular: arte não é trabalho. Na flauta vivem músicos, escritores, pintores...

Portanto, quem não é nobre ou gênio, e não quer uma vida de cão, que trate de arranjar um meio de vida. Dele dependerá o seu modo ou estilo de vida. Que pode ser vidão ou vidinha. Quando a pessoa ganha, guarda e consegue acumular bens, diz-se que está com a vida feita. Quem não está, tem de fazê-la.

Neste ponto, abre-se outra gaveta farta do cofre que estamos escarafunchando. Fazer a vida. Se é homem, isso é bom. Se é uma dama... cai na vida. Vira mulher da vida. Leva má vida, ou vida airada. Sua única salvação é mudar de vida (e muda-se assim, como um vestido?). Sair dessa vida. Que não significa morrer, mas começar vida nova.

Vida pública é discurso de homem, vem de antigos preconceitos, daquela idéia de que lugar de mulher é em casa. Porque mulheres de vida pública são "aquelas". Quando o político não quer mais levar pancada, retira-se para a vida privada. Logo ele, que costuma confundir o bem público com o privado. Hábitos corporativos criam tipos de vida: a militar, a acadêmica, a religiosa, a esportiva, a sindical. Há uma vida nacional na boca dos candidatos, uma vida terrena no desprezo dos pastores, uma vida animal contrariando o espírito.

    Melhor mesmo é a vida a dois. Poder dizer: você é a minha vida. Embora haja quem diga: daria a vida por ela – e na hora escape nadando sozinho. A dois, ficamos de bem com a vida, enquanto os solitários ficam pê da vida. Uns, sem vida; outros, cheios de vida. Coisas da vida...

    Nem o fim da vida é igual. Para uns, tudo acaba aí; outros contam com a vida eterna. E assim vamos levando, Severino...

*Veja SP*, 10 de outubro de 2001

## QUE GENTE É ESTA?

*O* automóvel ultrapassou o ônibus e atropelou um pedestre dentro da faixa de segurança. Um passageiro gritou da janela: "O bonitinho invadiu a faixa!" Um transeunte apoiou: "Dá um cacete nesse folgado!" Diante da ameaça, o motorista arrancou o carro e fugiu. O pedestre, meio atordoado, levantou-se, apalpou-se, conferiu os bolsos, olhou as pessoas e seguiu seu caminho, batendo a poeira da roupa.

É esta a história. Aqueles repentinos atores de uma cena de rua – quem eram? Que gente é esta, sem nome, que vemos sem ver todos os dias e num dado momento se destaca da multidão? Que há de comum nestas pessoas que designamos por um nome genérico (pedestre, motorista, passageiro, transeunte) e mesmo assim todo mundo sabe de quem estamos falando?

*O pedestre* – A rigor, é todo aquele que anda a pé. Só neste século começou a existir em oposição ao que trafega em veículo motorizado. Antigamente existia em oposição ao montado e ao carregado. É mais difícil ver um rico pedestre do que um pobre, o que leva à conclusão de que há mais pedestres pobres, ou de que os pobres são pedestres a maior parte do tempo. O pobre é um pedestre nato. É também um toureiro nato, pois tem o hábito de tourear veículos nas avenidas de todo o país. O rico às vezes se torna pedestre por recomendação médica. Veste, na ocasião, uma roupa apropriada para isso, chamada *jogging*. O sonho do pedestre nato é tornar-se um animal de quatro rodas, mas enquanto isso não acontece ele é só um animal. Muitos pedestres de dois pés rolam eventualmente sobre duas rodas, sendo então chamados ciclistas.

*O motorista* – No Brasil, o motorista tem poder absoluto sobre o pedestre. Protegido por seu veículo-armadura de chapas de aço, investe com segurança contra a espécie inferior dos que andam a pé. Só se intimida diante de outros motoristas protegidos por carros de combate mais poderosos. Seu meio de comunicação com o ambiente externo é a luz para cegar e a buzina para insultar. Alguns, os delicados, muito raros, usam a buzina para alertar alguém sobre o perigo que representam.

*O passageiro* – Desempenham esse papel todos os que viajam em um veículo que não estão dirigindo. Nos automóveis particulares, os passageiros são geralmente os filhos menores, a esposa, a namorada, os amigos, os velhos pais ou os sogros do motorizado. Levando-se em conta o tempo de vida, pode-se dizer que os velhos são mais passageiros do que os demais. O motorizado rico é muitas vezes passageiro; neste caso, o motorista é um profissional, ou um filho, ou um amigo. Por ironia, o passageiro rico viaja de graça, enquanto o pobre geralmente paga. Em compensação, o veículo no qual o pobre trafega é bem mais espaçoso, tem mais bancos, janelas e passageiros, que são pedestres em trânsito. No trajeto, os ocupantes do veículo são chamados companheiros de viagem. O problema é que o número de passageiros é freqüentemente muito maior do que a capacidade do veículo. No Brasil, os ricos respeitam o espaço dos pobres e *nunca* viajam de ônibus.

*O transeunte* – Não confundir com o simples pedestre. O transeunte é um pedestre que está passando por um determinado local num determinado momento. Você pergunta alguma coisa a um transeunte, não a um pedestre – percebeu a diferença? Há mais transeuntes nas classes populares do que nas classes altas. Lê-se nos jornais, a propósito de qualquer acontecimento de rua, que o fato "despertou a curiosidade dos transeuntes". São estes que olham para as câmaras de televisão quando há filmagens nas ruas, e dão adeusinho; testemunham assaltos, brigas ou atropelamentos; dão informações sobre uma direção ou endereço. O transeunte é um ser efêmero e mutante. A qualquer momento pode mudar para pedestre comum e seguir seu caminho. Até o motorizado tem lampejos de transeunte, quando pára o carro para ver uma trombada ou uma arruaça. O transeunte se destaca por um momento, dá um palpite, faz uma pergunta, grita um insulto – e logo some na multidão.

*Veja SP*, 6 de outubro de 1999

# O DESAPARECIDO

Meu vizinho foi encontrado, são e calvo. A notícia, tarde da noite, acalmou a velha vizinha e encerrou um dia em que seu coração bateu na palma da mão. Desde as dez horas da manhã, quando voltou da sala de fisioterapia da clínica, onde havia entrado quarenta minutos antes, depois de dizer ao marido, sentadinho no banco da sala de espera, com o dedo em riste, "não saia daí, Onofre", e não o encontrou, desde as dez da manhã ela repetia:

– Deus não pode ter feito uma coisa dessas comigo.

Sua angústia espalhou pela vizinhança um cheiro de velas. As condições dele eram de fazer Deus pensar duas vezes: memória escapando, depressão, sem documentos, sem dinheiro, mais para oitenta do que para setenta anos, alquebrado. Só saía vigiado de perto por ela, que guardava na bolsa as coisas dele. Aproveitando-se de uma distração da recepcionista, ou nem isso, pois nada premeditara, ele saiu da clínica, foi andando, menino de calças curtas, passeando, passarinhando, navegando rumo ao seu velho mundo novo, e parece, dizem, que entrou num ônibus e sumiu. Depois das dez horas começaram as rezas. Deus não podia ter feito, mas fez, e seus motivos ele hoje em dia não conta para ninguém. Vivemos numa época de pouco merecimento.

Polícia, rádio, dois filhos, rezadeiras, padres, pastores evangélicos e corações bondosos, buscai um velho bem vestido, limpinho, magro, meio calvo, usando calça cáqui de elástico na cintura, camiseta pólo branca, tênis branco, óculos, pálido, e isso não por descuido, oh não, pálido porque os médicos proibiram-lhe o sol após as oito horas da manhã, pois ele tem tendência para o câncer de pele, reparem nas manchas das mãos, reparem na fragilidade dele, no desamparo, e buscai, cuidai do velho, trazei o meu velho – pedia a vizinha. Culpada.

Culpada? Sim, vida de velhos não é um amar de rosas: ama-se com espinhos. Quando caminhavam pelo quarteirão, ele não gostava de dar-lhe a mão, iam lado a lado. Ela não aceitava, mais do que não compreendia, o mutismo dele, que a deixava só. Nenhum carinho. De vez em quando corriam lágrimas dos olhos dele, e nunca saber o porquê era ofensivo para ela. Depressão nada: nos piores momentos, achava que ele a recusava, pensava que as lágrimas dele eram de arrependimento e desgosto. Todos os desejos secretíssimos e calados lá no fundo do inexpugnável, desejos de que ele morresse, fizesse logo uma besteira, sumisse, desaparecesse, a deixasse em paz, esvaíram-se quando se tornaram uma possibilidade, às dez horas daquela manhã. Para piorar, ameaçava chuva.

Pensava nas emboscadas da cidade e pedia: que ele não sofra, que não aumentem os tormentos dele. Homens sem teto podiam tomar-lhe as roupas honestas. Malfeitores podiam arrancar-lhe à força os tênis quase novos. Coitado, pés tão delicados, pele tão fina!

Chegavam falsas notícias. O desaparecido multiplicava-se em mil lugares. A cidade via fantasmas, querendo ajudar. Nada, não era, esfumou-se, estava ali ainda agorinha, ó Deus. E Deus, misterioso nos seus desígnios. Ao cair da noite, a velha vizinha pensava no frágil estômago ausente, alimentando-se dolorosamente de si mesmo. E onde ele vai dormir, meu Deus?

Sabe-se lá por onde andou. Perto das onze da noite, policiais da Rota telefonaram para dizer que estavam com um velhinho assim-assim, que perambulava havia algumas horas pelas ruas do Brás. Andava, sentava no degrau de um portão, entrava num beco, contemplava uma casa por muito tempo e em silêncio, sumia, voltava ao mesmo lugar. Ninguém o conhecia, não conhecia ninguém, tentava lembrar-se de quem era...

– É ele! – disse ela. – Onofre nasceu no Brás, saiu de lá tem mais de sessenta anos!

Telefonou-me para dizer que ele já estava em casa, tomando sua sopinha. Sorria entre colheradas, como se tivesse feito uma travessura.

*Veja SP*, 6 de dezembro de 2000

# TEMPOS BICUDOS

Os meninos faziam bola de meia. As meninas faziam peteca com palha seca de bananeira e penas de galinha. As mães viravam os colarinhos das camisas dos maridos. Se já estavam virados e puídos, cortavam um pedaço da barra e faziam outro colarinho. Alguns alfaiates viravam um terno inteiro pelo avesso: ficava novo. Sapatos tinham chapinhas de metal nos lados onde mais se desgastavam. Sapateiros substituíam meio solado, ou os saltos. Sopa de tutano era iguaria. Um complemento de metal para o lápis escolar permitia usá-lo até o toco. Fitas de máquina de escritório fervidas forneciam ótima tinta para escrever. Jornais velhos tinham mil e uma utilidades, inclusive no toalete. Sabonete era para as partes mais nobres, pés se lavavam com sabão de coco. Os adolescentes afiavam lâminas de barbear usadas, esfregando-as dentro de um copo, para depois raspar suas penugens... Tudo isso era difícil, humilhante? Um pouco. Mas era a vida. Para os esperançosos, era apenas uma fase da vida.

Minha amiga faz trabalho comunitário na favela e diz que aquilo que era comum na vida dos necessitados do seu tempo não existe mais, aquele ir tocando até melhorar. Os mais velhos ainda se lembram de alguns daqueles expedientes e riem da antiga pindaíba.

— Os meninos querem tênis importados, videogames. Todo mundo quer tevê, geladeira e micro-ondas — diz minha amiga.

— É bom um desejo — digo a ela. — Metas. É bom para eles progredirem.

— Mas eles querem já, agora!

Os pobres do tempo dela não eram tão impacientes com a necessidade e ela tem dificuldade de entender a pobreza da era do consumo e da tevê. Da idealização dos importados. Da manipulação do desejo. A riqueza não se mostrava com tanto despudor aos necessitados. Era mais distante e mesmo mais discreta. Eles sabiam dela como nos romances, outro mundo, meio irreal. Carro importado? *Todos* os carros eram importados, coisa de rico e de político. O bonde e o ônibus igualavam os remediados e os pobres. "Tudo é passageiro, menos o condutor e o motorneiro", dizia-se.

Havia os pais-dos-pobres, políticos assistencialistas, paternalistas. Hoje nem isso, queixa-se ela. Na Globo, há até os que aviltam os já aviltados com frases de desprezo. Pobre é isso, pobre é aquilo. E quem ri são os que comem quatro vezes por dia. Os ricos ficaram impiedosos, diz ela. Não quer ser um deles, por isso resolveu meter a mão na massa, fazer trabalho comunitário na favela.

— E eu ensino lá o quê? Ensino servir à francesa, molhos sofisticados, massas folhadas, arranjo de mesa chique. Senão elas não arrumam emprego que preste. Quero formar gente de alto nível!

Um dia desses encheu seu carro importado com filhos das suas alunas de culinária, para dar uma volta pela cidade. Mostrar monumentos, antenas, parques, grandes viadutos. No trajeto, atravessaram um bairro elegante. Uma menina, a mais deslumbrada, ficou fascinada com as mansões, e mostrava: olha aquela! E aquela! Excitadíssima, perguntou:

— Esta casa também é importada, tia?

Os olhos da minha amiga encheram-se de lágrimas culpadas. Era a casa dela.

*Veja SP*, 30 de junho de 1999

# OLHAR AS MOÇAS

    Minha mulher me pergunta se costumo olhar as moças e, se olho, com que intenção. Embaraçosa pergunta.
    Sempre gostei de olhar as moças.
    Menino de calças curtas, prestava atenção naquela cumplicidade de segredos que havia entre elas, ao passo que nós, garotos, exercitávamos a disputa (por uma bola, por figurinhas, por um lugar num banco, para chegar primeiro, por qualquer coisa). Gostava daquela coisa de elas se protegerem, esconder o próprio corpo e as pernas magras – eram mais magras as pernas de antigamente –, o que aguçava a curiosidade dos meninos (que mais poderia ser?), e tornava o vislumbrar de uma calcinha um feito inesquecível. Não havia nenhuma seletividade, qualquer calcinha servia, o importante era ter visto. Uma vitória sobre o mistério. Os meninos podiam rolar por ali de pernas de fora nas suas calças curtas e elas nem ligavam. Será que não?
    O prazer de olhar as moças mudou com o tempo. Adolescentes, nós meninos acrescentávamos mendicâncias na intensidade com que víamos um par de olhos negros. Algo de *pessoal*, íntimo, estava em jogo: queríamos ser vistos também. Sabíamos que só alguns seriam olhados, e este era um conhecimento terrível porque não entendíamos sua lógica. "Ela olhou para mim!" – era outra vitória, comemorada com olhos insones noite adentro.

Observar as garotas na aula de educação física, em seus pudicos calções-balão, com elásticos nas coxas, tinha então certa objetividade, fazia-se uma avaliação. Vagamente sabia-se que aquelas pernas eram peças importantes, embora não se soubesse exatamente para quê. Seriam importantes talvez pela vizinhança, mas só talvez. Não se sabia de nada, suspeitava-se de muita coisa.

Jovens, acrescentamos intenção ao olhar. Já sabíamos para que serviam aquelas peças, e vê-las, adivinhá-las, tinha algo de antecipação. Dedicados ao saudável esporte de olhar as moças, exercitávamos a comparação, escolhíamos modelos, fazíamos, cada um, nossa eleição particular de Miss Brasil, consolidávamos o gosto pessoal, construíamos nossa mulher ideal. Logo estávamos prontos para a vida amorosa.

Constatamos, então, que o amor não nos impedia de olhar as moças. Sem cobiça. Quando compramos um carro, é com mais atenção que conferimos os carros alheios, para nos certificarmos da nossa escolha. Não queremos o outro carro, queremos o nosso, estamos apenas excluindo o outro do nosso desejo. A não ser em casos de muita insegurança ou de engano irremediável na escolha.

Adultos, maduros, idosos, continuamos a olhar as moças. Alguns, com nostalgia de durezas; outros, com prazer contemplativo acordado pela beleza; muitos, com jeito imaturo de meninos, tentando flagrar mistérios. Mas há tão poucos mistérios nestes verões... Os segredos dão-se. Como os das fugitivas ninfas desnudas que Camões botou na Ilha dos Amores: "Aos olhos dando o que às mãos cobiçosas vão negando".

E respondo afinal à minha amada, depois de fazer esse balanço:

– Sim, costumo olhar as moças. Com muito gosto.

– E com intenção? – ela insiste, capciosa.

– É um gosto, hábito. Tem umas coisas que a gente faz desde menino. E vai fazendo a vida inteira. Não tem intenção, é um gosto. O espetáculo de uma moça bonita pode consertar o dia da gente.

Ela parece satisfeita, olhos neutros. Dos vapores da conversa, bruxuleia e sobe minha pergunta:

– E você, meu bem, com que olhos observa os rapazes?

*O Tempo,* 27 de agosto de 1998

# DOCEMENTE VOYEURISTA

Verão. Impossível não reparar em certas coisas. Por exemplo, no jeito de a mulher ir e vir na beira-mar. Inicialmente, e sempre que a discrição o permitir, reparem na mulher indo. Sabendo-se olhada, ela aplica um movimento ondular nos volumes, tornando-os inquietantes, provocadores. É diferente o balanço de uma mulher andando digamos do quarto para a sala em sua própria casa, comparado com o andar num calçadão de praia depois de passar por um homem que, tem certeza, a está seguindo com os olhos. Vinicius de Moraes falou em "doce balanço caminho do mar"; Dorival Caymmi observou que "ela mexe com as cadeiras pra cá, ela mexe com as cadeiras pra lá, ela mexe com o juízo do homem que vai trabalhar". Haverá malícia nesse galeio ou ele é involuntário, ancestral? É tão vastamente comum a todo o gênero feminino que a segunda hipótese deve ser a verdadeira. Assim que a mulher se vê observada, algum mecanismo dispara aquele molejo cadenciado. Pode ser que ela nem se dê conta. É como um reforço, um apoio ao olhar do apreciador, como se o próprio gênero feminino o encorajasse. Pode-se interpretar também como uma busca momentânea de exclusividade, para que o olhar capturado não se perca em outros volumes, pois o verão é pródigo. A coloração é também um dado importante. O sol, usado sabiamente, corrige erupções e imperfeições da pele; sutis reflexos de luz informam o observador se está tudo em ordem. Não se podendo testar a consistência, resta imaginá-la. E é o que todos fazem. Teoricamente, a pequena parte guardada pelo tecido não faz falta nessa avaliação. Enquanto ela se afasta, observem a rápida e momentânea contração do volume que se localiza sobre a perna de apoio, enquanto o outro se distende; esse acontecimento simultâneo, seguido da imediata troca de papéis, dá uma idéia bastante aproximada da firmeza do conjunto.

Agora reparem como a cabeça acompanha musicalmente o avanço de cada perna. Os braços contrapõem-se no movimento, como o fazem aliás todos os bípedes humanos, mas as mulheres praianas do verão caminham como se desfilassem. As pernas não apenas sustentam e conduzem: exibem-se, colocam cada pé não exatamente na linha paralela, mas quase um na frente do outro. Sim, isso gera um perigo de desequilíbrio, mas também dá samba. Quando ela está um pouco mais distante, é a hora de apreciar a silhueta, as proporções entre ombros e quadris, o adelgaçar da cintura, a harmonia das curvas, os espaços exatos entre as pernas.

Aí ela volta.

Renovados encantos. Os cabelos que a brisa do Brasil etc. e tal. Os olhos a que nada escapa, embora não se fixem em ponto nenhum. A boca, quando rasgada em sorriso, duplica seus poderes. O pescoço, em elegante relação com a cabeça e os ombros, parece estático. Só parece, porque freme. O peito tremeluz em graças dividido. O diafragma insinua respiração acelerável. A barriga, conforme o movimento ondular detectado na ida, desenha leve musculatura sob a apenas necessária gordurinha, sem a qual não existe conforto para o toque ou o choque. O umbigo recolhe e abriga eventuais gotas de suor. O tal movimento que Vinicius chamou de doce balanço e que quando visto de costas acentua volumes, visto de frente acentua o longo músculo frontal das coxas. Esse músculo alonga-se e descansa quando a perna está no ar, contrai-se e encorpa-se quando ela está apoiando o peso do conjunto que se desloca em nossa direção, e é agradável de ver em qualquer desses dois momentos. Os pés, que ela continua a colocar estudadamente um na frente do outro, a fim de manter a cadência e o balanço, não se atiram para os lados, como os dos desleixados homens.

Basta. Se saltei algum detalhe, foi por não poder nomeá-lo sem perder a serenidade e a discrição até aqui possíveis.

*Five*, janeiro/fevereiro de 2001

# O SÉCULO DOS SEIOS

No último ano do século, o público telespectador pôde observar, no espaço de alguns minutos, dois momentos limites dos costumes brasileiros no que se refere aos seios femininos, momentos muito distantes entre si, no tempo histórico. Distância de um século, na verdade.

No primeiro momento, no telejornal das oito horas, o público viu o triunfo de uma dona de casa, a feirante carioca Rosemeri, que lutou contra a polícia pelo direito de expor os seios ao sol, à brisa e aos olhos – na praia. No segundo momento, o mesmo público viu, na telenovela mais popular, donas de casa moradoras de São Paulo no começo do século, cobertas rigorosamente até o pescoço, os punhos e os calcanhares por vestidos severíssimos. Os seios das mulheres da classe média levaram cerca de cem anos para conquistar o direito a um raio de sol e a um olhar que não o do marido.

Muito antes não era assim, todos sabem. As índias que os conquistadores portugueses encontraram expunham não só os seios como também as vergonhas, no dizer do escrivão Caminha. E os portugueses começaram a cobri-las já no dia da primeira missa: "não veio mais que uma mulher moça, a qual esteve sempre à missa, e a quem deram um pano com que se cobrisse". A moça nem imaginava para que serviria o pano, cuja utilidade era na verdade evitar maus pensamentos de quem a olhasse, durante a missa: "Porém, ao assentar, não fazia grande memória de o estender bem, para se cobrir", relata Caminha.

O fato é que delas cobriram os seios e o resto, a custo. Um século e meio mais tarde, trouxeram à força as africanas, e foi outro trabalhão guardar os peitos delas dentro das roupas. Nas cortes elegantes da Europa os seios saltavam quase nus dos decotes, mas parece que isso não influenciava as senhoras lusitanas, nem na corte nem nas colônias.

A primeira ousadia peitoral que se teve por aqui foi no meio deste século, a de certa Luz del Fuego, mas não a consideravam "de família". As vedetes da época, anos 50, exibiam coxas, não seios. O cinema americano, veículo das modas, propagandeava volumes cada vez maiores, porém dentro de fortalezas acolchoadas. As italianas, Pampanini, Lollobrigida, Podestà, desciam decotes até os limites do "oh". Do cinema francês, sim, chegavam incentivos. Vedetes tiravam sutiãs durante o Festival de Cannes e balouçavam graças no deque da Croizette. Bares topless começaram a banalizar seios na Califórnia, Estados Unidos. Peitos brasileiros passaram a desnudar-se nos teatros, nas revistas, mas não ousavam ainda enfeitar um verão. Com a onda hippie, nos EUA, e o naturismo, na Europa, seios não profissionais chegaram às praias. As moças brasileiras ficaram com uma espécie de inveja, ou talvez com um sentimento de inferioridade terceiro-mundista, intimidadas também pelos rigores do regime militar, enquanto no primeiro mundo iaras louras amamentavam generosamente as ondas do mar.

Então, no primeiro dos anos 80, algumas tentaram, na libertária praia de Ipanema. Era o chamado verão da abertura, e elas tomaram a metáfora ao pé da letra: abriram os fechos dos sutiãs e os deixaram cair. Atacadas pela ira dos puritanos, que magoavam seus seios atirando neles punhados de areia, e pela polícia, que as conduzia ao distrito, acabaram desistindo, à espera de melhores dias.

Aos poucos, eles vieram. Nas avenidas, salões e sambódromos do Carnaval, nos desfiles de moda, nas revistas semanais, nos teatros, nos cinemas e até na televisão seios nus aos poucos pararam de escandalizar. Por que não na praia? Aqui e ali, discretamente, biquinhos róseos, marrons e negros sondaram o ambiente. Em praias distantes da repressão, em Búzios, em Santa Catarina ou em paraísos nordestinos, foram aceitos com naturalidade. Até que há duas semanas dona Rosemeri resolveu, em companhia do marido, estender o privilégio às praias cariocas. O resto é conhecido: reação puritana, polícia armada na praia, voz de prisão para o peito insubordinado, resistência do marido, safanões, repercussão negativa contra a polícia, ridículo nacional, brios cariocas acesos, reação popular – e o governo estadual acabou liberando seios das garotas de Ipanema e arredores para um doce balanço caminho do mar.

Assim, após percorrer um longo caminho, eles conquistaram as praias de repente, aos safanões, no último verão do século. Qual será a luta nos próximos cem anos?

*O Tempo*, 29 de janeiro de 2000

# SUCESSO À BRASILEIRA

Ela queria sair de peito nu no carnaval.

Nem estava pensando nisso quando a amiga da amiga apresentou-a ao diretor da ala considerada por ela a mais firme da escola de samba do seu Nenê. O homem de calças brancas e perazinha de barba abaixo da boca avaliou a moça, de blusa frente única, e perguntou:

– Sabe sambar, menina?
– Nossa! – garantiu a amiga. – Humilha.
– Quer sair de destaque, no alto do carro?
– Ah, tenho dinheiro pra isso não. Pra fantasia de destaque, não.
– A gente banca. Beleza assim tá difícil.
– Então eu topo.

O homem avisou:
– É topless.
– Tô fora.

A irmã mais velha estava junto, deu força:
– Deixa de ser boba! É carnaval!
– E papai? Mamãe?
– Eu dobro eles.

No impulso, aceitou. Mostrou, sambando na quadra, o acerto da escolha. O homem da pêra apreciava a trêmula beleza e antevia o sucesso.

As três filhas foram em conjunto ganhar a mãe. A mais

velha fora frustrada no seu tempo, a segunda desejou e não ousou, agora davam força para a caçula, cujos olhos brilhavam de excitação. A mãe até sorriu:

– Que é isso, gente? E seu pai? Seus irmãos? E os vizinhos? Os colegas de trabalho? Vão perder o respeito, a televisão mostra tudo.

Parecia que nem estava contra, era só juízo de mãe. O problema eram os outros. Problema? O pai não tinha forças. Anos de alcoolismo haviam transformado a sua capacidade de trabalho em aposentadoria precoce e reduzido a sua opinião a insultos, resmungos e muxoxos. Para evitar palavrões, nem falaram com ele. Dos irmãos, um lavava as mãos se as mulheres achavam que estava certo:

– Eu não tenho peito, não entendo essa vaidade de mostrar.

O mais novo achava a irmã tão bonita que a *Playboy* ia se interessar e ela ia ficar famosa.

Com a vizinhança, sim, poderia haver complicações. Moravam em Cangaíba – que a irmã do meio, irônica, chamava de "Canga City" – onde a vida alheia fazia parte do entretenimento. Tinham de neutralizar primeiro a Lagartixa, sessentona sem-que-fazer que ficava o dia inteiro sentada numa cadeira, junto ao muro, e dava conta de tudo o que se passava num raio de trezentos metros. Uma lata de goiabada abriu o coração da Lagartixa. Depois, uma conversa de passinhos miúdos. Que a menina ia desfilar no carnaval ("Ah, pois então"), ia sair na escola da Vila Matilde ("Anh, é ótima e é perto, né?"), mas havia um problema ("Dinheiro?"), eles queriam que ela fosse destaque ("Isso é problema?"), de peito nu.

– E o que é que tem?

Já não se fazem fofoqueiras como antigamente. Ela defendeu a opção da menina e logo o bairro estava a favor. Esperavam que ela ficasse famosa e um pouco da glória respingasse em todos. Os homens, com segundas intenções,

queriam mais é ver ao vivo e em cores as graças secretas. Quanto ao trabalho, estava disposta a encarar as conseqüências. Sempre quis dançar, cantar, largar aquele emprego de telemarketing. O último obstáculo: o namorado.
– Se desfilar, está acabado.
Amadurecida na decisão, ofendida pelo tom machista, não hesitou em dizer que já estava acabado, mesmo sem desfile.
E partiu para a avenida.
Uma semana depois do sucesso no sambódromo, cumprimentada com orgulho no bairro, estuda várias propostas, excetuadas as indecorosas: bailarina de um programa dominical de televisão, bailarina de um grupo de pagode, posar nua para duas revistas masculinas, recepcionista de feira para uma fábrica de automóveis, e casamento – duas. Uma delas do ex-namorado, que promete ser seu escravo para o resto da vida.

*Veja SP*, 20 de fevereiro de 2002

# EXPLICANDO A UM FILHO COMO SÃO AS MULHERES

Gosto de imaginar que se eu tivesse um filho ele se chegaria um dia para mim, aí pelos onze, doze anos, daria um daqueles suspiros introdutórios, eu pararia de ler o meu livro, esperaria um tempo, ele diria: "Sabe, pai, eu não entendo as mulheres"; e eu também daria um tempo, não lhe faria perguntas embaraçosas sobre a razão das suas inquietações, faria uma introdução genérica, e pediria que ele reparasse bem nelas, na maneira que elas têm de se colocar fisicamente no mundo, porque isso ajuda a perceber como são especiais, a perceber como o jeito de ser delas já solicita um jeito diferente de lidar com elas, e diria que quem não percebe isso não chega nunca a uma boa convivência com elas.

Veja, eu lhe diria, o jeito como elas param, esperando alguém ou um ônibus. Elas não se plantam em cima das duas pernas, como fazem os homens, pesados. Elas põem um pezinho um pouco na frente do outro, geralmente o direito na frente, e põem a ponta para fora, quase como numa posição de balé.

Repare, eu diria, no jeito de sair da piscina. Não dão aquele impulso e levantam logo o pé até a borda, como os homens. Não. Dão o impulso e primeiro sentam-se de lado na borda, depois tiram as pernas fechadinhas da água, só aí põem os pés na borda, com os joelhos erguidos, e depois é que se levantam. Têm muito menos coisas para se ver do que os homens, mas se enrolam logo em toalhas, pareôs. Timidez? Não. Segredos.

Veja como andam, filho, como mostram, muito mais do que o homem, a sua origem animal. Qualquer animal tem essa noção de espaço que as mulheres mantiveram, esse estado de alerta, atentas aos movimentos em volta. E soltam o corpo ao caminhar, do jeito que os bichos fazem.

Repare, filho, na maneira de discutir, seja sobre um filme, seja sobre uma relação. Elas desprezam argumentos lógicos, esse recurso pouco estimulante dos homens. Preferem a paixão, a emoção, por isso não se deixam nunca convencer, pois seria admitir que a paixão pode menos que a lógica.

Veja, eu diria ainda, veja o jeito de elas dirigirem um automóvel. Dirigem bem, talvez por causa daquela mesma noção de espaço que têm para caminhar. Mas repare como não deixam carro nenhum se desviar para entrar na faixa delas quando há um carro quebrado na frente, ou entrar na faixa delas vindo de uma rua transversal. Talvez, sei lá, talvez seja o costume do *"ladies first"*, de sempre cedermos a passagem para elas.

Olhe como se sentam. Preste atenção como põem os joelhos e tornozelos juntinhos, e não é por estarem de saia curta, não. Sentam do mesmo jeito quando estão de calças compridas. É o jeito delas, de guardarem as coisinhas delas. Tem umas que viram os joelhos para um lado e passam uma perna por trás da outra; algumas até apóiam a ponta de um dos pés no chão e descansam o outro pé sobre o calcanhar daquele. Homem, você vê, é daquele jeito esparramado, grosso. Compare com a delicadeza do gesto delas.

Repare no modo de conversar. São de uma afetividade, de uma tagarelice, de um interesse que o homem não consegue. Detalhes e picuinhas dão colorido ao que elas falam. Mesmo as mulheres eruditas são capazes de falar e ouvir futilidades durante horas. Acho que elas gostam é da conversa em si, da musicalidade das vozes, como pássaros. Talvez os homens falem porque é preciso, e as mulheres porque é gostoso.

Repare no olhar rápido com que elas fazem o inventário de uma vitrine. O olho delas capta na hora o que elas querem; o nosso titubeia de artigo em artigo, sem ver.

Veja, meu filho, eu diria, o modo de elas dormirem, compare. O homem se espalha, parece ficar maior na cama. A mulher diminui, se amolda, se adapta, cabe.

Essas coisas eu diria se tivesse um filho, e muito mais, sobre o jeito delas de chorar, de dançar, de cozinhar, de correr, de tomar sorvete, de tocar nos cabelos, de paquerar – tantas coisas –, mas só tenho filhas, e filhas não precisam de explicação, porque elas sabem, filho, elas sabem como são os homens, esses óbvios.

*O Tempo*, 30 de outubro de 1997

# UM TOQUE SEM CLASSE

Chama-se "coçar" a esse gesto tão brasileiro, tão tropical, tão "masculino", de apalpar as próprias partes em público, nas ruas, nos cafés, nos teatros, nos ônibus, nos escritórios, nos metrôs, nos campos de futebol. Na verdade, esses homens não estão se coçando, embora alguns façam isso, procurando, inconscientemente, justificar o gesto, escamotear seu conteúdo secreto, esconder o que ele realmente é: apalpadela, toque, bolina.

Alguns modos de... digamos coçar revelam uma personalidade, um estilo. Correndo o risco de ligeireza, mas não de falta de humor, poderíamos tentar uma classificação comportamental dos tipos mais comuns.

Primeiro, o tipo clássico, que segura todo o equipamento e o aperta algumas vezes, quase como um médico tirando a pressão, tchof, tchof, tchof. Não é um gesto delicado, tem mesmo certo ar espalhafatoso e autoconfiante, como os próprios representantes da categoria.

Outros são do tipo exatamente contrário: apenas passam a mão por cima, como para certificar-se de que ele ainda está lá. São inseguros e oportunistas.

Alguns, com indisfarçável satisfação, utilizam só dois dedos, o indicador e o polegar, e dão uma sacudidela, cordialmente, como um tio que aplica um beliscãozinho na bochecha do sobrinho: "seu safadinho". São uns bonachões.

Existe um tipo que embora seja parecido com o clássico não pode ser confundido com ele. É aquele indiscreto que afasta as pernas, procurando ganhar mais espaço ou ventilação, e ajeita – aí é que está a diferença –, ajeita como se arrumasse as almofadas de um sofá e as pusessse a arejar. São homens geralmente espaçosos e desagradáveis.

Há outro tipo que tem alguma semelhança com este, mas observando-se bem percebe-se a diferença. Começa igual, depois empalma com a mão toda, em concha, e sopesa – não sacode nem ajeita – sopesa com inconsciente orgulho. Uns arrogantes.

Um tipo mais raro, constrangedor quando age sentado, embora o gesto seja em geral de extrema delicadeza, é aquele que se arruma e se alisa com apenas um dedo, o indicador – como quem acaricia um bichinho que dorme, um gatinho, um passarinho. Tem todo o jeito de ser um pervertido.

Outro tipo digital é aquele que se toca de pé apenas com o dedo médio da mão direita: o dedo vai direto ao ponto com a vibração intensa do bico de um beija-flor. É um ansioso, talvez não dê muito certo no amor.

Voltando aos tipos sentados, há que mencionar aquele que esquece a mão ali e fica, meio adormecido, tomando conta, dando às vezes uma involuntária e distraída apertadinha. São uns preguiçosos, geralmente estão com a vida feita.

Há os que se esfregam dos lados, na virilha, com sofreguidão. São os mais desinteressantes, embora sejam os mais escandalosos. É mais provável que tenham mesmo uma micose.

Alguns se envergonham de se acariciar em público, mas não resistem ao impulso e na hora agá disfarçam. Vão indo, vão indo, e quando chegam perto refreiam, mudam a aparência do gesto, fingem que estão apenas tirando um cisco da frente das calças: batem bem lá com as costas dos dedos, umas quatro vezes, e pronto. São uns reprimidos, não merecem muita confiança.

Existem aqueles que, de calças bem apertadas, geralmente jeans, levam a mão esquerda ao que interessa e movem apenas os dedos, várias vezes, numa seqüência rápida, do dedo mínimo para o indicador, como se dedilhassem ao piano algumas notas, ou como se tamborilassem. São insinuantes e exibicionistas.

Esse outro tipo não pode usar roupas apertadas, pelo contrário, só navega a velas pandas: dá apenas umas três lambadas rápidas, de baixo para cima, com os dedos mínimo, anular e médio, como quem acorda um bichinho adormecido. Inofensivo.

Existe um tipo chocante. Empolga a coisa toda e puxa várias vezes para baixo, como se ordenhasse. Um homem franco e grosseiro.

Finalmente, há os que se tocam por dentro dos bolsos, esgueiram ágeis dedos pelos elásticos ou fendas e chegam ao essencial disfarçadamente, mas oh com que alívio. Gostam de parecer que estão só se arrumando. São covardes e dissimulados.

Como em tudo na vida, o estilo é o homem.

*O Tempo*, 27 de fevereiro de 1997

# SOBRE HOMENS GENTIS

*I*magino uma mulher dizendo: "Tudo o que eu queria é um homem gentil como um computador".

O computador é o último refúgio universal da polidez. Tudo ele pede por favor. Sugere, pergunta, confirma, procura ajudar. Ele "sabe" que a natureza humana é falha, que o erro ronda cada gesto nosso, e que depois nos atormentaríamos clamando: "Por que ninguém me avisou?" Ele avisa, pergunta a cada passo se a pessoa tem certeza. Não quer pegá-la numa falha para depois vir com acusações.

Chego a imaginar um personagem, um homem, em que foi instalado o software gentileza. Numa hora tranqüila do começo da noite, a mulher dele clica a opção "transar com um amigo" e o homem – delicado, solícito – pergunta:

– Tem certeza de que pretende instalar tal aplicativo na pasta Amores? Se fizer isso, todos os seus registros no meu disco rígido serão apagados.

E depois ele ainda apresenta as opções "avançar", "cancelar".

Seu computador ainda não fala, mas quando falar certamente não usará tons de voz, aqueles que exprimem menosprezo ou grosseria. O criador humano imagina máquinas gentis. O robô doméstico planejado pela tecnologia é suave, uma flor de pessoa.

O que eu quero dizer é que os homens deveriam adotar a delicadeza como traço pessoal. É uma velha demanda das mulheres. Que seja por estratégia, no começo. Depois se acostumarão, estimulados pelos resultados.

Algumas mulheres queixam-se de que os caras estão disputando até a passagem por uma porta. Reflexo, talvez, da batalha de competências do mercado de trabalho. O truque delicado moderno é saber separar as coisas. Disputa, só de resultados. No resto, gentileza. Ceder a passagem não só à mulher mas também ao homem. Para mostrar a ela que você é apenas gentil, não machistamente gentil. No restaurante, tudo primeiro para ela. Numa festa, se o casal de namorados tiver de se separar, que o homem se mantenha atento à distância, em discreta atitude protetora. É gentil lançar um olhar, um sorriso, quem sabe um beijinho por entre copos e pessoas. É bom que o homem, ao ouvir uma mulher, demonstre atenção, dê importância ao que ela diz, siga sua boca e olhos para não perder palavras, atento ao seu jeito particular de dizê-las. Pode passar pela cabeça dela que ele está seduzido, mas isso é mau? No shopping, carregar os pacotes. Na cama, como nas portas, ela primeiro.

A delicadeza é antiga e moderna. Explico-me. O homem da primeira metade do século XX cultivou o que se chamava de boas maneiras, mas era no fundo autoritário, machista, preconceituoso. Havia então uma série de qualidades consideradas "masculinas": arrojo, autocontrole, bravura, independência, força de vontade, racionalidade, firmeza, liderança. E havia as qualidades "femininas": delicadeza, emotividade, habilidade, flexibilidade, adaptabilidade. Os homens viveram muito bem com esse arranjo enquanto a organização da sociedade baseava-se em valores "masculinos". Mesmo depois da contracultura dos anos 70, dos yuppies dos anos 80 e da indefinição dos 90. Mas agora o mercado de trabalho substituiu algumas qualidades por outras, puxadas justamente dentre aquelas "femininas". O grosso tornou-se obsoleto.

Nada mais moderno, pois, do que um perfil masculino que amolde algo do gestual dos cavalheiros, da delicadeza dos recém-namorados e da gentileza dos computadores.

*Five*, outubro/novembro de 2004

# A ARTE DA FUGA

*U*ns versos de Fernando Pessoa levaram-me a conjecturas, lembranças, comparações, e acabei pressentindo em mim um irmão de alma do autor do *Poema em linha reta*. Diz ele, com irritação cômica, escondido sob o nome de Álvaro de Campos, que nunca conheceu "quem tivesse levado porrada", ninguém que admitisse um ato humano de receio, precaução ou fuga. Ao fim e ao cabo, como diria o poeta, tenho de confessar: levo desaforo para casa.

Vivemos num mundo de valentões. Nos botequins, nos campos de futebol, no trânsito, nas ruas, pululam valentes. Pedaços de conversas trazem-nos aos ouvidos, de passagem, feitos de heróis anônimos que dizem ter metido o braço e nem ficamos sabendo em quem ou quando. Outros, dedo em riste, ameaçam quebrar alguma cara, meter alguma faca ou dar algum tiro. Há os que ouvem bravatas e rebatem com iguais valentias, e há os que se calam, seja por civilidade, opção pela paz, temperamento ou orgulho. Eu e Fernando Álvaro de Campos Pessoa somos dos que se calam.

Queixa-se o poeta: "todos os meus amigos têm sido campeões em tudo"; toda a gente que conhece "nunca foi senão príncipe – todos eles príncipes – na vida..." Ao passo que ele: "tenho sofrido enxovalhos e calado". Confessa mais: "quando a hora do soco surgiu, me tenho agachado para fora da possibilidade do soco". E termina bradando: "Arre, estou farto de semideuses!/ Onde é que há gente no mundo"?

Pois encontrei uma gente dessas, dias atrás. Três alegres, despreocupados e divertidos levadores de desaforos para casa. Estávamos em um bar de cervejas raras, no largo da igreja da Freguesia do Ó, e as combinações de malte, cevada e lúpulo soltaram as línguas na mesa ao lado. Os três contavam casos em que afinaram, e riam da mesma maneira vistosa dos valentões quando relatam suas bravatas. Contou um:

– Não sou de seguir mulher, mas aquela era demais. Eu queria aproveitar só mais um pouquinho daquela poesia em forma de gente, e fui atrás, esqueci do resto. Devo ter incomodado, pode ser. Ela parou junto de um desses gigantes que você só vê em gibi e o cara veio vindo pra cima de mim, cada vez crescia mais, e já chegou botando a mão no meu peito e falando: "Que é que você quer com a minha noiva?" E aí eu falei, com voz fina e boca mole: "Mulher?! Eu, hein?" Levantei o queixo e saí rebolando...

Riram, riram, e foi a vez de outro contar:

– A minha afinada foi de carro. Me distraí e bati feio na traseira de um táxi. Não foi um totó, bati legal mesmo, afundou tudo. O cara já saiu de lá com a chave de roda na mão. Devia estar rodando muito tempo sem freguês, irritado com o prejuízo, sei lá, tava com a cachorra. Quando eu vi o cara vindo pra cima, me deu um estalo e desmaiei, cara! Quer dizer: fingi que tinha desmaiado com a batida. Meu truque desarmou o cara, ele até me socorreu, me ajudou! Eu lá, desmaiadão, percebendo tudo. Quando "voltei", ele estava macio para combinar um acerto.

Mais risadas, mais cerveja, e o último, que parecia ter a mesma idade que os outros, apesar do cabelo branco, contou:

– Comigo também foi de carro. Era um domingo de sol, muito bonito, e resolvi dar uma volta pela manhã. Num farol, entrei à esquerda sem dar seta e ouvi aquele urro, um palavrão ecoando pelas janelas comportadas do domingo. Percebi que o cara, não satisfeito, vinha atrás de mim, esmerilhando, cantando pneu. Na hora me ocorreu uma saída. Botei aqueles meus oculosinhos de leitura, aqueles tipo vovô, afundei o pescoço nos ombros, fingindo corcunda de velhinho, atrapalhei o cabelo, me debrucei sobre o volante, e quando o cara emparelhou comigo no outro farol murchou a valentia toda diante do "velhinho", e até me deu conselho: "É preciso dar sinal, senhor, é perigoso, pode bater". Com as mãos em concha no ouvido e sorriso bondoso, agradeci.

Fernando Pessoa pode descansar em paz: ainda há gente no mundo.

*Veja SP*, 16 de fevereiro de 2000

## HOMEM OU MULHER?

Quando menino, aos quatro ou cinco anos, vi o pintor da nossa casa vestido de mulher no Carnaval, dançando na rua, e aquilo foi um espanto, uma perturbação, uma maravilha. A idéia de que ele era as duas coisas, homem quando pintava a nossa casa e mulher quando ia para a rua, pairou algum tempo em meu espírito. Imagino que aquele menino o tenha colocado na categoria dos seres e coisas encantados que povoam a infância, por sortilégio de alguma fada ou malefício de alguma bruxa. Como um sapo que vira príncipe ou uma abóbora que vira carruagem.

Quando, mais tarde, pude perceber formas mais complexas de papéis sociais e comportamento sexual, tentei entender por aí aquele mistério da infância. Continuava longe da verdade. Muitos carnavais que vieram depois e algumas leituras só me deram dados para perceber a constância e a antiguidade daquele gesto, e que ele representava uma transgressão. As explicações pareceram-me sempre mecânicas demais – isso aconteceu por causa daquilo – e não alcançaram a força que o encantamento teve na infância.

Se homem vestido de mulher ou mulher vestida de homem fosse coisa rara, os autores da *Bíblia* não se teriam preocupado em colocá-la no livro da segunda lei, o Deuteronômio, em 22.5: "A mulher não usará roupa de homem, nem o homem veste peculiar à mulher; porque qualquer que faz tais cousas é abominável ao Senhor". Para escapar, quem sabe, da abominação os homens comuns refugiaram-se no carnaval das permissões. Saem em bandos e bandas, e até jogam peladas de futebol vestidos de mulher. O momento difícil, imagino, deve ser aquele de sair de casa, sós: os cruciais segundos no elevador, os vizinhos, o reconhecimento na rua, os olhares: seu Josafá, heim, quem diria...

    E a primeira vez? Da idéia ao ato haverá alguma insegurança? Talvez não. Vergonha ou timidez não são sentimentos próprios do travestido. Censura, sim, pode contê-lo, mas não para sempre. Revelou-me o dono de um pequeno mercado no Tatuapé, português naturalizado, que este ano vai sair fantasiado de mulher no bloco dos sujos, com grandes peitos de balão. Antes, a patroa segurava-o argumentando que era ridículo, que se desse ao respeito. Ela morrera havia seis meses.

– Agora que estou viúvo vou lá ver como é isto. Sempre quis, porém a dona Antónia opunha-se, metia-me vergonha. Pois vamos ver que graça é que tem.

    Foi então que me lembrei do pintor da infância. Ele gostava de cantar enquanto espalhava cores musicais pelas paredes; seu repertório falava de amores traídos e paixões sem remédio. Lembro-me de algumas das canções, que recuperei em discos. Na verdade, recuperava o pintor, em vinil. Uma delas: "Aos pés da Santa Cruz você se ajoelhou e em nome de Jesus um grande amor você jurou, jurou mas não cumpriu, fingiu e me enganou; pra mim você mentiu, pra Deus você pecou..." Outra dizia: "Não queiras, meu amor, saber da mágoa, que sinto quando a relembrar-te estou; atestam-te os meus olhos rasos d'água a dor que a tua ausência de causou". Ou ainda: "Passaste hoje ao meu lado, vaidosa, de braço dado com outro que te encontrou..." Minha mãe contou que a mulher dele tinha ido embora com outro e que ele bebia cachaça. Já não sei se ela disse exatamente nessa ordem.

    Um dia mamãe falou: vamos ver o Carnaval. Naquela

tarde de sol, por entre os carros do corso na avenida ele apareceu, para meu espanto, encantado em mulher. Peruca, batom, olhos e faces pintados, acrescentara uma pinta, levava aberta uma sombrinha de barbatana quebrada e cantava alegre uma música bem diferente daquelas outras: "Mamãe eu quero, mamãe eu quero, mamãe eu quero mamar; dá a chupeta, dá a chupeta pro bebê não chorar".

Hoje o entendo melhor, embora eu esteja ainda longe da verdade: ali, como mulher, ele era outro homem.

*Veja SP*, 1º de março de 2000

# JOÃO E SUA TURMA

Todos nós conhecemos alguém que, digamos, não bate bem. Pessoas encantadoras, doces, que algum desejo ou frustração empurrou para uma maniazinha, um costume bizarro, uma esquisitice.

João é um encanto de pessoa. Afável, delicado, bom de conversa, cultiva um humor entre o drummondiano e o chapliniano. Magro, comedido no comer, no beber e no dormir. Consome lá sua pinguinha, mas só lá, de tão discreto. Sorri com a mão na frente da boca, porque descuidos da juventude estragaram dois dentes importantes do cartão de visita. Esse gesto contribui ainda mais para marcar seu tipo de humor, como se ele escondesse o riso após a piadinha. Já passou dos sessenta anos, não se sabe quando; em espírito, beira os doze, ou quinze. É modesto quanto a dinheiros, que ganha retocando textos alheios. As novas tecnologias o afastaram das redações de jornais, mas o português não é língua para dispensar pente fino.

Essa flor, que não tem nenhum defeito aparente quando cidadão, tem uma mania: Fordinho. É aquela história: de perto...

Desde os anos 60, João obstinou-se em conseguir peças originais do Ford modelo 1929. Conheceu naquela época uma turma que tinha como hobby o Fordinho. Leu um anúncio classificado de alguém que procurava qualquer peça de um Ford 32, entrou em contato por curiosidade e assim conheceu o pessoal. Conversa vai, conversa vem, lendo revistas especializadas, comprando outras em sebos, trocando, interessou-se pelo modelo 29.

 Começou a coleção de peças quando encontrou, num bar temático, um volante original perfeito, inteirinho. Olhou em volta: lá estava, num cantinho para namorados, o banco traseiro. Servindo de móbiles, as duas portinhas e os páralamas traseiros. Achou um sacrilégio, fez uma proposta e o dono recusou. Um mês depois a espelunca fechou e João comprou as preciosidades a preço de banana. Aí não parou mais.

 Foi atrás, botava anúncio, viajava para longe, ia a velhas fazendas de milionários paulistas, correspondia-se com estrangeiros, localizou redes de colecionadores – almas gêmeas, solidárias – fez trocas...

 Durante anos e anos pingaram peças originais. Pedais, rodas, minúsculas arruelas, porcas, eixos, bielas, válvulas, rolamentos, molas, capota, carcaça, manivela – tudo era cuidado, limpo, pintado nas cores originais, cromado, polido: brilhava. João classificava cada peça pelo manual, que foi outra raridade encontrada. Acabou entendendo daquilo melhor do que o chefe dos mecânicos de Henry Ford.

 Há uns dez anos começou a montar o carro. João vivia, e vive, num apartamento antigo, espaçoso, de janelão, sem garagem, viúvo, filha casada há muito, neta de vez em quando. Montou-o na sala, peça por peça, de frente para a porta de entrada. Um amigo da turma o ajudava; cada vez que conseguiam peça nova era uma festa.

 Ficou pronto o carrinho, uma graça. Sábado sim, sábado não, João reúne a turma em casa e bebericam em volta do Fordinho. Passam uma flanelinha, comem uma coxinha, comparam, contam histórias de peças raras e de vitórias, confraternizam. Felizes, fraternos. Uma vez ou outra João abre os janelões da sala, liga o carro e ficam ouvindo deliciados aquele popopopopopô, música nos seus ouvidos.

*Veja SP*, 7 de junho de 2000

# VOCAÇÃO

*O* menino, bem menor do que os outros, esgueirou-se por entre os adolescentes que se aglomeravam em volta do escritor sentado a uma pequena mesa colocada na frente do auditório, enfiou a cabeça e depois o corpo, entortando os ombros estreitos meio na vertical, para passar com mais facilidade pela animada barreira, e emergiu na frente do homem. O escritor sorriu para ele, procurando simpatia. O menino não cedeu muito, apenas uma quase retribuição. Talvez estudasse o que fazer a seguir.

Estavam numa biblioteca de bairro, limite Leste, quase pulando para outra cidade. O escritor havia acabado de ler umas histórias e contar um pouco da sua vida, infância passada em um bairro não muito diferente daquele. No momento, terminada a palestra, distribuía livros e autógrafos para quem havia feito as melhores perguntas. Daí o alarido: e eu?, e o meu? O menino tinha um caderno na mão, abriu-o sobre a mesa e perguntou:

– Me empresta a sua caneta?

O escritor sorriu, havia fartura de canetas nas mãos da moçada. O menino deveria ter uns nove anos, os outros, uns catorze. Entregou-lhe a caneta, continuou a atender ora um, ora outro, sem descuidar de todo do pequeno. Viu não ouviu que ele falara alguma coisa e ajudou: como?

– Onde o senhor mora?

Respondeu, e viu que o garoto anotava no caderno. Perdizes estava escrito com "s", mas não quis interferir. Continuou a escolher quem achava que merecia um livro pela participação, pedia o nome, escrevia uma dedicatória, entregava o prêmio, e então ouviu outra perguntinha do menino:

– Quantos anos o senhor tem?

Respondeu e logo ouviu um "isso tudo?" entre as meninas e um "caraca!" entre os garotos. O menininho anotava. Mais apelos, canetas estendidas, outro livro, e a vozinha:

– Por que o senhor quis vir aqui na nossa biblioteca?

Quando o escritor conseguiu uma brecha na conversa com os maiores, explicou ao pequeno que não era ele quem escolhia, e sim umas pessoas lá da Secretaria da Cultura, da Prefeitura. Que naquele momento outros escritores estavam em outras bibliotecas conversando com o pessoal, explicando como é esse negócio de escrever histórias. O menino olhou-o meio contrariado com tanta coisa para anotar. O visitante se perguntava se aquilo seria para um trabalho de escola. Teve tempo para autografar e entregar dois livros e falar alguma coisa com os escolhidos antes de ouvir novamente o pequeno:

– O senhor tem quantos filhos?

Tinha até netos, revelou, enquanto autografava um pedaço de papel para um e um caderno escolar para outra. Os maiores pareciam não conhecer o menino. E a pergunta não soava como coisa de escola.

– Quantos livros o senhor já escreveu? – retornou o garotinho.

Esta, sim, parecia para escola. Nem sabia direito, respondeu o escritor, e calculou uns quinze. Rapazes esbarravam no menor, estouvados, atrapalhando sua letra, e o escritor disse algo sobre respeitar o espaço dos outros. A ajuda não derreteu a seriedade do menino, que acabara de anotar o número quinze e falou:

– O senhor já foi a Salvador, na Bahia?

Espanto. Definitivamente não era pergunta de aluno. Pediu para ele esperar, encerrou o papo e a entrega dos livros, agradeceu a todos e conduziu o menino para um canto. Foi a sua vez de indagar: por que aquelas perguntas e as anotações? E ele:

– Eu sou repórter.

Novo espanto. E o menino completou:

– Quer dizer, eu vou ser repórter quando crescer, e já estou treinando. Aqui sua caneta.

– Ah, pode ficar. Repórter sem caneta não vai longe. E você vai.

*Veja SP*, 18 de agosto de 2004

# AS NOVAS GUERREIRAS

Novembro de 1996 poderá ficar na História como o mês das ceifadoras de pênis, mês da revanche, da nova reação feminina contra abusos masculinos. Cinco casos. No calendário das efemérides feministas, daqui a uns anos, este poderá ser o mês da Nova Atitude.

Os cortes não começaram neste mês, claro, nem neste ano. Nos anos 70, um jornal do Rio noticiou uma amputação de pênis sob o título "Cortou o mal pela raiz", manchete famosa na história do jornalismo. Mas os casos eram raríssimos, esparsos. Ultimamente, depois do gesto pioneiro de Lorena Bobbitt nos EUA, em 93, as mulheres foram, pouco a pouco, botando as faquinhas de fora.

Não é uma luta aberta, como a das sufragistas do começo do século, ou a das feministas americanas dos anos 70. É uma luta de guerrilha. Armadas de facas de cozinha, sua principal arma, elas cortaram no todo ou em parte. Com água fervendo, elas escaldaram. Com a mão, arrancaram testículos. Atacaram principalmente de madrugada, enquanto a vítima dormia o sono dos injustos. A menina de Vitória, de dezessete anos, atacou na hora do amor. É complicado: se era um objeto de prazer, cortá-lo seria acabar com a dor ou com o prazer?

Não há uma razão comum. Não há idade, não há estado civil e não há região em que os homens estejam a salvo.

Já aconteceu no Nordeste, no Sul e no Centro. Jovem contra jovem, menor contra adulto, mulher madura contra homem maduro, madura contra homem novo, nova contra homem velho, velha contra velho. Casadas, amantes, noivas. Umas porque o homem não queria fazer sexo com elas, outras porque ele fazia demais e contra a vontade delas. Umas por ciúme, outras por maus-tratos. O conteúdo das queixas não é novo. A diferença é que algumas, guerrilheiras, resolveram radicalizar, cortar o mal pela raiz.

A arma da esmagadora maioria dos casos é a faca de cozinha. Não é preciso ser nenhum gênio para perceber nos instrumentos protagonistas da ação uma clara simbologia. Um, o símbolo da masculinidade, do poder masculino; outro, a faca de cozinha, pertencente ao mesmo lugar onde certos homens confinam certas mulheres, símbolo da função subalterna da mulher, lugar também do fogão e do avental todo sujo de ovo.

Outra coisa curiosa: as ceifadoras são latinas. Mesmo a pioneira, a heroína da Nova Atitude, Lorena Bobbitt, é norte-americana de Porto Rico. Depois foi a vez de uma mulher em Candeias, Bahia, em 94; uma em Bauru, São Paulo, em 95; uma em Santa Fé, Argentina, em agosto de 96; e então, neste novembro, casos em Vitória, Recife, Rio, Resplendor (MG) e Tietê (SP).

Há coisas curiosas em que pensar, perguntas, especulações. A Nova Atitude visa a atingir a arrogância do homem, a humilhá-lo. Imaginem a dor, o estupor daquele rapaz no motel de Vitória com o pedaço da coisa na mão. Observem que nenhum dos agredidos, nenhum!, foi capaz de uma reação violenta contra a agressora. Ficaram sem ação, humilhados, profundamente atingidos, anulados. Imaginem a angústia dos feridos no hospital: vai funcionar, não vai? Imagine o futuro, os amigos, os inimigos, as possíveis ou impossíveis amantes. Com o tempo, vai-se aprimorando aí uma especialidade médica. Do ponto de vista judiciário, é uma ação até certo ponto esperta. Por que matar o homem? A pena é muito mais pesada, a defesa é mais difícil. Já a ceifadora pode até sair livre, como Lorena e outras, alegando crueldade do homem. Quando o motivo é o ciúme, a agressão tem a mesma substância do comportamento masculino, me parece. Explico. O homem se dá o direito de matar as infiéis porque se sente dono. Se é dele, não pode ser de mais ninguém. Se é dele, pode até destruí-la. Não há um pouco disso na Nova Atitude?

Proponho que as duas partes baixem as armas.

As duas partes? Bom, quer dizer, isso também é complicado...

*O Tempo*, 28 de novembro de 1996

# A COBRADORA

*O* amor ao qual ficamos devendo alguma coisa pode ter terminado no coração, mas permanece na cabeça, cobrando a dívida. Algo que não ficou bem explicado no fim de um caso inquieta um dos envolvidos, noites afora, semanas, meses, anos, e eles se perguntam: por quê? Por que não a procurei para esclarecer isso? Que orgulho ou receio me deixou amarrado a esse não-saber incômodo? Depois de tanto tempo não faz mais sentido procurar saber, mas o inexplicado continua a caminhar conosco pela vida.
Exemplos?
O preterido que acreditava ter mais chances do que o rival sempre se perguntará: por quê? – e o caso é pior quando ele é o mais apaixonado dos dois rivais, o mais bonito, o mais talentoso, o mais promissor.
A apaixonada que se ofereceu, julgando-se preciosa, e foi recusada sem um porquê, carregará a pergunta entre seus batons, anos a fio.
A negra amante do branco que com ela não se casou, sem explicações, se consolará inicialmente com a hipótese de racismo, mas depois, considerando a coisa toda, vai duvidar: foi?
A moça que ficou esperando na estação não se livrará da pergunta: por quê?
O arrependimento daquela que apaixonada não se entregou será cobrado por ela mesma.

O inexplicado, o inconcluso e o truncado atormentarão os amorosos que se afastaram. Proust disse em *A prisioneira* que não amamos senão aquilo que não possuímos inteiramente. Talvez não seja inteira verdade, mas se aplica ao que aconteceu a um amigo nesta semana. Uma dívida amorosa de 25 anos foi-lhe cobrada abruptamente.

É casado, pai de filhos universitários, cumpridor, viciado em trabalho. Nem pensa em aventuras, que tomariam muito do seu tempo útil. No último dos anos 70 se mudara de Pelotas para São Paulo, buscando rumos na carreira. Havia deixado um fusca à venda e uma namoradinha de dezoito anos, cuja pequena voz ao telefone foi sendo abafada pelos ruídos paulistanos até não se fazer mais ouvir. Ele casou-se e soube tempos depois que ela também se casara, tivera filhos. Mais de vinte anos se passaram.

Há dias, ela, a antiga namorada, ligou.

– É Laurinha.

Nem se lembrava do nome, teve de pedir detalhes, desculpando-se. Ela disse que compreendia perfeitamente, não, não precisa se desculpar, imagine, e de repente:

– Estou indo a São Paulo. Quero te ver.

– Claro, claro – ele disse, mas sem entusiasmo, desligado.

– Quando chegar, eu ligo. Te espero no hotel.

– Ok. Tu vens com a família? – ele perguntou, procurando entender.

– Vou sozinha, só para te encontrar.

Desligou, deixando-o perplexo. Aos poucos, foi contaminado pela curiosidade. Depois, insinuou-se a vaidade. Vinte e cinco anos! Olhava-se no espelho buscando o jovem inesquecível. Pelo que se lembrava ela era bonitinha.

No encontro, Laurinha dispensou cerimônias, tomou a iniciativa, beijou-o como se fosse ontem, viveu o não vivido. Depois traduziu seu ato em palavras, porque percebeu que ele não estava entendendo nada:

– Vim só para terminar. Nós nunca terminamos, não é? Vim para apagar os beijos maravilhosos da minha lembrança de menina. Vim acabar com um sentimento de perda absurdo, fantasia minha. Não quero nada com você. Acabou. Obrigado pela ajuda. E agora vou voltar para casa.

Como disse o poeta, cedo ou tarde o amor se vinga.

*Veja SP*, 17 de março de 2004

# ENCONTRO COM A VÍTIMA

Um morto me acompanha. Faz alguns dias, vi no jornal a notícia e uma foto, na página policial. As fotografias desse tipo de matéria nunca são boas, nem fiéis, nem variadas, a menos que a pessoa seja famosa. Aí os jornalistas procuram as melhores fotos no arquivo. No caso, não; era a ampliação de um retratinho de identidade. Apesar disso, assim que bati o olho tive a sensação de já ter visto a pessoa. Procurei o nome, detalhes da notícia, filiação, cidade de origem. Não, impossível, eu não conhecia aquele tipo de gente: morto em tiroteio com a polícia, tinha cumprido pena.

Comecei a carregar o morto. Assim como ficamos com uma palavra que não vem na cabeça, aquele morto virou minha palavra fugidia. Nome e sobrenome não me diziam nada, cidade de nascimento também não, nem idade. Não tinha o perfil de quem se mete em tiroteios: 43 anos, cabelos lisos, pretos, aparados, camisa de gola. O pessoal do crime é mais estragado e morre mais cedo.

Tenho andado com meu morto por aí, estivemos no supermercado, já fomos ao cinema, andamos de ônibus. Não é toda hora que me dou conta de que ele está presente. Estou no metrô procurando assunto e de surpresa ele me cutuca: ó eu aqui. Surge no elevador: olá. Leio jornais procurando alguma nota dizendo que parentes foram ao necrotério buscar o corpo, mas o meu morto não tem importância para ser notícia duas vezes.

Estou nisso quando, subindo a rua para ir à padaria, lembro-me de uma voz: "Senhor! Senhor!" E então vem tudo.

Foi ali, na subida, há duas semanas, que eu, muito apressado, ouvi alguém me chamar:

– Senhor! Senhor!

Voltei-me, e um homem bem-arrumado – calculei que teria uns 45 anos, alto, esguio, rosto liso, barbeado, bonito, cabelo liso começando a ficar grisalho, camisa pólo verde claro, calça jeans e tênis, tudo limpo – pediu minha atenção e desculpas pelo incômodo. Pensei que procurasse uma informação, mas não: queria ajuda, dinheiro, precisava comer.

Percebeu minha pressa, perguntou se podia me acompanhar enquanto explicava a situação. Avisei que tinha sete quadras para andar rápido, ele disse que tudo bem e foi falando o que a seguir resumo.

Sabe que é estranho alguém na condição dele pedir, mas está com fome. Procura uma colocação, emprego, qualquer coisa. Não pode andar sujo, cheirando mal, tem de ter uma apresentação. Veio do interior, São Carlos do Pinhal. Cursou até o quarto ano de arquitetura, deu cabeçada, parou. Sabe que no interior a vida é menos difícil, mas não quer voltar: o irmão é uma peste, tem dinheiro, mas o chama de vagabundo, mau elemento, não quer ajudar. Vai provar para o irmão que não precisa dele. Já esteve preso em São Carlos, negócio de droga. Não usa mais. Só fuma, pouco, não tem recurso para mais do que cinco cigarros por dia. Faz qualquer coisa, só quer uma base para começar, aprende tudo com facilidade. Passou no concurso para gari, não quiseram lhe dar o emprego, disseram que era superqualificado para o trabalho, não teria estímulo. Procurou as centrais do trabalhador, alistou-se para qualquer vaga, mas na idade dele está difícil. Nas fichas e currículo põe o endereço de um rapaz do bar onde guarda suas coisas. Pega a bolsa todo dia na hora de ir dormir. Está morando em um albergue, é horrível, roubam tudo. Tem de ir para o banheiro levando todas as coisas. Horrível. Lava a roupa e fica tomando conta até secar ou deixa na área do fundo do bar. Diz que vai a pé para todo lugar, atravessa bairros procurando trabalho, quase sempre com fome. Faz qualquer coisa, só não quer roubar.

Cheguei ao meu destino, dei-lhe o que tinha no bolso, 10 reais, e umas dicas. Ao se despedir, não me agradeceu pelo dinheiro, mas pelo ouvido:

– Obrigado por me ouvir.

O fato de ter-me lembrado da pessoa não me libertou do morto, e continuo a carregá-lo como um fardo, como quem leva um país nas costas.

*Veja SP*, 2 de agosto de 2006

# A CASA E O SONHO

$A$ casa brasileira que está gravada na memória coletiva tem espaços, varandões, quintais, pátios, talvez uma mangueira, latifúndios. Pode até ser que essa informação não suba à consciência, mas está lá, escondida nas dobras do cérebro, impressa por alguma conversa de avô, falas paternas, conversas de comadres em calçadas, ressonâncias de leituras, casos de amigos. As casas que têm o nosso afeto de povo, pelo menos aquelas em que gostaríamos de ter morado, eram amplas, nelas havia corredores, algum quarto vago, às vezes um porão, mesa na cozinha.

Deve ser esta a razão profunda da desilusão de um jovem casal amigo meu. Mais que desilusão: é frustração. Mudou-se a família para o apartamento comprado na planta, pago com sacrifício. Ele, ela, dois meninos. Sabiam que era pequeno, um três dormitórios de 64 metros quadrados de área útil, mas não imaginavam que fosse tanto. Metros quadrados são noções abstratas para certas pessoas. E não devem ser poucas as pessoas, porque folheio um jornal de domingo e vejo que uma mesma incorporadora está anunciando apartamentos de metragem igualzinha à do casal em vários bairros da classe média. Vejo, pasmo, que um deles está anunciado como "3 dormitórios/ 1 suíte + escritório/ 2 vagas/ 64 m² de área útil"!

Antes da mudança, o casal tinha planos de botar os dois garotos no mesmo quarto e transformar o terceiro em escritório e sala de tevê. Doce ilusão. As duas camas não cabiam nos dormitórios, de dois metros e meio por dois. Conseqüência: a televisão teria de ficar na sala. Mas aí não caberiam, juntos, ela, o sofá, a poltrona, a mesa de jantar com quatro cadeiras, o rack do som e a mesinha do telefone. Tentaram botar a poltrona num dos quartos dos garotos. Não passava nas portas. Coube no quarto do casal, com prejuízo da cômoda, que teve de migrar para o do menino mais novo. A fim de não obstruir a porta do armário, a cômoda ficou ao lado da cama. Novo problema: as duas gavetas de baixo só podiam ser abertas vinte centímetros. Deixaram ficar, enfiavam por ali os tênis malcheirosos dos filhos.

A cozinha foi outro problema. A geladeira e o freezer não cabiam lado a lado: a porta para a sala não abriria totalmente. Também não poderiam ficar frente a frente, porque a cozinha tinha o formato de um corredor curto. A solução foi arrancar a porta que dá para a sala, fingir uma passagem em arco. Quando fazem bifes, o cheiro e os vapores gordurosos invadem todos os cômodos. O marido adora fígado acebolado, dobradinha e peixe frito, mas um conselho de família proibiu essas iguarias. Armários, só suspensos sobre a pia, a geladeira e o freezer. Este, estão pensando em vender.

O banheiro único resolve o essencial, mas tiveram de desistir do gabinete debaixo do lavatório senão as pernas do marido, que é meio alto, bateriam nele quando estivesse sentado no vaso. Na ducha, precisam ter cuidado ao se abaixar para lavar os pés, senão a cabeça bate nas paredes. Em compensação, se alguém escorregar não terá espaço para cair.

Entre a cozinha e a área de serviço tiveram de instalar uma porta sanfonada, a fim de ganhar espaço. No varal não dá para secar um lençol de solteiro. Caíram na besteira de lavar uma colcha de casal. Secou dobrada, durante uma semana, cada dia virada de um lado. No fim cheirava a mofo e a gordura de bife, que evaporava da cozinha.

    O pior está por acontecer. Os pais dela avisaram que estão vindo de Ribeirão para passar uns dias, conhecer a casa nova.

*Veja SP*, 25 de outubro de 2000

# MINHA PAISAGEM

Ganhei uma paisagem. Andava precisado. Diria que é um santo remédio para desgaste, ansiedade e solidão. Podem achar que não, mas paisagem faz companhia. Não por isso andava precisado: é que sou mineiro. O hábito de morar em montanhas cria dois defeitos: gostar de mulher de perna grossa e de paisagem. Imagino o desassossego do mineiro no pampa, aquela falta de acolá. Deve ser difícil para um menino gaúcho imaginar que a Terra é redonda.

Do alto, dá para relativizar, e esta é apenas uma das coisas que se aprendem descortinando. Até as serras perdem a altura e certa ostentação de verde. Encaixam-se umas nas outras, como cenários de papelão, e vão ganhando tons de azul, o azul planetário que encantou o primeiro astronauta, Yuri Gagarin. O enorme apequena-se – lição de humildade – mas tudo é tão vasto que a pequenez não tem fim. É mais comum encontrar sábios e santos nas montanhas do que nas planícies. A humanidade sempre valorizou a vista, construindo campanários, castelos, torres, belvederes, terraços, arranha-céus. Para o essencial, basta uma janela bem colocada.

Inicialmente, é preciso querer ver. Senão, caímos em Manuel Bandeira: "Que importa a Glória, a baía, a linha do horizonte. O que eu vejo é o beco". Olhar para dentro às vezes dá vertigem. Muita gente foge da janela ou da alma e prefere a televisão. Se deixassem por um momento essa falsa janela perceberiam que há um sutil e talvez inexplicável apelo na paisagem. Que tem ela que tanto fascina os pintores? O desenho? O movimento quase imperceptível? A luz? O que os leva até ela? Nostalgia de asas? Busca de paz?

De manhã, o ato de abrir a janela tem seus significados. Por que a fechamos? Contra o frio da noite, o ladrão, o vento, a possível chuva, os insetos, os fantasmas e... o dia. Ao abri-la, aceitamos, afinal, o dia e recortamos um pedaço de mundo para o reencontro: a nossa paisagem. Alívio: ah, aí está ela! Nem por um segundo imaginamos que não pudesse estar, porém a satisfação de reencontrá-la tem algo de encontro marcado. Durante horas estivemos no escuro de nós mesmos, no mais íntimo, e ousamos até sonhar o indizível. Acordamos para a claridade da paisagem.

Já tive uma, nos meus começos paulistanos. Morava num 24º andar, de frente para o cemitério da Consolação. Aquele "lembra-te, homem, que és pó" não me incomodava, antes me aconselhava. Depois morei em casas térreas e num segundo andar com árvores em frente. Trinta anos sem paisagem.

Agora, tenho tirado o atraso. Abro a janela e olho na direção do pico do Jaraguá. Se ele está nítido contra o azul, tenho a impressão de que tudo correrá bem. Nuvens, ok, estão por aí há bilênios. Aquela camada ferruginosa no ar, entretanto, preocupa, é sinal de que a poluição está braba. A notícia de que este será o inverno mais seco do século promete estragos na minha paisagem. Não importa, melhores invernos virão. Melhores séculos também.

No fim da tarde o sol descamba e nos dá aquele momento mágico de luz, dez minutos, em que predominam suaves tons alaranjados, e depois se vai. Piscam luzes humanas. Ao amanhecer ele volta discreto como partiu, alaranjando o cenário pelo lado oposto.

Nesses dois momentos, ganhei nos últimos dias um companheiro inesperado. Ele vem e instala-se na viga de concreto decorativa que se projeta e faz a esquina do prédio. É um pássaro que não conheço, cinza-esverdeado, pés e bico como os de um periquito, pequeno penacho espetado na cabeça como o de um pavão. Vem, pousa, às vezes pia alto, olha, passeia, olha e quando termina o espetáculo vai embora. Gosto de pensar que é um apreciador de paisagens, como eu, e que vem me fazer companhia.

*Veja SP*, 5 de julho de 2000

# FUI BOM VIZINHO?

Antes de vir para São Paulo, sempre morei em casas. Moradores de casas tendem a desenvolver uma noção de espaço "seu" um pouco diferente daquela dos residentes em prédios.

Aqui na cidade, quando morei em casas, tive vizinhos espaçosos. Um deles, arquiteto jovem, resolveu transformar o sobradinho, geminado ao meu, em canteiro ininterrupto de experiências. Ele, um encanto; a obra, infernal. Certa manhã, acordei com uma grossa peça de madeira rompendo a parede e invadindo meu quarto. Mudei-me para outra casa. Uma vizinha plantou coqueiros, aqueles de que as lagartas gostam. A infestação primaveril era devastadora, recolhíamos baldes de lagartas castanhas listradas, gordonas. Ao fundo, um abacateiro gigantesco dava frutos de um quilo, que quebravam nossas telhas. As negociações eram penosas.

Desisti, procurei o coletivo.

Minha primeira experiência como condômino foi num apartamento de último andar, de frente para o cemitério da Consolação. Gostava da paisagem, falando sério. O apartamento de baixo tinha um varandão tipo cobertura, de fora a fora. Quando eu dava alguma reunião, meu tormento era impedir que os fumantes atirassem tocos de cigarro pela janela. Invariavelmente tinha de pedir desculpas aos vizinhos de baixo – jovem casal americano – e oferecer minha faxineira para a limpeza. Se eu fosse alguma mãe moralista de filhos adolescentes, quem iria agüentar reclamação seria a americana, que costumava tomar banho de sol pelada na varanda. Como eu disse, gostava da paisagem.

Comprei depois um apartamento na Rua Maranhão. Aí não sei se cheguei a incomodar alguém. Eram anos de repressão, de ditadura militar, e a simples presença de cabeludos irritava certas pessoas, as intolerantes, como um vizinho que ao voltar de viagem comentava irritado o estilo dos jovens barbudos no aeroporto: "Só usam sacolas! Sacolas! O que essa gente tem contra malas?"

Pode ser que certos visitantes meus perturbassem um pouco a calma pequeno-burguesa do prédio de Higienópolis. Pereio, o ator, aproveitava o breve instante do elevador para encarar com expressão de pirado alguma senhora. O professor de dança entrava de mãos dadas com um rapaz. Selma, linda atriz de voz poderosa, podia aparecer de blusa transparente, e num verão ousou transparência total, sem nada por baixo. Pachanga, hóspede breve, achou que era uma boa vender fumo ali, e felizmente descobrimos antes da polícia ou do síndico. Amigos do Rio, enquanto viajávamos, beberam todo o meu uísque e atiraram meus discos – elepês – sobre o telhado da Faculdade de Arquitetura e Urbanismo, ao lado, dizendo que eram discos voadores. O curioso era que nós, donos da casa, éramos caretas, arrumados, casados. Não nos relacionamos com os outros condôminos.

Minha mulher de então resolveu criar um cachorro. Em nosso favor, devo dizer que escolhemos uma raça que late raramente, um galgo afegão. Chamava-se Assur, nome pretensioso, reconheço, que muitas pessoas confundiam com Artur. Ninguém no prédio desconfiou que havia um cão em casa. Mas filhote é problema. Tem de aprender à força o lugar das necessidades, a não roer sofás e móveis. A dona o educava como ensinaram: enrolava um jornal, levava o bicho até o lugar da travessura e fazia um escândalo, batendo o jornal no chão e gritando: "Não, Assur!" E pá! "Não, Assur!" E pá! "Não, Assur!" Pá! Que pensaria a vizinhança daquelas pancadas e dos berros?

A resposta veio do vizinho de baixo, ao encontrar-me um dia no elevador:

– Boa tarde, seu Artur.

*Veja SP*, 29 de janeiro de 2003

# A INVASÃO

Vocês nunca ouviram falar de um homem expulso de casa pelos livros. Eu já.

Livros são objetos complicados para algumas pessoas. Intelectuais, críticos, professores, escritores, bibliófilos costumam ter problemas de espaço, de organizar, catalogar, transportar, limpar e conservar os milhares de livros que acumulam ao longo da vida. Tremem diante da idéia de mudar de casa. Tirar da ordem e depois rearrumar aquilo que levaram grande parte da vida arranjando, nem pensar. Muitos casais não se separam para não ter de mudar os livros.

Conheço um professor que se separou quatro vezes e se casou cinco, e mantém bibliotecas nas cinco casas. Tem uma relação encantadora com as ex-companheiras – menos uma – por puro interesse, para continuar com acesso aos livros. Chega a agradá-las com presentinhos de Natal, o sedutor. Quando precisa, instala-se na ex-casa, consulta, anota, devolve os livros ao lugar, ganha até café com biscoito. Para seu azar, os livros mais raros ficaram com a primeira, a inegociável.

O homem de que falei no início, o expulso, nunca se casou. Ou casou-se com os livros. Nem era de muitos amigos. Dizia, citando o Marquês de Maricá, que a companhia dos livros dispensa com grande vantagem a dos homens. Foi educado em seminário, era homem para um latim e um grego sem dicionário. Não emprestava sequer um exemplar, de jeito nenhum. Justificava-se com o seu mestre de Maricá, o qual dizia que no Brasil não se podem emprestar livros, pois os que os recebem os consideram dados. "E olhe que ele morreu em 1848", arrematava.

Comprava-os, com muito critério. Evitava os que brilhavam nas listas de mais vendidos. Citava o historiador inglês Thomas Fuller, que disse, há 350 anos, que a cultura tem lucrado mais com os livros que dão prejuízo aos editores.

Quem compra, lê, e ele lia-os todos, de capa a capa. Já quase não tinha onde guardá-los. Graças à sua erudição, foi convidado por um jornal para escrever resenhas de livros. Após meses de atividade, seu nome e endereço passaram a ser alvo das editoras. Enviavam-lhe obras de todos os gêneros, na esperança de que as divulgasse. Acolhia-as, pensando em Cervantes: "Não há livro tão ruim que não tenha algo de bom". Gostava de citações, como se vê. Sua tolerância não o obrigava a comentá-los, a não ser que fossem de uma ruindade desafiadora, mas chegou a ler muitos, encorajado por uma frase de Aldous Huxley: "Um livro ruim dá tanto trabalho para escrever quanto um bom; nasce da alma do autor com a mesma sinceridade".

Em poucos anos, os livros espalharam-se pelo seu pequeno apartamento de solteirão. Enfileiraram-se pelas paredes do quarto, meteram-se debaixo da cama, sob as mesas de trabalho e de refeições, invadiram a sala, tomaram o corredor, o armário (sob, sobre, dentro). Preocupado, solicitou às editoras que não enviassem mais livros, mas depois que elas põem um nome na lista é difícil tirá-lo. Deixou de escrever resenhas, na esperança de que os volumes parassem de chegar. Por que não se desfazia dos indesejados? Suspeito que já havia pirado.

O último lugar onde estocou livros foi no corredor atrás da porta da rua. Uma pilha vacilante, duas, três, até o teto. Já tinha de passar de lado, espremido, quando iniciou a quarta pilha. Um dia, ao sair, ouviu um barulho enorme após bater a porta. Tentou entrar, forçou a porta, não conseguiu abri-la. Meteu o ombro, nada, nem um centímetro. Chamou o zelador, tentaram, nada.

Trancou a porta a chave e sumiu. Dizem que está morando em Canoa Quebrada.

*Veja SP*, 15 de maio de 2002

# ONDE ESTÁ O NOSSO AMIGO?

*O* visitante costuma chegar em novembro; houve ano em que chegou em outubro e ano em que veio em dezembro. Deve estar a caminho, eu é que estou ansioso ainda no meio de novembro. Não é inquietação infundada: no fim do ano passado ele não veio. Saíra da cidade no final de março, deveria ter voltado até dezembro e não tivemos notícias dele. Estamos perto de outro dezembro, e nada.

A viagem aérea que ele faz, de quinze mil quilômetros, tem seus perigos. Principalmente nas escalas. Homens que não sabem da sua história podem abatê-lo a tiros. Os que conhecem suas habilidades de caçador podem querer aprisioná-lo e vendê-lo a bom preço no mercado clandestino. Acidentes podem ocorrer nas cidades, em cabos de alta tensão. Terá caído nessas armadilhas?

Nosso amigo é uma ave rara; mais precisamente, um falcão-peregrino, da espécie *falco peregrinus tundrius*. Não se sabe por que, há muitos anos escolheu São Paulo para passar as férias de inverno – verão para nós. Se não gosta dos gelados invernos do Norte, por que não se muda para cá em definitivo? Suponho que goste da viagem.

Sinto-me um pouco ligado a ele pela escolha que fez na vida. Entre todas as cidades ao seu dispor – das pequenas e acolhedoras, nos vales, até as mais airosas, nas montanhas – escolheu esta, enorme, problemática. Se tivesse o dom de falar aos bichos, como o santo de Assis, eu lhe diria: "Também não sou daqui, peregrino, e a elegi, mas não sou tão rico de aventuras, como tu, que vives ao sabor dos ventos e das estações, igual a certos milionários, que podem ter dois verões no ano. Não conheces nossos invernos; se ficasses uma vez, verias que não têm nada da inclemência daqueles da Groenlândia ou do Labrador, de onde dizem que vens".

Da última vez que ele veio, estava casado. Nada sei dos hábitos desses peregrinos voadores, não sei se se casam para sempre, se crêem no amor à Vinicius de Moraes, aquele que é eterno enquanto dura, ou se são amantes de um só verão. Casado veio, mas não dormiam na mesma casa. O peregrino pousava no antigo prédio da Cesp, na avenida Paulista; a senhora peregrina preferiu vizinhança mais burguesa, no Morumbi: instalou-se próximo ao palácio do governador.

Estariam brigados? Nada disso. É próprio deles essa distância entre cônjuges. Certos casais humanos também vivem assim, cada um na sua. Talvez o paladar tenha determinado o paradeiro deles naquelas férias paulistanas. Alimentam-se de pombos e morcegos; há muitos pombos na Paulista e morcegos no Morumbi.

O especialista Dalgas Frisch, que acompanha há anos seu ir e vir, diz que são caçadores extraordinários. Mergulham a mais de duzentos quilômetros por hora para agarrar a presa, e só a atacam no vôo. Reis e nobres criam-nos em cativeiro; um falcão-peregrino treinado vale milhares de dólares.

Prefiro acreditar que ele está a caminho. As outras hipóteses são inquietantes ou desagradáveis.

Por exemplo: quem sabe veio, e ninguém reparou? Seria um sinal de que estamos mais insensíveis, que já não temos olhos para o feito extraordinário de um pequeno aventureiro. Os maçaricos já chegaram, vindos do Canadá, em bandos de milhares. Um herói solitário seria pouca coisa para a nossa admiração?

Ou quem sabe o nosso amigo acha que a cidade já não

é a mesma? Não pode fazer isso conosco. Ele como que nos justifica, a todos que viemos para cá, nascidos em outras terras. Nada nos arreda daqui, nem mesmo a campanha que os jornais e as televisões fazem para nos convencer de que isto aqui é uma terra sem lei e sem alma. Cada gesto solidário dos moradores nos convence do contrário e esperamos passar a má fase. Se ele desistir, nos enfraquecemos.

Quem sabe a senhora peregrina o convenceu a buscar outros pousos, variar um pouco? *La donna è mobile.*

Cansou-se de nós? Estará velho para tão longa viagem? Terá morrido pelo caminho, nos gelos canadenses, nos ventos da Nova Inglaterra, nos tornados da Flórida, nas tormentas do Caribe, na seca do Nordeste, nos cabos elétricos da usina de Furnas, ou no rumo de alguma bala perdida?

Já disse: prefiro acreditar que está a caminho. Aguardo-o, entre apreensivo e esperançoso. A idéia de que ele nos tenha abandonado deixa-me com a sensação de que falhamos, e ela é quase dolorosa.

*Veja SP*, 17 de novembro de 1999

# SERVIÇOS PRESTADOS

Deliciei-me um dia desses com a história do cãozinho que guarda um estacionamento na Zona Norte e que a cada gorjeta de um real vai pressuroso até o churrasqueiro vizinho com a cédula na boca e compra um espetinho, que é consumido na hora. Não sei se você, leitor, leu a história. Saiu nos jornais.

O cão, alinhadíssimo, posto que humilde prestador de serviços, apresentava-se nas fotos vestido a caráter para estes dias frios, agasalhado por um corpete de tricô vermelho e cinza. Um vira-lata típico, pequeno, bem brasileiro, malhado em preto e branco, pêlo curto. Com uma diferença: lustroso de saúde.

Em meio a tanto desemprego e fome, Rex – esse o nome dele – passa bem. Chega a comer doze espetos em um dia, variando os sabores: carne bovina, lingüiça e frango. O cearense do fogareiro trata-o como freguês de prestígio, pois dá-lhe desconto, de 25 centavos. Rex entrega-lhe na mão a nota de um real e recebe entre os dentes um espeto. É delicado no abocanhar, um gentleman.

Pois bem. Ganhando uma média de 10 reais por dia, Rex está perto dos trezentos por mês, mais do que o salário mínimo nestes tempos bicudos. Mais do que ganham alguns humanos. Mérito seu. Se virou. Lá dentro da sua cabeça esperta brilhou em dado momento o entendimento, a sacada, heureca: aquelas notinhas esverdeadas valiam comida. Em troca de quê? Corre para lá e para cá, dá umas latidas, mantém o ar atento, e é tudo. Não gasta dinheiro com bobagens, prefere proteínas.

    Ouso tomar mais liberdades no terreno dos costumes dos animais, que me perdoem os estudiosos da zooética. A minha hipótese é de que os vira-latas têm um senso avançado de prestação de serviços. São a seu modo modernos, buscam eficiência e esperam retribuição justa.

    Vejam o caso do Tigrão. Ele ajuda o dono a tomar conta dos carros e da porta da pizzaria Monte Verde. Negro, bom porte, lustroso. Costumava acompanhar o dono que ia de bicicleta para a pizzaria. Quando este arranjou um segundo bico como vigia noturno, passou a deixar o cão preso em casa. Uma bela noite, quem aparece sozinho na pizzaria? O Tigrão. Aproveitara uma distração da dona, portão entreaberto, e fugira, atravessara uns sete quilômetros de ruas, avenidas, Marginal, ponte, viaduto, desde os fins da Casa Verde até o Bom Retiro, e fora reassumir seu posto ao lado do dono. Recebe nacos de frango, lingüiça, macarrão à bolonhesa e deu para gostar de pizza.

    Reparem nos cachorrinhos que acompanham moradores de rua e mendigos. Tomam conta das carroças deles, dos colchões, cobertores e trouxas. Rondam, rosnam contra os intrusos. Comem da mesma comida que eles, aquecem-se nas noites frias. Não há guardiães mais zelosos.

    Na minha casa de menino, o Til ficava de guarda na horta, dava carreiras nas galinhas que escapavam do galinheiro e iam bicar alfaces e couves ou ciscar minhocas nos canteiros. Atentíssimo, responsável. Recebia sua paga. Gostava de pão com leite.

    Até recentemente, no sítio, tínhamos o Zureta, miudinho, esperto, malhado como o Rex. Ele dava o sinal de alerta para os dois pastores alemães, liderava-os nas escaramuças. Era o guarda, o chefe, o capo; desconfio que considerava os outros simples auxiliares. Sempre que podia, capturava e matava um rato durante a noite e o depositava no gramado em frente à cozinha. Provavelmente o trabalho era feito pelos três, mas o Zureta assumia as glórias: quando a primeira pessoa da casa acordava ele postava-se diante do troféu para receber os cumprimentos e os saborosos agrados.

Eu tendo a fantasiar que tudo isso vem de uma noção de dignidade deles, ou de retribuição, sentimento que os torna prestativos em vez de aproveitadores. Exemplo para muita gente.

*Veja SP*, 9 de junho de 2004

# AS BOAS ALMAS

Quase todas as manhãs vejo o senhor que sobe a última quadra da Rua das Palmeiras com um saquinho de supermercado na mão e pára na Praça Marechal. É recebido por uma revoada rasante de pombos, cuja euforia alada logo atrai outros, mais de uma centena, e o senhor murmura "calma, calma", enquanto enfia a mão no saco plástico e atira no chão de terra do playground punhados de farelos de pão e de milho misturados, até esgotar o saco, que sacode de boca para baixo sobre as cabeças e bicos atarefados. Observa a cena por algum tempo, com ar satisfeito, depois volta para casa.

Os bichos de rua têm muitos amigos na cidade enorme. Perto dali, no Parque da Água Branca, ou mais longe, no Parque do Piqueri, ou no Centro, na Praça Ramos, senhoras suaves levam iscas para os gatos, que as rodeiam com miados de boa tarde e obrigado, oh muito obrigado. Talvez isso os torne meio relapsos na caça aos ratos, mas nem adianta dizê-lo à aposentada dona Lourdes, no Piqueri, pois nada mudaria sua rotina de juntar restos de cozinha e carninhas de açougue, cozinhar com um pouco de tempero, "só para dar um gostinho", e promover o vesperal banquete.

Os cães vadios não se organizam em comunidades, como os gatos. Batem perna pelas calçadas até encontrar um catador de papel ou um morador de rua precisado de companhia. Reconhecem-se num só olhar. Aquecem um ao outro no inverno, em morno abraço de carentes. De dia o cão come da comida que o homem arruma, de noite retribui rosnando contra invasores. Em caso de escassez de alimentos, a preferência é sempre do cão. Ao cuidar dele o homem compensa o seu próprio abandono, torna-se um provedor, responsável por alguém mais necessitado e desamparado. Poder dar é a sua riqueza naquele momento. Mais do que riqueza: é a recuperação da sua humanidade.

Se um desses cães sem dono, de pêlo embaçado, encosta em um portão, acaba encontrando alguém que lhe chega uns restos, e vai ficando por ali, e seu pêlo com o tempo brilha agradecido, e ele se torna valente guardião daquela porta. Cães não gostam de ficar devendo obrigação.

Peixes e marrecos engordam nos lagos dos parques públicos, mimados pelos visitantes. No zôo é preciso coibir a compulsão dos alimentadores. No Simba Safári, macacos fazem piquenique sobre os carros. Há quem plante pitangueira no quintal, ou goiabeira, só para farra de passarinhos. Até pardais encontram quireras de afeto. A cidade é o grande albergue das espécies vagabundas.

Numa destas manhãs em que me senti desocupado como esses bichos, segui o senhor dos pombos até a praça. Eles já o conheciam bem, talvez o esperassem. Apreciei os gestos cada vez mais largos com que ele procurava atirar o farelo para os pombos mais afastados, a fim de evitar disputas. Onde não há para todos, sabe-se, a civilidade desaparece. Falei com ele, naquele momento final em que apenas parecia apreciá-los, sorrindo da sua voracidade, e fiquei surpreso ao ouvi-lo dizer que não gostava de pombos.

— Tenho horror da sujeira que fazem nos beirais dos prédios, nas calçadas.

— Por que dá comida para eles, então?

— Não é pela comida. Ponho anticoncepcional no farelo para ver se desaparecem aos poucos.

*Veja SP*, 16 de junho de 1999

# CÃO REENCONTRADO

*E*ra muitas vezes com lágrimas nos olhos que se aprendia a dar valor à amizade, ao caráter e ao amor. Exemplos melodramáticos não faltavam e talvez por isso se tenham tornado marcantes.

Nunca pude me esquecer de um longo poema lido em aula pela professora, no segundo ano primário. Falava de um cão, feio mas dedicado, de que o dono procura se desfazer, afogando-o no mar. Lembro-me da forte emoção com que acompanhamos a leitura, e da minha atenção ao copiá-lo depois. Decorei-o inteiro, e declamava-o para outros meninos, provavelmente quando havia por perto algum bolo de aniversário. Ao terminar a narrativa da tragédia de Veludo, havia olhos úmidos na pequena platéia.

Era esse o nome do cão: Veludo. "Magro, asqueroso, revoltante, imundo" – dizia o poema. Passaram-se os anos e dele restaram em minha memória os seis primeiros versos e uma lição de moral. Nem sabia quem era o autor. Então, numa conversa com o amante de livros Cláudio Giordano, da Oficina do Livro, ouvi dele a promessa: "Vou-te mandar o poema".

Mandou mais do que isso: a cópia da folha de rosto do volume onde ele aparecera e toda a genealogia do tema. Chama-se "História de um cão"; o livro, *Sonetos e rimas*; o poeta, Luiz Guimarães; a edição é de 1886. A qualidade? Não importa, nesse caso. Reencontrei o menino sentimental que fui e ele foi quem leu para mim a história.

Começa assim: *Eu tive um cão. Chamava-se Veludo:/ Magro, asqueroso, revoltante, imundo;/ Para dizer numa palavra tudo/ Foi o mais feio cão que houve no mundo.* Alguém se lembra? *Recebi-o das mãos de um camarada/ Na hora da partida.* Exatamente aí terminavam as minhas lembranças.

Prossegue a história dizendo que o amigo tinha lágrimas nos olhos ao se separar do cão. Mais do que isso: "Nos olhos seus o pranto borbulhava". E ao se despedir deseja que o cão console o novo dono "no mundo ermo de amigos". Veludo demorou a acostumar-se, pois "chorava o antigo dono que perdera". Uivava à luz da lua. Cinco meses depois, o narrador recebe uma carta do amigo, contando detalhes da viagem e recomendando "o pobre do Veludo". O cão – incrível – acompanhava a leitura, "tranqüilo e atento", e o narrador viu "seus olhos gotejarem de saudade". Teria sentido o cheiro do antigo dono na carta? Depois lambeu as mãos do homem, estendeu-se a seus pés e "adormeceu contente".

Mas aquele cachorro incomodava o novo dono. Deu-o à mulher de um carvoeiro. Respirou aliviado por não ter mais de dar um osso diariamente "A um bicho vil, a um feio cão imundo". Porém à noite alguém bateu à porta: "Era Veludo". Lambeu as mãos do narrador, farejou a casa satisfeito e foi dormir "junto do meu leito". Para se livrar, resolveu matá-lo. Numa noite, em que "zunia a asa fúnebre dos ventos", levou Veludo para o mar, de barco. *Contra as ondas coléricas vogamos;/ Dava-me força o torvo pensamento.* Longe da costa, ergueu o cão nos braços e atirou-o no mar. *Ele moveu gemendo os membros lassos/ Lutando contra a morte. Era pungente.* Doloroso que fosse, o narrador deixou-o lá, voltou à terra, entrou em casa, e ao tirar o manto notou – "oh grande dor!" – que havia perdido na operação o cordão de prata com o retrato da mãe, "uma relíquia que eu prezava tanto!" Concluiu, com rancor, que a culpa era do cão: *Foi esse cão imundo/ A causa do meu mal!* E completou: se duas vidas o animal tivesse, duas vidas lhe arrancaria.

Nesse momento, ouviu uivos à porta. "Era Veludo!" (Arrepiado, leitor?) O cão arfava. Estendeu-se a seus pés, *e docemente/ Deixou cair da boca que espumava/ A medalha suspensa da corrente.*

Sacudiu-o, chamou-o. "Estava morto".

Aprendíamos dramaticamente os valores da vida.

*Veja SP*, 2 de outubro de 2002

# EU JÁ FUI MATA-MOSQUITO

Não havia dengue, não havia nada.
O homem passava a cada dois meses, dia incerto, sem anunciar. As vizinhas e os meninos da rua é que se apressavam a passar de casa em casa a notícia da chegada do inevitável, o temível visitante que ninguém podia recusar. Mães percorriam a casa apressadas, olhos que tudo vêem, camuflando apressadas algo que pudesse desagradar o homem. Ninguém podia detê-lo, estorvá-lo, questioná-lo. Não havia juiz que o impedisse de entrar. Ai daquele que deixasse solto, de propósito, um cachorro bravo!
Corríamos para o portão, para ver o homem movimentar-se entre uma casa e outra. No portão dos vizinhos de baixo uma bandeira amarela indicava que ele estava lá. Aguardávamos, imaginando o que estaria acontecendo na casa. E então ele saía. Calças e dólmã de um cáqui puxando para o amarelo; quepe, cinto e borzeguins pretos; no cinto de utilidades, um martelo de furar, um martelo de quebrar, luvas de borracha; nas costas, uma bomba de cobre, de onde saía uma mangueira com borrifador. O homem olhava o outro lado da rua, voltava-se, desprendia a bandeira amarela, enrolava-a em seu cabo, botava-a debaixo do braço, atravessava a rua, batia palmas ou tocava a campainha e aguardava. Quando atendiam, ele invariavelmente anunciava em alta voz:

– Saúde pública!
Abriam, ele afixava no portão a bandeirinha amarela e sumia lá para dentro. Quinze, vinte minutos depois saía, repetia todo o cerimonial e dirigia-se à nossa casa. Não dava bola para meninos, cônscio de suas responsabilidades. Apesar de estarmos lá, batia palmas. Ajudávamos, chamávamos "Mãe!", e quando ela aparecia ele anunciava, percebíamos, com um tom de cumprimento cívico do dever:
– Saúde pública!
O anúncio deveria fazer parte do ritual, ou da norma. Entrava, íamos atrás. Primeiro de tudo ia até a porta da cozinha e lia as anotações de uma papeleta amarela colada ali por um deles, válida por um ano, tão intocável quanto ele. Ai de quem rasgasse ou adulterasse aquela papeleta! Ali se anotava o que fora encontrado de errado na última visita, para conferir se o problema fora sanado. Se não, multa! Depois andava pela casa, absoluto, rei. Entrava nos quartos, procurando até debaixo das camas. Já sabíamos o quê: rachaduras, buracos, barbeiros, percevejos. Na cozinha conferia trincas, se houvesse um buraco suspeito mandava tapar. Não tínhamos pia, lavávamos tudo no tanque, depois as panelas lavadas com areia fininha e sapólio secavam ao sol, esplêndidas. Conferia o despejo do tanque, para onde escorria a água servida. "Sanitário?" – perguntava, distinto, e minha mãe constrangida mostrava a casinha no quintal.

Borrifava o interior com uma mistura que cheirava a creolina e inseticida, saía, borrifava plantas, moitas, cantos, percorria o quintal e ah!, lá no canto do muro, perto das bananeiras, a irregularidade: um monte de latinhas que meu irmão mais velho, de uns dez anos, colecionava com zelo e ciúmes othelianos. O homem pegou o martelinho, desfez o monte com o pé e foi furando, uma a uma, indiferente aos gritos desesperados do meu irmão: "Não fura! Não fura minhas latinhas! Não fura!" Com prática e eficiência terríveis, o homem nem se agachava, apenas firmava a latinha com o pé esquerdo, levantava a arma e paf! Acostumado com protestos, ainda mais de criança, nem os ouvia, olímpico, cumpridor. Depois, intocado pela dor que espalhara, voltou para a cozinha, anotou sua visita na papeleta atrás da porta, despediu-se com uma leve continência, saiu, olhou a vizinhança, sabendo que a gritaria do meu irmão acrescentara poder à sua figura, e dirigiu-se a outra casa, do outro lado da rua.

No grupo escolar, o programa sanitário incentivava o estudo dos terríveis mosquitos anofelinos, que transportavam nos ferrões febres mortais e tremores. Aprendíamos como se reproduziam, como combatê-los. Para reforço, encenavam no grupo a vida de Oswaldo Cruz. Lembro-me de quem ganhou o papel principal, o Ney, baixinho estudioso. O papel de esposa dele ficou com Maria Eugênia, linda, minha paixão secreta. Tive ciúmes, ódio do Ney. Queria até que os mosquitos vencessem aquela guerra. Mas quando perguntaram quem queria fazer papel de mata-mosquito levantei rápido o braço, só para ficar ao lado de Maria Eugênia durante algum tempo, no palco. Foi por paixão que aos oito ou nove anos de idade fui mata-mosquito de Oswaldo Cruz.

*O Tempo,* 10 de fevereiro de 1999

# O RECADO DAS ABELHAS

Apareceu uma abelha no meu apartamento. Entrou naquele estilo das abelhas, de quem tem pressa e obrigações, zumbindo em rápidos círculos, suponho que no serviço escoteiro de captar aromas. Logo decepcionou-se, ou não foi isso, mas por ser assim ligeiro o trabalho delas, e buscou o caminho de volta. Porém, entre ela e o mundo polinizado, interpôs-se um elemento desconhecido: a vidraça. Bateu nela várias vezes até admitir a derrota, e pousar.

Entrara fácil por um basculante e perdera o rumo naquele ambiente sem ventos, vibrações ou sinais. Achou mais prudente caminhar sobre a superfície lisa do vidro, tateando brechas. Depois, sem êxito, iniciou nova tática. Voava, buscava aragens, voltava ao mistério transparente, zumbia percorrendo-o velozmente, parava, recomeçava, até que parou exausta.

O que viera fazer ali, num 11º andar? Como ajudá-la?

Quando eu abria a janela, a lâmina de vidro corria paralela àquela onde ela estava e a prendia entre as duas. Antes de abrir, eu teria de afastá-la dali com uma revista, correndo o risco de ser picado, e imediatamente deslizar a janela, abrindo um vão salvador. Mas ela voava e voltava ao mesmo ponto, teimosamente, sem perceber que a liberdade estava a meio metro. Tive de enxotá-la várias vezes até que ela descobrisse a porta da armadilha. Foi.

Comentei a visita com minha filha, e ela:
– Pai, elas aparecem no escritório todo dia.
Abelhas no Centro de São Paulo? Passei a reparar, e confirmei: sim, há. O que mais me intriga é a colméia: onde fica? Será que alguém as cria no Centro? Minha cabeça fantasia um apicultor extravagante numa cobertura da Avenida São Luís. Quem sabe no edifício Martinelli? Teriam elas feito casa em algum vão, sótão, beiral, oco de árvore? E ninguém se dá conta, não vê o entra-e-sai? Seriam as mesmas que voejam cheirosos abacaxis no Mercado Central ou enjoativas jacas no caminho do Brás? Seriam suas irmãs as que recolhem açúcares nas cocadas e quebra-queixos da Sé? Ou, se não habitam na vizinhança, por que se aventuram tão longe a procurar alimento? A coisa está tão ruim assim no campo?

Lembrei-me de Olavo Bilac, que numa crônica de cem anos atrás, escrita justamente para criticar a vagabundagem carioca, cita as abelhas operosas que encontrara trabalhando no Centro do Rio enquanto os mandriões deixavam-se ficar sentados pelas calçadas. Pensei: cem anos, e nada muda?

Essas abelhas urbanas querem dizer-nos alguma coisa. Não que tenham o propósito de conversar, mas o fazem simbolicamente.

Trabalhamos, elas dizem, mesmo em condições tão difíceis. O Centro é para nós como a recessão para vós: levamos pouco para casa. Mas é melhor que nada. Não esperamos que as coisas caiam do céu: voamos atrás. Conosco não tem corpo mole, não tem essa de pedir uma ajuda, estender a mão ou o chapéu, aproveitar-se de quem trabalha. Não existem gangues ou delinqüentes em nosso meio, umas não tomam o mel das outras nas esquinas, não há casos de assalto à colméia alheia, mesmo nesta penosa vida urbana. Poupamos, estocamos nossos bens e os distribuímos igualitariamente. Cultivamos a ordem e a solidariedade. Nossas rainhas são eleitas ao nascer, sem politicagem, corrupção ou favores. Quando surgem duas com igual poder, uma se retira junto com seus partidários, sem crises nem insultos parlamentares.

Distraio-me, pensando nessas ingenuidades, enquanto lá fora o Centro fervilha num ir e vir de pessoas atarefadas, buzinas, motores, zunzum. É o que os maus poetas costumam chamar de colméia humana...

*Veja SP*, 4 de abril de 2001

# MÍNIMAS COISAS

*T*anto quanto as grandes invenções da humanidade, como a roda, a escrita, os números, a fissão nuclear, a fibra ótica, intrigam-me as pequeníssimas, despercebidas criações, achados, sacadas, presentes em nossos gestos ou nas tarefas diárias. Tão comuns que a gente nem repara, mas exigiram inteligência, observação e habilidade, lá no começo. Muitas nasceram de experimentações que talvez tenham levado séculos para se tornar primeiro uma coisa que se aprendia, imitando, e depois um gesto que nem é preciso pensar para fazer.

Não sei se estão me entendendo. Talvez eu esteja complicando. Vou dar um exemplo que não é o que estou querendo dizer, porque certas coisas são mais fáceis de explicar pela negação. Por exemplo: se coçar. É uma coisa maravilhosa, fonte de alívio, conforto e prazer. Uma ação que pode ter levado milênios para se tornar uma habilidade comum. Mas o se coçar não se aplica ao que estou querendo dizer, porque até um recém-nascido se coça, numerosos bichos se coçam, todos resolveram um problema comum do mesmo jeito, e estou pretendendo falar é de pequeníssimas habilidades que o homem desenvolveu para si.

Por exemplo: assoar o nariz *para dentro*. Para fora, há bichos que fazem, ou seja, obrigar o ar dos pulmões a sair com força pelas narinas, para se livrar de muco ou de algum incômodo. E para dentro? Como é que se chama assoar o nariz para dentro? É fungar, aspirar, mas esses verbos não explicam muito bem. Em Minas existe "sungar o nariz" – mas como se chama isso em lugares de gente menos esquisita? Crianças contam uma piada que é baseada nisso, mas contam imitando o gesto e não nomeando-o com palavras. A piadinha é uma pergunta e uma resposta: "Por que o nariz da vaca pinga?" "Não sei. Por quê?" "Porque ela não sabe fazer assim, ó" (e quem conta sunga o nariz).

Outro exemplo: soprar. Para avivar um fogo. Sem essa tecnologia simplíssima, como teria o homem prevalecido, mantido a chama? Soprar alivia uma dor, uma ardência. Esfria uma sopa, mantém no ar uma pluma, seca o esmalte, eriça os pêlos da nuca...

Outro, bem mais recente, porém esperto: como o homem aprendeu, e esse conhecimento passou de geração para geração, como aprendeu que dobrando uma folha de papel, vincando com a ajuda da unha do polegar, depois desdobrando e puxando com jeito cada parte da dobradura poderia partir o papel certinho, retinho, exatamente onde pretendia?

Mais um exemplo, uma criação sem registro, sem data, uma habilidade pequena e preciosa: dar um nó. Tem coisa mais criativa, mais útil, mais bem sacada e anônima, perdida na memória dos milênios?

E como alguém percebeu que fechando um olho a pessoa melhora a precisão da sua pontaria? Pelo raciocínio pode-se concluir que a grande sacada da pontaria aconteceu com o desenvolvimento do arco e da flecha, situado pela *Cronologia das ciências e das descobertas*, de Isaac Asimov, em torno de 20 mil anos a.C.. Atirar lanças e pedras não exigia esse tipo de mira. Quantos mil anos foram necessários para afinar e difundir essa habilidade? Todos os povos flecheiros do planeta miram assim. Os atiradores de armas de fogo herdaram esse conhecimento. Pequenas coisas, grandes coisas.

Como se descobriu que colocando a mão aberta em pala na testa, acima dos olhos, cria-se uma proteção contra o sol? Nenhum animal inteligente sacou isso, só o homem.

Termino com o adeusinho. Tem coisa mais simpática, mais da paz, mais comunicativa, mais civilizada do que um adeusinho?

*Veja SP*, 30 de agosto de 2006

# NÓS E A NOSSA TRAGÉDIA

*É*ramos nós que estávamos na mira do revólver daquele homem que se agitava dentro do ônibus da linha 174 no Rio de Janeiro, seqüestrado por ele, estacionado no Jardim Botânico com oito passageiros, segunda-feira passada.

Éramos nós que aquele homem descontrolado puxava pelos cabelos, sacolejando para cá e para lá, como um boneco de pano desconjuntado, batendo nossos braços e pernas nos ferros dos bancos e dos balaústres. Vivíamos naquelas horas o medo intenso dos desprotegidos, o desespero dos desamparados, jogados nas mãos de um Mal incompreensível. Por que eu? Se tivesse me atrasado, como tantas vezes, se não tivesse saído hoje, ou mais cedo, ou nunca. Por que eu, filha, pai, mãe, avó, amante, por que justo eu, naquele ônibus, naquela hora?

Éramos nós que ali, durante quatro horas, tínhamos sede e suávamos os últimos suores, sofríamos a incontinência inominável, fazíamos o último balanço de nossas vidas, pensávamos nos sofrimentos dos queridos que nos viam na televisão, à mercê, como coisas.

Éramos nós que pulávamos as janelas do ônibus seqüestrado, mais ágeis ou mais espertos, ou escapávamos pela porta de trás largando tudo, ou respirávamos aliviados quando escolhidos pelo seqüestrador para sair do inferno, enquanto outros ficavam nas mãos do destino.

Éramos nós que saíamos pela porta da frente com uma arma engatilhada na nuca, contidos pela cabeleira como um potro xucro, mãos para o alto pedindo clemência, juízo, bom senso, éramos nós a moça escolhida para aquele último número do espetáculo.

Éramos nós também que estávamos ali fardados, negociando com a insanidade, tentando aplacar o pavor e a revolta, dando água, cigarro, celular e razões para viver, tentando vencer o medo maior do homem, procurando entender por que tudo aquilo e mesmo morrer seriam melhor coisa do que ir preso, buscando salvar os outros que ali estavam dos tiros a qualquer momento possíveis. Estávamos também escondidos na escuridão, ansiosos, apontando armas de precisão à espera da ordem e do momento certo que não vinha. Estávamos ali, agachados na frente do ônibus, escondidos, submetralhadora em riste, sonhando com – ah! – com um momento de heroísmo em que íamos resolver aquela parada. Estávamos também ali, na escuridão, alimentando o ódio minuto a minuto, pensando: ah, se eu pego esse vagabundo!

Éramos nós que estávamos diante da televisão, estarrecidos como o presidente disse que estava, assistindo impotentes ao desfile de atrocidades, como se aqueles seqüestrados estivessem na sala de tortura de uma prisão, à mercê da loucura e dos desejos sádicos de quem controla a situação. Éramos os telespectadores e ficávamos torcendo para alguém dar um tiro naquele bandido, pondo fim à nossa angústia. Queríamos eliminar um, como se eliminando-o, eliminássemos o problema. Queríamos salvar o país e a sociedade das mãos desses monstros drogados. Mostrar para ele, para eles todos, como tratamos marginais da sua espécie. Queríamos um exemplo, uma lição. Para isso estávamos diante da tevê, armando estratégias, esperando uma oportunidade para descarregar num tiro certeiro toda a nossa raiva e apreensão. Queríamos o final feliz à maneira daquele a que fomos acostumados: reféns salvos, bandido morto.

Finalmente e contra a nossa vontade éramos aquele bandido, aquele desdentado, mestiço, aquele que vivia nas ruas desde quando era menino e escapou do massacre da Candelária, criado em meio ao crime, destinado ao crime, sem família, sem escola, como tantos outros brasileiros largados por aí, e que um dia, criminoso escolado, perseguido pela polícia, entrou num ônibus da linha 174, exibiu um revólver 38, fez dos passageiros reféns, aterrorizou-os e barbarizou-os lá dentro durante quatro horas, cercado pela polícia e pelas câmaras da televisão, alvo afinal da atenção de todos, até que saiu do ônibus com o revólver apontado na cabeça de uma refém, foi atacado de repente, e atirou, atirou, atirou, ferindo-a mortalmente, e foi agarrado, carregado para dentro de um carro da polícia, onde, longe dos olhos de todos, foi estrangulado e se acabou.

*O Tempo*, 18 de junho de 2000

# EM PAZ

Algumas regrinhas de convivência evitam discussões, contrariedades e sangramentos.

Homens, se vocês não querem irritar suas companheiras ou namoradas, não falem bem da "ex" na presença delas. Não se sabe por que, elas se sentem comparadas. Não adianta vocês dizerem que não estão comparando. Não existe "ex" isolada – insípida, inodora e incolor. Outra coisa. Não é bom, nem justo, ironizar mulher ao volante, mas se for irresistível, não generalizem. Não insistam em transar se ela não estiver no clima. Não se recusem a transar se ela estiver no clima. Levantem e abaixem o assento do vaso sanitário nos momentos certos, e procurem não confundir qual é o momento certo. É superinconveniente aquele ar vago quando ela fala com vocês. Não resmunguem em vez de dizer logo o que pensam, porque fica claro que vocês não concordam com o que ela está dizendo mas já não têm paciência para argumentar. E podem achar que é, mas não digam nunca que beijinho é frescura.

Mulheres, se vocês não querem irritar o seu companheiro ou namorado, não se irritem com as coisas irritantes que ele é capaz de fazer. Não reclamem de certa desorientação momentânea própria do homem quando se depara com coisa nova. Aquele ar de perdido se dissipa até a próxima novidade. Não questionem suas certezas quanto aos caminhos a seguir, pois se ele estiver certo tripudiará vitorioso sobre vocês e se não estiver certo ficará tão mal-humorado que deixará vocês mal-humoradas. Não reclamem da bagunça feita por ele em qualquer ambiente da casa, o que pode ser apenas uma noção muito pessoal de ordem, e aí é melhor negociar item por item. Ao sair à noite, combinem antes os limites, pois ele odeia ouvir "já chega" quando pede o terceiro uísque.

Filhos, não bufem quando a mãe vier outra vez com aquela história de boletim horrível, porque isso só vai piorar a coisa. Ou quando ela fizer alguma observação sobre comportamento, mesmo que não achem o de vocês tão desagradável assim. Para simplificar, não ponham os pés calçados sobre o sofá, não durmam com a roupa que veio da rua, não deixem caixas com restos de pizza na mesinha da sala, sejam discretos com os gases superiores e inferiores, não ocupem por tanto tempo o único telefone da casa, não extrapolem na conta do celular, não cheguem muito fora do horário combinado. Custa?

Vizinhos e vizinhas, não deixem começar o quebraquebra da reforma antes das nove. Não estacionem o carro na frente da garagem ao lado nem que seja por um minutinho, porque é exatamente naquele minutinho que o vizinho vai querer sair ou entrar. Controlem os alto-falantes. E nunca, jamais, andem de saltinhos se moram no apartamento de cima, só calcem os sapatos ao sair. É fundamental não criarem cachorro que late.

Convívio de artistas também tem suas regrinhas. Quem não quer se indispor com escritor de um grupo não elogia livro do grupo contrário. (Drummond escreveu que a vida literária não cria amigos, mas cúmplices.) Um maestro só diz para os íntimos o que realmente pensa sobre a obra de outro. O poeta federal não perdoa quem omite o seu nome nas listas dos príncipes. Um romancista que lhe manda livros não suporta perceber que na sua estante não há livros dele.

E há generalidades, manual de sobrevivência. Quem não quer viver perigosamente não olha de modo indiscreto para mulher acompanhada, não dirige a mais de 120, não come camarão em espelunca, não nada em rio de piranha, não encara bandido, não encara polícia, não fuma, não sai de casa sem os vinte do ladrão, não mistura álcool, limão, gelo e volante.

*Veja SP*, 29 de setembro de 2004

# ESTAMOS A CAMINHO

Quando começa o futuro?
Charles Kettering, um engenheiro americano que se dedicou a inventar, a criar patentes, a buscar pontes entre o que existia e o que deveria existir, disse certa vez: "Interesso-me pelo futuro porque é lá que vou passar o resto da minha vida". Outra pessoa, não sei quem, disse que o futuro era o melhor lugar para guardar sonhos. É lá que estão os nossos planos e projetos.
É para lá que estamos indo.
Nascemos e nos pomos a caminho. Cada passo, um avanço. E, pequena ou grande, uma mudança. Mudamos quando incorporamos hábitos, modos de ver, habilidades, ousadias, cautelas, enquanto aprendemos, enquanto crescemos para dar espaço ao que cresce em nós, mudamos a cada acréscimo que transforma o bebê em menino, o menino em adolescente, o adolescente em adulto, o adulto em homem maduro, o maduro em velho – é para lá que nossas mudanças nos levam, para o futuro.
Deixamos algo pelo caminho? Em algum momento podemos ter deixado uma qualidade que teria feito de nós uma pessoa melhor, ou talvez tenhamos deixado um defeito que nos teria perdido. Um medo que nos teria inibido. Um amor que nos teria dado outro rumo na vida. Em cada uma das nossas decisões, nos preparamos às cegas para o futuro. O destino é o quê, senão o futuro revelado?

Na infância, somos passivos nas mudanças. Elas são-nos impostas ou apenas precisamos de estímulo para deixar a fralda e seguir em frente?

O escuro que nos amedronta com seus estalidos e suas sombras se transforma um dia em simples falta de luz, e com isso crescemos. Fomos nós que mudamos, não o escuro.

Aquela mãe de quem éramos inteiramente dependentes de repente nos limita, vira uma pessoa que se preocupa de um jeito que ultrapassa nossa capacidade de compreendê-la. A força do pai, que nos dava confiança, um dia vemos como dominação e barreira. Eles não mudaram, fomos nós que mudamos, em busca de espaço, aventura, realizações: em busca de nós mesmos.

A escola amplia o mundo, é lugar de escolhas, tarefas, tempo dividido entre obrigações e descobertas. Comparações: chega o dia em que a mãe não é a mais linda das mulheres, o pai não é o mais forte dos homens. O futuro é incluído claramente nas nossas tarefas: o que você vai ser? O amor vem em meio a outras tantas mudanças, junto com os hormônios. E então, rapaz, o que você quer, o que vai ser na vida? E você, moça? Somos levados a assumir sozinhos o comando das mudanças, com vistas ao futuro: carreira, casamento, filhos, patrimônio, barriga.

É um longo período.

Existem aqueles que chegam à maturidade investidos de uma secreta superioridade, tocam a bola como um time que está ganhando na metade do segundo tempo. Não querem mais mudanças, sentem-se confortáveis dentro do futuro. Só têm uma preocupação: até quando ele vai?

Muitos se inquietam nessa fase – "É este o meu futuro?", perguntam-se – e ensaiam novas mudanças, que não se fazem sem algum sofrimento, mesmo quando trazem melhoras. Um velho ditado árabe diz que os homens às vezes precisam ser sacudidos, como os tapetes.

Outros querem mudar, mas deixam para segunda-feira.

*Veja SP*, 17 de dezembro de 2003

# VAI

Quer ir? Vai. Eu não vou segurar. Se tem uma coisa que não dá certo é segurar uma pessoa contra a vontade, apelar para o lado emocional. De um jeito ou de outro, isso vira contra a gente, mais tarde: não fui porque você não deixou, não fui porque você chorou. Sabe?: existem umas harmonias em que é bom a gente não mexer muito não. Estraga a música. Tem a hora dos violinos e tem a hora dos tambores.

Eu compreendo, mas compreendo perfeitamente. Olha, e até admito: você muda pra melhor. Fora de brincadeira, acho mesmo. Eu sei das minhas limitações, pensei muito nisso quando tava tentando te entender. É, é um defeito meu, considerar as pessoas primeiro. Concordo. Mas não tem mais jeito, eu sou assim. Paciência.

Sabe por que eu digo que foi pra melhor? Ele faz tanta coisa melhor do que eu! Verdade. Tanta coisa que eu não sei, não aprendi por falta de tempo, de oportunidade – ora, pra que ficar me desculpando?: por falta de talento, não é? Eu sei ver as qualidades de uma pessoa, mesmo quando é um homem que vai roubar a minha namorada. Roubar não: ganhar.

Compara. Ele dança muito bem, chama até a atenção. Nada que é uma maravilha, anda de bicicleta como um acrobata de circo, de moto, sabe atirar, é uma fera no volante, caça – e acha – monta a cavalo, mete o braço, pesca, veleja, mergulha... Quer companhia melhor?

Eu danço mal, você sabe. Não consegui ultrapassar aquela fronteira larga entre a timidez e a ousadia, entre a discrição e o exibicionismo, que separa o mau e o bom bailarino. Nunca fui muito além daquela fase em que uma amiga compadecida precisava sussurrar no meu ouvido: "Dois pra lá, dois pra cá".

Atravessar uma piscina eu atravesso, uma vez, duas talvez, mas três? Menino de cidade, e pobre, não tive córrego nem piscina – e é com olhos invejosos que eu o vejo na água, afiado como se tivesse escamas.

Moto? Meu Deus, quem sou eu pra subir num negócio daqueles? Pra ser bom nisso é preciso ter aquele ar de quem vai passar roncando na frente de todo mundo, e esse ar ele tem.

Montar? É preciso ter essa certeza, que ele tem, de que cavalo foi feito pra ser dominado, arreado, freado, ferrado e montado. Eu não tenho. Não tá em mim. Eu ia montar como se pedisse desculpas ao cavalo pelo incômodo, e isso não dá, não pode dar um bom cavaleiro.

O jeito como ele dirige um carro é humilhante. Já viajei com ele, encolhido e maravilhado com a velocidade. Você conhece o jeitão. Não vou ter nunca aquela noção de tempo, a decisão, o domínio que ele tem. Cada um na sua. Eu troquei a volúpia de chegar rapidinho pelo prazer de estar a caminho. No amor também.

Caçar... dar um tiro num bicho... Ele tem isso, a certeza de que o homem é o senhor do universo, tudo tá aí pra ele. Quem me dera. Quando penso naquela pelota quente de aço entrando no corpo do bicho, rasgando tudo e quebrando... Não, não tenho coragem.

Aí é que eu tô perdido mesmo, no capítulo da coragem. Ele faz e acontece, já vi. Mas eu? Quantas vezes já levei desaforo pra casa? Levei e levo. Se um cachorro late pra mim na rua, vou lá e mordo ele? Mudo de calçada.

Outra coisa: ele é mais engraçado do que eu. Fala mais alto, ri mais à vontade, às vezes até chama um pouco a atenção, mas... é a idade. Lembra aquela vez que ele levou um urubu e soltou na igreja no casamento do Carlinhos? Lembra aquele vidrão de vaselina que ele deu pra noiva do Raul no dia do casamento, lembra a cara dela quando abriu o pacote? E aquela vez que ele sujou de cocô de cachorro as maçanetas dos carros na porta da boate? Lembra que sucesso? Não consigo ser engraçado assim, não tá em mim. Por isso que eu não tenho mágoa. Ele é muito mais divertido. E mais bonito também. Vai.

Olha, não vou dizer que isto tenha importância pra você, que possa ter influído na sua decisão, mas ele tem mais dinheiro, você sabe. Ele tem até, sabe?, aquele ar corajoso dos ricos, aquela confiança de entrar nos lugares. Eu não. Muito cristal me intimida. Os meus lugares são uns escondidos onde o garçom é amigo, o dono me confessa segredos, o cozinheiro acena lá do quadradinho e me reserva o melhor naco. É mais caloroso, mas não compensa o brilho, de jeito nenhum.

Ele é moderno, decidido. Num restaurante, não te oferece primeiro a cadeira, não olha se você está servida, não oferece mais vinho. Combina, não é?, com um tipo de feminismo. Você que se sente, peça o que quiser, se sirva, chame o garçom. Também não procura saber se você está satisfeita. Eu sei que é assim que se usa, agora. Até no amor. Já eu sou meio antigo, ultrapassado: gosto de umas cortesias.

Também não vou dizer que ele é melhor do que eu em tudo. Isso não. Eu sei, por exemplo, uns poemas de cor, li alguns livros, sei fazer papagaio de papel, posso cozinhar uns dois ou três pratos com categoria, tenho certa paciência pra ouvir, sei fazer uma ótima massagem pra dor nas costas, mastigo de boca fechada, levo jeito com crianças, conheço umas orquídeas, tenho facilidade pra descobrir onde colocar umas carícias, sei umas coisas de cinema, não bato em mulher.

E não sou rancoroso. Leva a chave pra o caso de querer voltar.

Revista *Goodyear*, julho/agosto/setembro de 1987

# CRONOLOGIA

### 1936
Nasce em Barbacena, Minas Gerais, em 4 de fevereiro, filho de Jesus Geraldo Angelo e Divina Vianna.

### 1937
Muda-se, com os pais e dois irmãos, para Belo Horizonte, onde o casal terá mais cinco filhos.

### 1954
Conclui o curso colegial, no Colégio Anchieta.

### 1956
Liga-se ao grupo da revista de arte e cultura *Complemento*.

### 1958
Assina a coluna Plantão Literário, no *Diário da Tarde*, de Belo Horizonte.
Inicia curso de Sociologia, na Faculdade de Ciências Econômicas.

## 1959

Torna-se repórter e, em seguida, copidesque no *Diário da Tarde*.
Abandona o curso de Sociologia.

## 1959

Com um livro de contos inédito, *Homem sofrendo no quarto*, ganha o Prêmio Literário Cidade de Belo Horizonte.

## 1961

Publica seu primeiro livro, *Duas faces* (Itatiaia), que reúne contos de *Homem sofrendo no quarto* e duas novelas de Silviano Santiago.

## 1962

Editor e cronista do *Correio de Minas*, de Belo Horizonte.
Passa a publicar crônicas também na revista mensal mineira *Alterosa*.

## 1963

Começa a escrever o romance *A festa*, que após o golpe militar será interrompido por muitos anos.

## 1964

Colunista do *Diário de Minas*, de Belo Horizonte.

## 1965

Integra grupo de criação na Asa Publicidade.
Muda-se para São Paulo, convidado para ser editor no *Jornal da Tarde*, que circulará a partir de janeiro de 1966.

## 1968

Secretário de Redação do *Jornal da Tarde*.

## 1974

Volta a trabalhar no romance *A festa*. Refaz todo o plano da obra, que abordará agora o período da ditadura militar e da guerrilha urbana.

## 1976

Publica *A festa* por uma pequena editora de São Paulo, a Vertente. O romance recebe o Prêmio Jabuti, da Câmara Brasileira do Livro.

## 1979

Publica *A casa de vidro*, reunião de cinco de novelas.
Sai pela editora Flammarion, de Paris, *La fête inachevée*, tradução de *A festa* por Marguerite Wüncher.

## 1981

Escreve roteiros para o seriado *Plantão de polícia*, da Rede Globo.

## 1982

A editora Avon-Bard, de Nova York, publica *The celebration*, tradução de *A festa* por Thomas Colchie.
Um júri de críticos e professores universitários, consultados pela revista *IstoÉ* (edição de 12.05.1982), aponta *A festa* como o mais importante livro de ficção brasileiro do período 1972-1982.

## 1983

Participa da First Latin American Book Fair, em Washington, D.C. Faz palestra e lê trechos de sua obra.

Leitura e palestra no Brazil Seminar, na Universidade de Toronto, Canadá.

Lê trechos de *The celebration* no 4th International Festival of Authors at Harbourfront, em Toronto.

Palestra sobre seu trabalho na Universidade de Yale, no curso de literatura em português e espanhol.

Participa de encontros, palestras e conferências sobre sua obra e literatura brasileira, em Nova York, Washington e na Universidade de Yale.

Grava, para os arquivos da Library of Congress, Hispanic Division, em Washington D.C., depoimento e histórias de *A casa de vidro* e de *A festa*.

## 1984

Representa o Brasil no XI Simpósio dos Amigos da Literatura Búlgara, em Sófia e Varna, na Bulgária.

## 1985

Integra a caravana de escritores brasileiros convidados que realizam palestras e leituras em várias cidades de Portugal.

## 1986

Sai, pela editora Avon-Bard, de Nova York, *The tower of glass*, tradução de *A casa de vidro* por Ellen Watson.

Editor-chefe executivo do *Jornal da Tarde*.

## 1986

Publica o livro de contos *A face horrível*, pelo qual recebe o prêmio da Associação Paulista dos Críticos de Arte.

Participa, com palestras e leituras, do seminário Iberoamericana, em Hamburgo, na Alemanha.

## 1988

Participa do seminário Brasil: o Trânsito da Memória, na Universidade de Maryland, EUA, com a conferência *Nós que amávamos tanto a Literatura*.

Representa pela segunda vez o Brasil no International Festival of Authors, em Toronto, Canadá. Lê trechos de *The tower of glass*.

## 1989

Participa, com outros escritores brasileiros, do 1º Congresso de Escritores de Língua Portuguesa, na Fundação Gulbenkian, em Lisboa.

Participa do seminário realizado pela Fundação Konrad Adenauer, sob o tema Cultura y Desarollo en América Latina, em Cadenabia (Itália).

Participa do encontro de autores latino-americanos Gewalt und Zärtichkeit, realizado no Tabakmuseum, em Viena.

## 1992

Sai, pela Residenz Verlag, de Salzburgo, Áustria, *Das Fest*, tradução para o alemão de *A festa*, pelo escritor austríaco Robert Menasse. Em agosto, o romance entra na lista de melhores livros, Die Bestenliste, da Südwestfunk – Redaktion Literaturmagazin, apontados por 28 críticos alemães.

## 1994

Participa da Feira do Livro de Frankfurt, na qual lê trechos de sua obra.

A convite da Casa da Cultura do Mundo (Haus der Kulturen der Welt), faz um tour de leituras pelas cidades alemãs de Colônia, Aachen e Bochum.

## 1995

Publica *Amor?* (Companhia das Letras), contemplado com o Prêmio Jabuti na categoria romance.
Publica o livro de contos *O ladrão de sonhos e outras histórias* (Ática).
Participa da Semana de Estudos Brasileiros na Universidad Autónoma de México.
Faz palestra e leitura na Feira de Livros de Guadalajara (México).
Participa do 1º Encontro da Cultura Brasileira, em Brasília.

## 1996

Começa a publicar crônica semanal no jornal *O Tempo*, de Belo Horizonte.
Colaborador das revistas *Veja* (resenhas literárias), *Playboy* (artigos) e *Exame VIP* (artigos), até o final de 1999.

## 1997

Publica o romance *Pode me beijar se quiser* (Ática), prêmio de Melhor Obra de Literatura Juvenil da Associação Paulista de Críticos de Arte.
Publica o livro infantil *O vestido luminoso da princesa* (Moderna).
Participa, na Cidade do México, do lançamento da antologia *El arte de caminar por las calles de Río y otras novelas cortas*, que inclui sua novela *La casa de vidrio*.
Faz palestra e lê trechos de sua obra na Universidad Autónoma de México.

Publica um conto por mês no *Correio Braziliense*, de Brasília, colaboração que se estenderá até fevereiro de 1999.

## 1998

Publica o livro infantil em versos *História em ão e inha* (Moderna).

Escritor-residente na Universidade da California, Los Angeles (UCLA), faz quatro semanas de palestras sobre sua obra no curso de Literatura Brasileira.

Faz palestra, juntamente com o escritor Raduan Nassar, na Universidade de Stanford, em Palo Alto, Califórnia, sobre literatura brasileira.

Traduz *The wind in the willows (O vento nos salgueiros)*, do escocês Kenneth Grahame, publicado pela Moderna.

Faz depoimento e leitura na série *O escritor por ele mesmo*, do Instituto Moreira Salles, em São Paulo, Belo Horizonte e Poços de Caldas (2001).

Aposentado, encerra suas atividades editoriais no *Jornal da Tarde*, do qual se torna crítico de televisão, na qualidade de colaborador, até 2003.

## 1999

Participa do simpósio Translating and Transnationalizing – Brazilian Literature & Culture, na Brown University, em Providence, Rhode Island, EUA.

Começa a assinar uma crônica quinzenal na revista *Veja São Paulo*.

## 2000

Publica *O comprador de aventuras e outras crônicas* (Ática).

Inicia publicação de crônicas na revista bimestral *Five*, de São Paulo.

## 2001

O portal klickescritores lança o site do escritor Ivan Angelo com o seguinte acesso: *www.klickescritores.com.br/ivanangelo*
Deixa de escrever crônicas no jornal *O Tempo*.

## 2002

Participa de evento nacional sobre a crônica, realizado no Sesc-Pompéia, São Paulo. Faz palestra e lê alguns de seus trabalhos.

## 2003

Sai, pela Dalkey Archive Press, Center for Book Culture, de Normal, Illinois, EUA, nova edição de *The celebration*, tradução de *A festa* por Thomas Colchie.

## 2004

Sai, pela Dalkey Archive Press, Center for Book Culture, de Normal, Illinois, EUA, nova edição de *The tower of glass*, tradução de *A casa de vidro* por Ellen Watson.

Participa da mesa 64 + 40: Literatura e Resistência, na semana de debates sobre o Golpe de 64, promovida pelo Centro de Filosofia e Ciências Humanas da UFRJ.

## 2006

Participa do projeto *Cronicamente viável*, série de leituras e palestras sobre a crônica brasileira, em São Paulo, Belém, Belo Horizonte, Teresina, Brasília, Goiânia e Curitiba.

Participa do projeto Livro Aberto – Encontros Literários e Leituras Encenadas, da Escola da Magistratura do Estado do Rio de Janeiro.

# A OBRA DE IVAN ANGELO

## Livros

No Brasil:

*Duas faces* (contos). Belo Horizonte, Itatiaia, 1961. Prêmio Cidade de Belo Horizonte, 1959.

*A festa* (romance). São Paulo, Vertente, 1976; Summus, 1979; Geração, 1996. Prêmio Jabuti, 1976.

*A casa de vidro* (novelas). São Paulo, Cultura, 1979; Geração, 1996.

*A face horrível* (contos). Rio de Janeiro, Nova Fronteira, 1986; São Paulo, Lazúli, 2006. Prêmio Associação Paulista de Críticos de Arte, 1986.

*O ladrão de sonhos e outros contos.* São Paulo, Ática, 1995.

*Amor?* (novela). São Paulo, Companhia das Letras, 1995. Prêmio Jabuti, 1996.

*Pode me beijar se quiser* (romance). São Paulo, Ática, 1997. Prêmio Associação Paulista de Críticos de Arte, 1997, categoria Romance Juvenil.

*História em ão e inha* (infantil, em versos). São Paulo, Moderna, 1997.

*O vestido luminoso da princesa* (infantil). São Paulo, Moderna, 1998.

*O comprador de aventuras e outras crônicas.* São Paulo, Ática, 2000.

No exterior:

*The celebration (A festa).* Nova York, Avon-Bard, 1982; Normal, Illinois, EUA, Dalkey Archive Press, 2003.

*La fête inachevée (A festa).* Paris, Flammarion, 1979.

*Das fest (A festa).* Salzburgo (Áustria), Residenz Verlag, 1992.

*The tower of glass (A casa de vidro).* Nova York, Avon-Bard, 1986; Normal, Illinois, EUA, Dalkey Archive Press, 2004.

## Antologias

No Brasil:

"Menina", em *Contos mineiros.* São Paulo, Ática, 1984.

"Meio covarde" e "Talismã", em *Crônicas mineiras.* São Paulo, Ática, 1984.

"Perdas e danos", em *Histórias de amor infeliz.* Rio de Janeiro, Nórdica, 1985.

"Menina", em *Para gostar de ler – volume 10.* São Paulo, Ática, 1986.

"Moça amando", em *Setecontos setecantos*. São Paulo, FTD, 1991.

"Promessa", em *Professor e aluno*. São Paulo, Atual, 1992.

"Perigos", em *Crônicas de amor*. São Paulo, Ceres, 1994.

"Minha primeira história", em *Meu professor inesquecível*. São Paulo, Gente, 1997.

"Uma situação delicada", em *Uma situação delicada e outras histórias*. São Paulo, Lazúli-Sesc, 1997.

"Vai dar tudo certo", em *Trabalhadores do Brasil*. São Paulo, Geração, 1998.

"Documentário", em *Com palmos medida – Terra, trabalho e conflito na literatura brasileira*. São Paulo, Boitempo, 1999.

"Menina" e "Bar", em *Os cem melhores contos brasileiros do século*. Rio de Janeiro, Objetiva, 2000.

"Passeando com a morte", em *O decálogo – Dez mandamentos, dez histórias*. São Paulo, Nova Alexandria, 2000.

"Negócio de menino com menina", em *De conto em conto*. São Paulo, Ática, 2002.

"Lindo, lindo", em *21 histórias de amor*. Rio de Janeiro, Francisco Alves, 2002.

"O homem do Maracanã", em *A vez da bola*. São Paulo, Lazúli, 2003.

"Bar", em *Gente em conflito*. São Paulo, Ática, 2004.

"Getúlio", em *Imagens da era Vargas*. São Paulo, Sesc-São Paulo, 2004.

"Sinal vermelho", em *Acontece na cidade*. São Paulo, Ática, 2005.

"Segredo de Natal", "Receita de felicidade", "Sucesso à brasileira", "Novas armas", "Três derrotas" e "Corações destroçados", em *Crônica Brasileira Contemporânea*. São Paulo, Salamandra-Moderna, 2005.

"Homem ou mulher", em *Boa companhia: crônicas*. São Paulo, Companhia das Letras, 2005.

"Instantâneo", em *Este seu olhar*. São Paulo, Moderna, 2006.

No exterior:

"Bodas de pérola" ("Hochzeitstag"), em *Zitronengras, Neue Brasilianische Erzähler*. Colônia, Kiepenheuer & Witsch, 1982.

"Menina" ("Little Girl"), no anuário *The Massachusetts Review*. Amherst, Massachusetts, EUA, 1986.

"Bar", em *Das Lied des Feuers, Lateinamerikanisches Lesebuch*. Munique, Serie Piper, 1988.

"Tristeza" ("Tristesse"), em *Erkundungen, 38 brasilianische Erzähler*. Berlim, Volk und Welt, 1988.

"Bar", em *...Zwischen Sekt und Selters....* Cadolzburg (Alemanha), ars vivendi, 1989.

"Bar", em *Strandkorb 1*. Munique, Serie Piper, 1989.

"Bar", em *Ad libitum*. Berlim, Volk und Welt, 1990.

"Danival", em *Brasilien Erzä*hlt, Frankfurt, Fischer, 1994.

"Negócio de menino com menina" ("Sobre niños y ninas"), em *Nueva antología del cuento brasileño contemporáneo*. Cidade do México, Unam, 1996.

"A casa de vidro" ("La casa de vidrio"), em *El arte de caminar por las calles de Río y otras novelas cortas*. Cidade do México, Unam, 1997.

## Televisão

Roteiros:

*Paraguai Export*. Rede Globo de Televisão, Séries Brasileiras, 1981.
*O penúltimo cangaceiro*. Rede Globo de Televisão, Séries Brasileiras, 1981.
*Sinal fechado*. Rede Globo de Televisão, Séries Brasileiras, 1981.
*A chácara do lobo*. Rede Globo de Televisão, Séries Brasileiras, 1981.
*Quem matou quem*. Rede Globo de Televisão, Séries Brasileiras, 1981.

## Sobre sua Obra

Em livro:

*Itinerário político do romance pós-64: A festa*. Renato Franco, Editora Unesp, São Paulo, 1998.

Teses e dissertações de mestrado:

*A festa – Une histoire de retirante et ses traductions*.

Regina Maria Abu-Jamra Machado. Université de la Sorbonne-Nouvelle-Paris III, 2000.

*A festa, de Ivan Angelo: Uma abordagem lukacsiana ou Da impossibilidade da festa à festa possível.* Belmira Rita da Costa Magalhães. Universidade Federal de Alagoas, 1992.

*Alegoria e política no romance.* A festa, de Ivan Angelo. Edgard Pereira. Universidade Federal de Minas Gerais, 1987.

*O romance como possibilidade de ruptura ideológica* (A festa, *de Ivan Angelo*). Inez Maria Fornari de Souza. Universidade Federal de Pernambuco, 1988.

*Linguagem e investigação na* Festa, *de Ivan Angelo*. Elisabete Catarina Kefalás Troncon. Pontifícia Universidade Católica de São Paulo, 1983.

*O espaço da dor – O regime de 64 na produção romanesca brasileira.* Regina Dalcastagnè, Universidade de Brasília (UnB), 1993. Editora UnB, 1996.

*Metafiction and the (dis)articulation of (self) repression in two brazilian novels of the 1970s:* A festa, *by Ivan Angelo, and* Confissões de Ralfo, *by Sérgio Sant'Anna*. María D. Villanua. Providence, Rhode Island, EUA, Brown University, Portuguese and Brazilian Studies, 1995.

*Perdas e ganhos: impasses da relação homem-mulher na literatura de Ivan Angelo.* Adma Andrade Viegas. Universidade do Estado do Rio de Janeiro, 1999.

*Uma leitura da cidade de São Paulo – Crônicas de Ivan Angelo.* Daniella Barbosa. Universidade Mackenzie, São Paulo, 2003.

**Humberto Werneck**, jornalista e escritor, é mineiro de Belo Horizonte e vive em São Paulo desde 1970.

Publicou, entre outros livros: *Tantas palavras*, reportagem biográfica (edição revista e ampliada de *Chico Buarque letra e música*), 2006; *Pequenos fantasmas*, contos, 2005; e *O desatino da rapaziada – Jornalistas e escritores em Minas Gerais*, 1992.

Como editor, organizou pela primeira vez em livro a poesia de Hélio Pellegrino (*Minérios domados*, 1993); *A revista no Brasil*, primeira história das revistas no país (2000); a antologia *Boa companhia – Crônicas* (2005); e a obra do contista Murilo Rubião, nos volumes *O pirotécnico Zacarias*, *A casa do girassol vermelho* (2006) e *O homem do boné cinzento*, a sair.

# ÍNDICE

**Cronista puro sangue** ............................................ 7

A garota da capa ...................................................... 15
Amantes ..................................................................... 18
Receita de felicidade ............................................... 21
Corpos desenhados ................................................. 24
Beijos ......................................................................... 27
Treze maneiras de comer chocolate ..................... 29
Gorda leve ................................................................ 33
A negociação ............................................................ 36
Nostalgias ................................................................. 39
Meio covarde ............................................................ 42
Canivete no bolso .................................................... 46
Fábula da voz ........................................................... 49
O cego, Renoir, Van Gogh e o resto ..................... 52
Lembra-se? ............................................................... 55
Duas histórias de amor .......................................... 58

| | |
|---|---|
| Minha árvore | 61 |
| Perdão | 64 |
| Caso de polícia | 66 |
| O país das balas perdidas | 69 |
| Doces prazeres | 72 |
| Apaixonada | 75 |
| Guerrilha urbana | 78 |
| Maus-tratos | 81 |
| Toalha xadrez | 84 |
| Surpresas no parque | 87 |
| Pasárgada | 90 |
| O Brasil do almanaque | 93 |
| Jabuticabas no pé | 96 |
| Frutas urbanas | 99 |
| Uma brasileira radical | 101 |
| Solitários do inverno | 104 |
| A feira é livre | 107 |
| Assombrações | 110 |
| Precocidade | 112 |
| Mulheres apaixonantes | 114 |
| Maravilhas na tela | 117 |
| Lanterna mágica | 120 |
| Meus trens | 122 |
| Três derrotas | 125 |
| Amores montanheses | 128 |

O escritor quando jovem .............................................. 131

Getúlio ............................................................................ 134

Meu tio jogador ............................................................. 137

O difícil amor das tias .................................................. 140

A idade de cada um ..................................................... 143

Ser avô ........................................................................... 146

Ser bebê ......................................................................... 149

Gêmeos .......................................................................... 152

A trisneta ....................................................................... 155

O país dos slogans ....................................................... 158

Diálogo difícil ............................................................... 161

Tropeços ........................................................................ 164

Palavras em fuga .......................................................... 167

Ah, escritores... ............................................................. 169

Aniversário do poeta ................................................... 172

Pérolas na penumbra *(começo)* .............................. 176

Pérolas na penumbra *(meio)* ................................... 179

Pérolas na penumbra *(fim)* ...................................... 182

Três encontros com Salman Rushdie ....................... 185

As louras e o mercado ................................................ 188

Perigos ........................................................................... 191

Apartamentos temáticos ............................................. 194

Segundas núpcias ........................................................ 196

Fora da lista .................................................................. 199

Turismo sexual ............................................................. 202

Três dias perfeitos ............................................. 205
Cinzas ................................................................ 207
Segredo de Natal ............................................... 210
Prosa à mesa ..................................................... 213
Corações destroçados ....................................... 216
Nossas vidas ...................................................... 219
Que gente é esta? .............................................. 222
O desaparecido ................................................. 225
Tempos bicudos ................................................ 228
Olhar as moças ................................................. 230
Docemente voyeurista ...................................... 233
O século dos seios ............................................ 236
Sucesso à brasileira .......................................... 239
Explicando a um filho como são as mulheres ..... 242
Um toque sem classe ........................................ 245
Sobre homens gentis ........................................ 248
A arte da fuga ................................................... 251
Homem ou mulher? .......................................... 254
João e sua turma ............................................... 257
Vocação ............................................................. 259
As novas guerreiras .......................................... 262
A cobradora ...................................................... 265
Encontro com a vítima ..................................... 268
A casa e o sonho ............................................... 271
Minha paisagem ............................................... 274

Fui bom vizinho? .................................................. 277
A invasão ............................................................ 280
Onde está o nosso amigo? ................................ 283
Serviços prestados .............................................. 286
As boas almas ..................................................... 289
Cão reencontrado ............................................... 291
Eu já fui mata-mosquito .................................... 294
O recado das abelhas ........................................ 297
Mínimas coisas .................................................... 300
Nós e a nossa tragédia ...................................... 303
Em paz ................................................................. 306
Estamos a caminho ............................................ 309
Vai ........................................................................ 311

**Cronologia** ....................................................... 315
**A obra de Ivan Angelo** ................................... 323

**GRÁFICA PAYM**
Tel. (011) 4392-3344
paym@terra.com.br